VIDAS PARTIDAS

OBRAS DO AUTOR PUBLICADAS PELA RECORD

O anão
O mistério dos jarros chineses
O rei da sarjeta

William C. Gordon

VIDAS PARTIDAS

Tradução de
Gabriel Zide Neto

EDITORA RECORD
RIO DE JANEIRO • SÃO PAULO
2013

CIP-BRASIL. CATALOGAÇÃO NA FONTE
SINDICATO NACIONAL DOS EDITORES DE LIVROS, RJ

Gordon, William C.
G671v   Vidas partidas / William C. Gordon; tradução de Gabriel Zide Neto. – Rio de Janeiro: Record, 2013.

Tradução de: Fractured lives
ISBN 978-85-01-09947-1

1. Ficção americana. I. Zide Neto, Gabriel, 1968-. II. Título.

13-4699   CDD: 813
                                                    CDU: 821.111(73)-3

Título original em inglês:
Fractured lives

Copyright © William C. Gordon, 2013

Texto revisado segundo o novo Acordo Ortográfico da Língua Portuguesa.

Todos os direitos reservados. Proibida a reprodução, no todo ou em parte, através de quaisquer meios. Os direitos morais do autor foram assegurados.

Editoração eletrônica: Abreu's System

Direitos exclusivos de publicação em língua portuguesa somente para o Brasil adquiridos pela
EDITORA RECORD LTDA.
Rua Argentina, 171 – Rio de Janeiro, RJ – 20921-380 – Tel.: 2585-2000, que se reserva a propriedade literária desta tradução.

Impresso no Brasil

ISBN 978-85-01-09947-1

Seja um leitor preferencial Record.
Cadastre-se e receba informações sobre nossos lançamentos e nossas promoções.

Atendimento e venda direta ao leitor:
mdireto@record.com.br ou (21) 2585-2002.

Este livro é dedicado a Kamal Ayoub e Laszlo Engelman

SUMÁRIO

PARTE I

Capítulo 1 Tanto sangue 11

Capítulo 2 Uni-duni-tê 57

Capítulo 3 Gotham 91

Capítulo 4 É como subir num pau de sebo 117

PARTE II

Capítulo 5 Outras vidas partidas 135

Capítulo 6 Analisando as outras peças do quebra-cabeça ... 145

Capítulo 7 A terra de Abraão 177

Capítulo 8 A terra do leite e do mel 205

Capítulo 9 Um desfecho inesperado 249

Agradecimentos 267

Parte I

Capítulo 1

Tanto sangue

O CORPO ESTAVA ESTENDIDO, com o rosto para cima, no patamar superior da escada de mármore da histórica rotunda do prédio da Prefeitura de São Francisco. Eram seis e meia de uma manhã de sábado no início da primavera de 1963. O tenente Bruno Bernardi, do Departamento de Polícia de São Francisco, examinou o homem morto. As manchas e as poças de sangue indicavam que ele havia sido arremessado uns 3 metros para trás, até o início da escada. As pernas estavam entreabertas, e o sangue, que escorrera pelos primeiros cinco degraus e formara uma poça no mármore, estava praticamente seco. Ele tinha sido alvejado oito vezes no tórax, e os tiros destruíram seu paletó feito sob medida. Vários cartuchos vazios encontravam-se espalhados pelo patamar da escada.

— Há quanto tempo ele já está aí? — perguntou o tenente a Phillip Macintosh, o perito que há muitos anos trabalhava com ele nas cenas de crime.

— Com todo esse sangue escorrendo, é óbvio que faz poucas horas.

— Você acha que os ferimentos à bala foram a causa da morte ou ele sangrou até morrer?

— Eu não me surpreenderia se fossem as duas coisas — respondeu o perito.

Bernardi era um sujeito atarracado de 1,76m de altura, que ainda pesava os mesmos 86 quilos de quando era mais novo. O nariz era notavelmente achatado, um souvenir dos tempos de lutador no ensino médio; o cabelo rente, já bastante grisalho, era repartido para o lado. Em comparação com as roupas caras da vítima, o terno marrom de Bernardi parecia barato e simplório. Por muitos anos, ele tinha trabalhado na Divisão de Homicídios de Richmond e fora transferido há pouco para a polícia de São Francisco.

Um policial se aproximou de Bernardi e avisou que Samuel Hamilton, um repórter do jornal matutino da cidade, queria ter uma palavrinha com ele. Bernardi sorriu.

— Como esse filho da mãe sempre descobre que uma coisa terrível acabou de acontecer?

— Desculpe, senhor?

— Só estava pensando em voz alta — respondeu Bernardi. — Mande ele subir, mas diz que é para usar o elevador. Eu não quero ninguém andando nessas escadas até concluirmos as investigações.

— Sim, senhor.

Samuel Hamilton era um repórter sardento de cabelos ruivos e ralos. Tinha a mesma altura do detetive, mas era magro e elegante.

— Como você soube de uma merda dessas tão rápido? — perguntou o detetive.

— Minhas fontes ficam monitorando a frequência da polícia e me mantêm informado — respondeu Samuel. Ele olhou rapidamente por cima do ombro de Bernardi na direção da cena do crime. — O que temos aqui?

O detetive da Divisão de Homicídios pôs a palma das mãos sobre o peito do jornalista e o encarou.

— Fica frio, Samuel. Antes de eu te colocar a par do que aconteceu aqui, temos que fazer aquele velho trato de sempre. Você não vai publicar nada até eu dar permissão. Nós estamos colhendo indícios que só quem deu esses tiros sabe que existem. Entendido?

— É claro, tenente — disse Samuel, com uma continência zombeteira. — Sabe que eu não consigo viver sem você.

— Mac — gritou o tenente para o perito —, venha aqui.

— Espera aí — falou Samuel, com um olhar de surpresa no rosto. — Eu conheço esse cara. Ele era lá do Departamento de Polícia de Richmond.

— *Era*. Mas eu o convenci a se mudar para São Francisco. Phillip Macintosh, diga olá para Samuel Hamilton.

Macintosh, um homem alto e bem-apessoado de cabelos louros bastante claros, óculos com uma fina armação de metal e um sorriso cordial no rosto deu um grunhido em resposta. Munido de um mestrado em biologia pela Universidade de Berkeley, ele era um mago na hora de colher e examinar evidências de um crime. Como de costume, vestia um jaleco branco, do tipo usado em laboratório, e vários envelopes para a coleta de provas saíam de seus muitos bolsos. Carregava duas lâmpadas na mão esquerda, as quais fixava ao flash de sua câmera. No chão, no degrau mais alto da escada, encontrava-se uma caixa repleta de evidências, organizada com perfeição, na qual ele guardava os envelopes após encontrar algum item digno de ser recolhido.

— Conte ao Sr. Hamilton o que você já descobriu até agora — pediu Bernardi.

— O sujeito é um estrangeiro, de uns 35 anos. Foi alvejado oito vezes a curta distância, com um revólver ainda não identificado. De um tipo que nunca vimos antes.

— Outra coisa estranha é a falta de impressões digitais do morto — comentou Bernardi.

— Como é que é? — Samuel pareceu espantado.

— A vítima não tem impressões digitais. Elas foram removidas cirurgicamente.

— É por isso que você diz que ele é estrangeiro?

— Não. É por outra razão — disse Bernardi. — É como se ele fosse um espião, ou coisa parecida. A pergunta é: por que alguém iria querer matar um homem que veste ternos caros e cujas impressões digitais foram cirurgicamente removidas?

— Você não está querendo dizer que elas foram removidas depois que ele morreu... — perguntou Samuel, apontando para as mãos da vítima, que não estavam ensanguentadas.

— Não, não — respondeu Bernardi. — Obviamente, elas foram apagadas há muito tempo, para dificultar a identificação. Isso deve ter alguma coisa a ver com o trabalho dele.

O perito apontou para o terno da vítima.

— É possível ver que ele era estrangeiro pela maneira como está vestido. Essas roupas são elegantes demais para um ianque — observou.

Samuel assentiu.

— E o que a arma tem de tão especial? Vocês estão com ela aí?

— Não. Só temos os cartuchos vazios, que começarei a recolher daqui a pouquinho. Eles são estranhos para nós. Vêm de alguma pistola automática, que provavelmente não é de fabricação americana, mas nesse momento eu não tenho a menor ideia sobre de onde veio.

— Esses cartuchos não poderiam ter sido utilizados em uma arma americana? — perguntou Samuel.

— De jeito nenhum — respondeu o perito. — Esses oito cartuchos vazios foram feitos sob medida. Devem ter vindo de alguma arma recém-inventada, algo feito para disparar tiros rapidamente e em sequência. Nenhuma pistola americana dá tantos tiros sem precisar recarregar.

— E um fuzil automático? — insistiu o repórter.

— Não. Uma arma dessas teria feito um estrago infinitamente maior. Com certeza foi algum tipo de pistola.

— O senhor deve ter se deparado com muitos casos de homicídio em Richmond. Quantos deles foram cometidos com armas de fogo.

— Uns 75 por cento.

— Já viu um cavalheiro tão bem-vestido quanto esse ter uma morte tão violenta?

— Richmond é uma cidade de operários. Por isso, a resposta é não.

— Portanto, não é um crimezinho de rua, comum, como esses que acontecem por aí — concluiu Samuel, franzindo a sobrancelha. — E por que na prefeitura?

Naquele momento, o médico-legista Barnaby McLeod chegou com sua equipe. McLeod, mais conhecido como Barney, era alto, com cabelos grisalhos, pescoço longo e uma cabeça enorme. Era um homem de intelecto aguçado, mas de poucas palavras. A aparência e o semblante estoico lhe renderam o apelido de "Cara de Tartaruga".

— Oi, Barney — cumprimentou Samuel quando o legista saiu do elevador.

— Você está em todas, Samuel! — respondeu ele. — Mas certamente não foi Melba quem lhe falou deste caso. Como você soube antes de mim?

— Contatos, maestro. Contatos — provocou o repórter.

O legista se reuniu por alguns minutos com Bernardi e Macintosh. Samuel, um pouco afastado, escutava atentamente enquanto Bernardi relatava a Barney o que já haviam descoberto até aquele momento.

Quando terminaram, o legista e a equipe assumiram. Viraram o cadáver de lado e observaram que as costas do paletó estavam em frangalhos.

— As balas saíram pelas costas — constatou Barney. — Ele devia estar de pé quando foi alvejado.

O legista olhou em volta.

— Vamos ter que arranjar alguma escada ou algum tipo de ascensor para verificar se há projéteis naquela parede ali. Aposto que, se procurarmos, vamos encontrar lascas de mármore no chão, talvez até as balas. Caso consigamos recuperá-las, elas irão nos ajudar a identificar a marca da pistola.

— Você também acha que os tiros foram disparados de uma pistola? — perguntou Samuel.

— Se não foi de uma pistola, foi de uma arma de pequeno calibre. Se fosse maior, ele teria se partido em pedaços e rolado escada abaixo.

Um dos membros da equipe do médico-legista encontrou diversos projéteis no chão, perto de uma porta à direita, e os entregou a Macintosh para que ele os analisasse.

— Obrigado — disse Mac, revirando os objetos na mão. — Estão muito arrebentados, mas vão ser úteis para identificar o tipo de arma usada. Mas ainda está faltando um. Isso significa que ele deve estar no corpo da vítima.

— Caso esteja, deve se encontrar em melhor estado do que esses que bateram nas paredes de mármore — disse o legista. — A não ser, é claro, que tenha atingido um osso. Se não estiver no corpo, vocês vão ter que voltar e procurar mais. Nenhuma janela está quebrada, portanto não deve ter caído lá fora, no parque.

— Dá para ter uma ideia da hora da morte? — perguntou Bernardi ao legista.

— O corpo está em absoluto *rigor mortis*, o que só começa a acontecer depois de umas três ou quatro horas. Ele foi morto bem tarde da noite, ou no começo da madrugada. O *rigor mortis* só dura umas 12 horas, daí você pode ter um parâmetro.

Após a equipe do legista remover o corpo, a de Macintosh examinou atentamente as escadas, em busca de qualquer evidência remanescente.

— Será que tem alguém no prédio que pode nos dar alguma informação sobre o que esse cavalheiro estava fazendo aqui, tão tarde da noite? — indagou Barney enquanto recolhia seu equipamento. — Alguém deve ter no mínimo ouvido alguma coisa. Oito tiros fazem muito barulho.

— Até agora, ninguém parece saber de nada — respondeu Bernardi. — O vigia noturno estava na sala dele, no patamar inferior, nos fundos do edifício, e diz que não ouviu nada. Falou que é muito raro ter alguém no prédio depois da meia-noite. Mas um pessoal do gabinete do prefeito, da procuradoria, do conselho e de muitos outros departamentos tem a chave da porta principal. Teremos que interrogar essas pessoas para descobrir se alguém estava aqui ontem à noite ou hoje de manhã. O livro de ponto que fica ao lado da porta principal pode nos ajudar.

— Duvido que quem quer que tenha feito uma coisa dessas tenha assinado o livro de ponto — comentou Samuel. — Devíamos verificar se há outra maneira de entrar no prédio.

— Parece uma missão impossível — interrompeu o Cara de Tartaruga, com um leve sorriso. Ele deu uma última olhada na cena do crime.

— Você já viu uma coisa dessas? — perguntou Samuel a Bernardi.

Ele meneou a cabeça.

— O que ele estava fazendo aqui e quem estava com ele? — continuou o repórter. — Não devia haver uma lista de estrangeiros que chegam aos Estados Unidos e que não têm impressões digitais?

— A questão da identidade se confunde totalmente com quem ele é, ou o que ele representa. Se encontrarmos a resposta para uma dessas perguntas, descobriremos a resposta da outra.

— Caso haja a possibilidade de ele ser um representante de algum governo estrangeiro, talvez Charles Perkins, o procurador-assistente, possa nos ajudar.

— Ele é útil, mas também é um pé no saco — respondeu Bernardi.

— É, sim. Mas, se eu prometer que ele vai aparecer na imprensa, ele vai adorar nos passar algumas informações.

Bernardi sorriu, mas seu sorriso foi interrompido abruptamente quando ele e Samuel olharam do alto da escadaria para a trilha de sangue, a essa altura quase seca, que havia se esparramado pelos degraus.

— Não é uma bela visão — murmurou o detetive.

Samuel assentiu.

— Você reparou que todos os tiros foram no tórax e que nenhum atingiu a cabeça? Isso quer dizer algo para você?

— No momento só significa que quem quer que tenha feito isso sabia atirar bem.

— Você acha que uma mulher poderia ter feito isso?

— Eu não tenho certeza de nada, a não ser do fato de que ele está morto e de que foi assassinado — respondeu Bernardi.

* * *

O primeiro emprego de Samuel Hamilton em São Francisco foi como vendedor de anúncios para um jornal matutino, onde ganhava a vida com dificuldade até um companheiro de bar, que ele considerava como um amigo, ser morto. Seu talento investigativo aflorou. Trabalhando por conta própria, ele conseguiu resolver o caso com a ajuda de Melba, a dona do bar em que ele costumava afogar as mágoas. Logo em seguida foi promovido a repórter e depois resolveu outros casos de assassinato mais complicados.

Dizer que percorrera um longo caminho até ali era pouco, pensou Samuel, enquanto os detalhes daqueles eventos antigos lhe passavam pela cabeça e ele tentava organizar os pensamentos sobre esse novo caso. Não sabia bem o que fazer, por isso resolveu seguir seu instinto, que o conduziu à sala do médico-legista.

— Posso dar uma olhada nas roupas do morto? — perguntou a um atendente.

— Vou ter que falar com o chefe. — O funcionário pegou o telefone e discou o ramal de Barney. Depois de uma rápida conversa, ele se voltou para Samuel e negou com a cabeça.

— O chefe diz que você precisa ter a permissão de Bernardi. É ele que está no comando da investigação e o seu nome não consta na lista de autorizados.

— Então apronte as roupas. Eu vou falar com o tenente.

— Preciso de uns vinte minutos. O corpo acabou de chegar e eles têm que tirar as roupas com cuidado e fotografar tudo.

— Tudo bem. De qualquer forma, vou demorar alguns minutos para encontrar Bernardi. — Samuel respirou fundo e só então se deu conta de que estava trabalhando sem parar desde um telefonema às seis horas da manhã, quando soubera do assassinato. Levantou um pouco a calça cáqui para se assegurar de que as meias eram do mesmo par. Às vezes, na pressa de sair do apartamento depois de obter uma informação logo no início do dia, ele acabava vestindo um par errado. Mas dessa vez, não.

Passados vinte minutos ele estava em uma sala de reunião no gabinete do médico-legista com o funcionário que o havia atendido, examinando uma pilha de roupas embalada em um saco plástico. A primeira coisa que o repórter retirou do interior foi uma camisa manchada de sangue. Observou cuidadosamente a região do colarinho.

— Não tem a etiqueta com instruções para lavagem.

— Isso é muito incomum. Embora, às vezes, ela esteja na manga e, em alguns países, na parte de trás da camisa — disse o funcionário.

Samuel procurou pela etiqueta novamente. Não encontrou nada, mas notou que um pequeno pedaço da parte da frente da camisa havia sido cortado.

— A etiqueta devia estar aqui — constatou o repórter. Então ele meteu o dedo no bolso da camisa e tirou um pedacinho de papel. — E isto aqui, o que é?

— Deixa eu ver. — Segurando o papel com o polegar e o indicador, o funcionário o colocou contra a luz e o virou. — Nós não vimos isto — reconheceu. — Não é possível saber com certeza, mas pela aparência deste fragmento dá para ver que o papel saiu de um documento oficial, como um passaporte. Vou tirar uma foto e mandar uma cópia para o tenente Bernardi.

Em seguida, Samuel examinou o paletó ensanguentado e a calça.

— As etiquetas foram cortadas nessas peças também. Eu me pergunto se isso foi feito depois do crime. — Olhou para o restante das roupas e não encontrou nenhuma etiqueta em qualquer uma delas. — Parece bem claro que nada disso é de fabricação americana — continuou. — O terno parece ser caro, mas eu não tenho experiência suficiente para saber de onde ele veio. Você pode me ajudar?

— É claro que não — respondeu o funcionário. — Mas quando não conseguimos deduzir a proveniência de uma roupa vamos até a alfaiataria de Walter Fong, na Grant Avenue. Ele nos ajuda a descobrir as origens de todo tipo de tecido.

— Obrigado pela dica. Seria possível cortar um pedaço para eu levar até ele?

— De jeito nenhum. — O funcionário deu de ombros. — O chefe é que tem que autorizar isso. Veja com ele depois.

— Que negócio é esse de "depois"? Eu preciso disso *agora* — ralhou Samuel.

— Vou encaminhar seu pedido a ele. É o máximo que posso fazer. Todas as respostas que você quer estão acima do meu nível hierárquico — disse, sorrindo. — Você e o chefe se dão muito bem. Passe uma cantada nele, não em mim.

Samuel ignorou o comentário.

— Você não acha isso estranho? Não há uma única pista que esclareça de onde vieram as roupas dele, nem de onde foram lavadas.

— Acho que não. Duvido que quem quer que o tenha matado tenha revirado as roupas e cortado tudo após o crime. Aparentemente ele chegou assim ao encontro.

— É. Provavelmente você tem razão. Ele deve ser mais graúdo do que estou disposto a admitir.

Meia hora mais tarde, Samuel estava no gabinete de Bernardi na Bryant Street, perto dos limites da cidade, na zona leste. Depois de olhar rapidamente pela janela, com vista para a rodovia 101 leste que seguia em direção a Bay Bridge, ele contou ao detetive o que tinha descoberto no gabinete do legista.

— Eu preciso de um pedaço do terno dele, da camisa, da meia e da cueca. Nenhum deles tinha uma etiqueta com a marca do fabricante, mas é óbvio que todas as roupas são caras, e aposto que foram confeccionadas no exterior. Segundo o funcionário, tem um alfaiate em Chinatown, um tal de Walter Fong, que pode nos ajudar.

— Eu vou ligar para o Cara de Tartaruga e perguntar como tirar um pedaço das roupas sem prejudicar as provas.

— O que o pessoal da balística falou sobre os projéteis?

— Eles procuram o FBI quando não conseguem identificar por conta própria. Tenho certeza de que o FBI vai fornecer o nome da arma.

— Manda para o Perkins, apesar de sabermos o que esperar quando colocamos algo nas mãos dele.

— Tenho certeza de que o departamento tem contato direto com o FBI. Não precisaremos passar por aquele imbecil — comentou Bernardi.

— Você provavelmente está certo — disse Samuel. — Mas Perkins pode ser muito útil. Ele é uma espécie de fonte coringa. Se o excluirmos disso, ele não vai colaborar com a gente mais tarde.

Bernardi refletiu por um momento.

— Tudo bem, Samuel, mas você fala com ele. Eu simplesmente não tenho tempo nem paciência para isso.

— Você pode conseguir para mim as fotos da bala menos danificada que atravessou nosso homem misterioso? — perguntou Samuel. — E também do pedaço de papel que encontrei no bolso dele? Eu tenho umas ideias na cabeça.

— Temos algumas fotos que o Mac tirou, mas as balas estão todas destruídas, sem muita chance de reconhecimento. Acho que o projétil em melhor estado vai ser mesmo o que ficou no corpo, a não ser que tenha atingido um osso. Mas para isso a gente vai ter que esperar até o legista terminar a necropsia. Quanto ao calibre, era de 9 milímetros.

— O pedacinho do papel pode ser parte de um passaporte. A gente não vai ter que lidar com o Departamento de Estado para saber em que país ele foi emitido?

— É. Normalmente a gente manda para lá.

— E se a gente deixasse o Perkins fazer isso por nós? Desse jeito, ele passa a investir mais tempo na busca de respostas e tem mais chances de conseguir uma bela publicidade.

— Que negócio é esse que você tem com o Perkins? Ele é algum parente seu? — perguntou Bernardi.

Samuel riu.

— Não. Digamos apenas que, embora ele tenha muitos defeitos, nós sempre vamos ter todas as informações caso as respostas de que precisamos venham dele, porque ele não consegue ficar de bico calado. Especialmente se souber que o nome dele vai aparecer nos jornais.

— Pode me dar um exemplo.

— Digamos que o morto seja um espião, ou agente de algum governo estrangeiro. O Departamento de Estado não vai nos dizer isso. Vão acabar mandando uma equipe aqui para abafar tudo. Mas, se o pedido ao Departamento de Estado partir do Perkins, vão informar a ele que esse é um assunto delicado, mas terão que aceitar o fato de que os federais já estão no caso.

— É uma teoria interessante. Vamos ver se ela se sustenta — disse Bernardi. — O FBI não tem autorização para investigar espiões estrangeiros, e já estou todo atolado com assassinatos comuns que não envolvem intrigas internacionais. Por isso é melhor deixar tudo com eles mesmo.

— Essa é a diferença entre você e eu, Bruno. Eu nunca penso no crime. Só na história que está por trás dele.

— Talvez seja por isso que você resolva os casos, Samuel. Mas, por mim, tudo bem. Eu recebo o crédito, e isso ajuda a garantir minha aposentadoria.

Samuel riu.

— Quer dizer que você está nessa profissão só para garantir uma aposentadoria?

A alfaiataria de Walter Fong localizava-se no segundo andar de um pequeno prédio na Grant Avenue, entre a Bush Street e a Sutter. As portas do elevador se abriam para uma loja movimentada: pedaços de pano se espalhavam por toda parte e livros de amostras de tecidos encontravam-se empilhados em mesas posicionadas ao lado de três sofás confortáveis. Ninguém estava atrás do balcão da recepção, por sinal, assoberbado de livros sobre tecidos. Em vez disso, atrás de uma janela no fundo do salão, uma jovem chinesa atendia o telefone e anunciava os clientes. Bernardi e Samuel deram seus nomes e foram se sentar em um dos sofás. O detetive segurava uma bolsa preta, apoiada em seu colo. Nela, escrita em branco na lateral, havia a palavra "Perícia".

Depois de alguns minutos, Walter Fong entrou pela outra porta do salão. Era um homem baixo, de cerca de 1,70m de altura, cabelo ondulado preto, um rosto quase redondo que não mostrava sinal da idade, olhos castanhos e sobrancelhas muito bem-definidas. Ele sorriu ao se aproximar dos dois, mostrando os pés de galinha em volta dos olhos. Um canino era levemente mais pronunciado que os outros dentes, aparentemente saudáveis. Samuel gostou dele imediatamente; dava para ver que Fong era um sujeito comunicativo. Todos se cumprimentaram.

— Algum de vocês gostaria de um chá, ou de algum refresco? — perguntou Fong, com um leve sotaque na voz.

Os dois recusaram com a cabeça.

— Não, obrigado, Sr. Fong. Eu sou o detetive Bernardi, da Divisão de Homicídios. Estamos trabalhando num caso e precisamos de orientação sua.

— Sim, o médico-legista disse que vocês viriam. Vamos lá para os fundos, talvez eu possa ajudar. — Fong fez um sinal para que o acompanhassem à área de trabalho. Lá dentro havia vários cabides em araras, cheios de roupas em diferentes fases de criação, trajes em capas plásticas protetoras e outros em prateleiras. Em várias mesas ao longo de todo o salão, costureiras estavam ocupadas fazendo roupas.

Fong fez sinal para que uma das assistentes abrisse espaço numa mesa ao fundo e pediu a Bernardi para tirar as roupas do saco plástico.

A parte de trás do paletó estava toda amassada, amarrotada e manchada de sangue. No início, Fong se assustou, mas logo se recompôs. Ao pegar uma lente, virou o paletó e examinou a região embaixo do colarinho e o bolso interno esquerdo, onde normalmente se encontrava a etiqueta do fabricante. Em seguida, ele fez algo curioso: abriu a costura do ombro e analisou o fio que ligava a manga ao restante do paletó. Meneou a cabeça afirmativamente.

— O tecido é da mais pura lã inglesa, no entanto o terno foi feito em Beirute, no Líbano.

Ele pegou a camisa manchada de sangue e procurou, sem encontrar, a etiqueta com instruções para lavagem. De novo pegou a lente para examinar o tecido e o fio que atava os botões à camisa.

— Esta camisa é feita do melhor algodão egípcio, mas este fio também é de Beirute.

— Como pode afirmar isso só de olhar? — perguntou Samuel.

— Porque nos dois casos o fio é de seda, que só é produzida lá e na China. Mas, se a camisa tivesse vindo da China, o algodão não seria egípcio, porque assim não renderia lucro. E está vendo esta costura no interior do paletó? Isto só é feito no Oriente Médio.

— E a qualidade? — quis saber Bernardi.

— A melhor que o dinheiro pode comprar — declarou o alfaiate sorrindo.

— Mais cara que as roupas que você faz? — perguntou Samuel.

— Esses figurões internacionais têm regras diferentes, Sr. Hamilton — respondeu Fong com modéstia. — Eu sou apenas um humilde chinês de Xangai.

— Quanto custaria? — perguntou Bernardi, tentando aferir que tipo de figurão o homem morto poderia ter sido.

— Alfaiataria de primeira linha. Provavelmente uns 500 dólares.

Samuel soltou um assobio. Era mais do que ele ganhava em um mês.

Os dois homens fizeram anotações e agradeceram ao alfaiate. Quando já estavam saindo, Bernardi se virou e falou:

— Eu gostaria de encontrá-lo semana que vem, Sr. Fong. Preciso de um terno marrom novo.

— Tenho certeza de que, quando ele vier, você vai conseguir convencê-lo a comprar um terno mais bonito, Sr. Fong — debochou Samuel. — Lembre-se de que os amigos vivem dizendo que ele ficaria melhor de terno cinza.

De volta à calçada, Bernardi parecia estranho.

— Qual é o problema, Bruno?

— Eu nunca trabalhei num caso internacional. Isso tudo pode estar fora da nossa alçada.

— Vamos falar com o Perkins e ver se dá para descobrir quem era o cara antes de embarcarmos nisso — opinou Samuel. — Mas hoje é sábado e não conseguiremos nos encontrar com ele até segunda-feira. Então vamos ao Camelot beber alguma coisa. Já são cinco da tarde.

— Nada mau — disse Bernardi. — Foi um dia bem longo. Eu vou devolver essas roupas ao gabinete do legista e encontro você lá. — Ele entrou no sedã comum da polícia, sem se preocupar em pôr a sirene no teto.

Samuel foi andando até a Sacramento Street, depois subiu a Powell e de lá caminhou mais algumas quadras até o Camelot.

O Camelot, um bar no alto da Nob Hill, ficava logo ao lado dos trilhos do bonde, numa esquina com vista para a baía de São Francisco. De lá, também era possível ver Alcatraz, a ilha que abrigava o famoso presídio, e a Bay Bridge, que fazia a ligação entre o centro e a East Bay. O parque do outro lado da rua estava quase sempre cheio de gente, especialmente nos dias de sol. Porém, num início de verão como esse, uma camada de neblina após a outra cobria a Golden Gate Bridge.

No bar, bem na entrada, havia uma mesa redonda — Samuel sempre se referia a ela como a Távola Redonda — que acomodava 12 clientes. Mais para dentro, havia um balcão com espaço suficiente para mais 12. Atrás dele, um espelho cobria toda uma parede de 5 metros de altura, permitindo que qualquer pessoa visse todo o salão de qualquer ângulo. As prateleiras de vidro diante do espelho estavam cheias de bebidas do mundo inteiro. De acordo com Melba, a dona do bar, aquelas garrafas eram para os turistas. Na parte de baixo estavam as bebidas comuns, para os frequentadores locais.

Quando Samuel entrou, Melba estava sentada na Távola Redonda, olhando para a cidade e a baía, suas águas cinzentas repletas de veleiros. Ele acenou para ela. Melba tinha uns 50 anos e cabelos levemente azul-claros, que no momento estava cuidado-samente penteado. As maçãs do rosto salientes e as sobrancelhas naturalmente bem-desenhadas aumentavam a beleza dos olhos, de tom azul pálido. Vestia uma ousada blusa verde-amarelada e calça branca e preta. Felizmente, não usava muita maquiagem, caso contrário ficaria igual a um palhaço. Um cigarro estava pendurado em seus lábios, dando-lhe a aparência de vilã de um antigo filme B. Ela exalou a fumaça e chamou Samuel.

— Meu caro! Por onde você andou? O Excalibur estava sentindo a sua falta. — Sorriu, com o cigarro ainda no canto da boca.

Sempre ao lado da dona, Excalibur, um airedale mestiço de rabo cortado e sem uma orelha, levantou-se quando viu Samuel, seu corpo magro tremendo de animação. Melba segurou a corrente para contê-lo.

— Não dê nada a ele. Senão vai estragar o jantar.

— Eu estou bem, Melba. E você? — perguntou Samuel, olhando ao redor. — Hoje não está com muito movimento. O que houve?

— É verão, os clientes de sempre estão de férias. E os turistas não acordam tão cedo.

— Como assim? Já é fim de tarde.

— Não se preocupe — respondeu ela, sorrindo. — Eles vão chegar. E, se não chegarem, voltarei para casa mais cedo. O que você tem feito?

Samuel estava lhe contando sobre o assassinato na prefeitura quando Bernardi entrou.

— Olá, tenente. Nós também não o vemos há um bom tempo. Vocês dois são irmãos siameses? Um não pode ir a lugar algum sem o outro?

Bernardi estava ruborizado quando se sentou.

— Tenho certeza de que Samuel estava contando sobre a nossa mais nova aventura.

— Estava sim — respondeu Melba, enquanto Samuel se levantava para ir até o balcão em forma de ferradura pedir algumas bebidas. — Você pode me contar o resto. A única coisa que ele me disse era que o corpo estava todo esparramado no patamar da escada com oito tiros no tórax, disparados de uma pistola automática. Francamente, eu não sabia que uma pistola podia disparar tantos tiros.

— Ele já vai voltar para contar o restante — declarou Bernardi.

Samuel voltou alguns minutos depois com seu uísque com gelo, um vinho tinto para Bernardi e uma cerveja para Melba. Ele pôs as bebidas na mesa e afagou Excalibur. O cachorro, por sua vez, lambeu sua mão e se esfregou em sua perna.

— Desculpa, garotão, mas você não vai ganhar nada. Ordens do médico.

— Em que ponto estávamos? — interrompeu Melba.

— Eu estava contando sobre os tiros. — E Samuel a colocou a par de tudo que eles haviam descoberto desde então, o que não era muito.

— Um morto do Oriente Médio, sem impressões digitais, hein? — disse Melba. — Acho que dessa vez vocês vão entrar no circuito das intrigas internacionais.

— Por que diz isso? — perguntou Bernardi, olhando para ela, perplexo.

— É só uma questão de juntar dois mais dois. Aposto que não vai ser fácil para vocês descobrir quem apagou o cara.

— Por que...? — indagou Samuel.

— Porque ele não é daqui. Vocês não descobriram ninguém aqui que tenha qualquer ligação com ele, nem têm a menor ideia de por que ele estava aqui, ou do que ele foi fazer na prefeitura tarde da noite. Se eu fosse vocês, tomaria cuidado. Podem acabar tendo o mesmo fim dele.

Bernardi balançou a cabeça e se levantou.

— Que pensamento sombrio. Eu já volto. Tenho que ir ao banheiro.

Após ele sair, Melba olhou para Samuel e sorriu.

— Não nos vemos desde o seu jantar romântico com a Blanche. Ela se recusa a falar desse assunto. O que aconteceu? Tem alguma coisa que você gostaria de relatar para uma mãe ansiosa? Por exemplo, para quando deve esperar um netinho?

Samuel enrubesceu.

— Se sua filha não vai falar nada, o que faz você pensar que eu falaria?

No dia seguinte, um domingo, Samuel encontrou Bernardi na prefeitura. Os chefes de cada departamento haviam reunido seus subordinados, além de algumas pessoas que poderiam ter estado no prédio na noite do crime. Havia mais de cinquenta pessoas para Bernardi e a equipe interrogarem. Os funcionários do gabinete do prefeito e do Departamento de Obras Públicas foram entrevistados primeiro e rapidamente dispensados. Os procuradores e os promotores que tinham permanecido no prédio à noite — eles frequentemente fazem hora extra e trabalham nos fins de semana — não ouviram nada de estranho. O mesmo aconteceu com os funcionários do Conselho Supervisor, embora muitos deles também tenham trabalhado naquela noite. Depois de duas horas de entrevistas completamente infrutíferas, inclusive com os auxiliares de escritório e dois juízes da Suprema Corte, Samuel fez um sinal para que Bernardi o encontrasse para uma conversa no corredor.

— Por que a gente não dá uma volta primeiro e vê se não consegue encontrar outra porta de entrada que talvez tenha passado despercebida? O assassino e/ou a vítima deve ter entrado de outro modo. Se a gente tiver a sorte de encontrá-la, talvez consiga restringir a lista de pessoas que estamos procurando.

— Não é uma ideia ruim — respondeu Bernardi. — Vou deixar o restante dos interrogatórios por conta do sargento. Vamos ver se a gente encontra alguma coisa.

Eles pegaram o elevador para o subsolo e começaram a dar buscas em todas as salas com janelas para fora do prédio. Iniciaram a investigação pela ala leste. Samuel tomou uma direção e Bernardi seguiu por outra.

Após examinar a janela do terceiro cômodo em que entrou, Samuel correu para a porta e gritou para Bernardi:

— Aqui! Vem dar uma olhada!

— O que você conseguiu? — indagou o detetive, entrando na sala.

— Está vendo a lama neste parapeito? Parece que veio de fora. E está seca.

— Não deixa ninguém entrar aqui. Eu vou buscar o Mac e o cara das digitais.

Minutos depois, ele voltou com Mac e dois assistentes.

— Parece que alguém entrou por aquela janela muito recentemente. Ainda está destrancada. — Mac se voltou para um de seus auxiliares. — Tire umas fotos da lama e veja se tem alguma digital na janela, no parapeito ou no fecho — ordenou. — Aposto que não vai encontrar nada — disse para Bernardi.

— Por que não?

— Só um palpite.

— Alguma impressão na sala ou no corredor?

— Nenhuma que se possa distinguir. Ainda bem que é fim de semana. Poderei fazer umas boas varreduras no chão, ver se encontro alguma coisa.

— Uma varredura com infravermelho, igual àquelas que os seguranças usam quando você entra e sai das boates? — indagou Samuel.

— É. Ela usa uma luz ultravioleta para rastrear coisas. Infelizmente só vai dar certo se os sapatos tiverem liberado sujeira suficiente.

— Imagino que você queira que a gente fique fora do caminho — insinuou o tenente.

— Sim, senhor. Ajudaria muito.

— Tudo bem. Samuel, vamos voltar lá para cima.

O sargento estava terminando de interrogar os funcionários da Comissão de Utilidade Pública, quando eles chegaram.

— Alguma coisa? — perguntou Bernardi.

— Nada — respondeu o sargento. — Os únicos funcionários que trabalham depois do expediente ou nos finais de semana são os do gabinete do prefeito, os procuradores-assistentes do município e o pessoal do Conselho Supervisor. Foram todos solícitos, mas não conseguiram nos ajudar muito.

— E quem trabalha lá embaixo?

— Empregados do refeitório — comentou um dos investigadores de Bernardi. — Mas não trabalham à noite nem nos fins de semana.

— Certo, mas vamos querer falar com eles amanhã, quando chegarem — disse Bernardi.

— Vamos dar uma olhada no refeitório — opinou Samuel.

No andar inferior ao térreo, eles andaram até a ala oeste do prédio em direção ao refeitório. Bernardi acendeu a luz; o espaço consistia de uma cozinha industrial de médio porte e poucas mesas e cadeiras. Estas estavam viradas para baixo sobre as primeiras, a não ser por uma mesa ao lado do bufê, com duas cadeiras com pernas cromadas e assentos plásticos amarelos, próximas uma da outra.

— Nada fora do lugar — comentou Bernardi.

Samuel deu uma olhada na cozinha.

— Parece que alguém fritou uns ovos, misturou com legumes e deixou um prato e uma frigideira na pia, sem lavar. Não é esquisito, levando-se em conta que a louça ia ficar de molho o fim de semana inteiro?

— Se foi o assassino quem fez isso, talvez ele nem tenha se importado — sussurrou Bernardi. Ele foi até a base da escada e chamou o sargento, pedindo que ele, por sua vez, encontrasse Mac.

— Peguem essas coisas que estão na pia, levem para o laboratório e tentem encontrar algo de interessante — disse Mac a seus assistentes depois de avaliar a cena. — Verifiquem o lixo e vejam se tem alguma casca de ovo nele. Em caso positivo, tomem muito cuidado. Precisaremos checar se há alguma impressão digital nela.

Após os peritos concordarem que não havia nada mais que parecesse suspeito, Bernardi relaxou.

— A gente já pode encerrar, sargento. Marque uma reunião para mim com os funcionários do refeitório assim que possível.

Enquanto Bernardi e Samuel saíam da prefeitura, o detetive se virou para o repórter:

— É melhor descansar. A próxima semana vai ser barra pesada.

— É, eu já pensei nisso. Espero que o Mac descubra algumas pistas.

— Isso já seria esperar demais. O que nós realmente precisamos saber é se a pessoa que entrou pela janela é a mesma que preparou os ovos. Se o morto comeu os ovos, eles ainda deviam estar no estômago dele quando morreu. Vou conferir com o médico-legista. Também vou verificar se havia lama no sapato dele.

Samuel assentiu.

— Se havia outra pessoa com ele, quem é e onde está?

— É. Você tem razão. Se nós descobrirmos que alguém estava com ele, poderemos resolver esse homicídio rapidinho! — disse Bernardi, estalando os dedos.

Samuel olhou para ele, desconfiado.

— Bem, talvez não em um estalar de dedos. — O detetive fez o gesto com os dedos novamente. — Mas pelo menos vamos estar numa posição melhor que a atual.

— Concordo. Em algum momento naquela noite, alguém esteve com ele. Então quem sabe não estiveram juntos desde o início?

— Que droga. Essas especulações nunca têm fim — disse Bernardi.

— Amanhã vou ver Charles Perkins.

Bernardi balançou a cabeça e pôs as mãos nos bolsos.

— Como eu já disse, ele é todo seu. E você vai ter todo o crédito, se ele cooperar.

Samuel chegou à procuradoria no San Francisco Federal Building, o edifício da administração federal, na rua 7, no momento em que o gabinete iniciava seus trabalhos na segunda-feira de manhã cedo. Contudo, assim que Perkins soube que o repórter queria vê-lo, disse à secretária, uma jovem roliça de bochechas rosadas, que estava muito ocupado. Samuel imediatamente começou a negociar com ela.

— Você se lembra da última vez que eu estive aqui, não? — perguntou Samuel à garota.

— Como eu poderia me esquecer? — respondeu ela, ajeitando o cabelo castanho para trás. — Eu achei que ele ia nos matar. Especialmente depois que eu deixei você entrar, contrariando as ordens dele.

— Muito bem, e o que aconteceu depois?

— Você estava certo — disse ela, tirando os óculos e deixando que eles ficassem pendurados numa corrente que trazia em volta do pescoço. — Assim que ele percebeu que você queria que ele aparecesse nos jornais, mudou de tom.

— Pois agora estou exatamente na mesma posição. Preciso da ajuda dele num caso, e ele vai ganhar mais mídia.

Ao ouvir o comentário, Charles Perkins apareceu na soleira da porta. Tinha uma pele amarelada, e seu cabelo cor de palha era repartido para o lado, com uma mecha cheia de gel caindo sobre os olhos. Com um ar pomposo de grande autoridade, mandou que o repórter entrasse na sala em desordem, com pastas e papéis espalhados por toda parte.

Samuel lembrou-se de como o procurador-assistente dos Estados Unidos podia ser mesquinho e egoísta, de como ele sempre queria ser o centro das atenções, e se perguntou se Bernardi não estaria certo. Por que diabos deveria aturar esse imbecil? Porém era tarde demais. Ele já estava ali. Agora teria que aguentar o mau hábito que ele tinha de apontar o dedo para os outros e de falar com um ar de indiferença desdenhosa.

Samuel e Perkins tinham frequentado a Universidade de Stanford, e o repórter havia ajudado o procurador-assistente nas aulas de literatura. Por isso, Samuel achou que podia contar com a ajuda dele em seu primeiro caso, quando seu companheiro de bar foi morto. Naquela época, Samuel estava mal de vida, deprimido e bebendo muito, e seu único trabalho era como vendedor de anúncios para o jornal matutino. Foi só então que percebeu o antigo ressentimento nutrido por Perkins por ter tido que pedir ajuda a ele nas aulas. Contudo, Perkins o ajudou, constrangido, por causa da dívida que ainda tinha com o ex-colega de faculdade. Com a ajuda dele, Samuel resolveu o assassinato de Chinatown e passou a ser repórter em tempo integral.

Naquela época, Perkins estava em relativa posição de poder, e Samuel aprendeu a manipulá-lo para conseguir as informações de que precisava. Como estava na pior, não teve alternativa. Após se tornar repórter, Perkins o ajudou novamente em outro caso, mas daquela vez foi mais fácil, porque Samuel pôde oferecer espaço no jornal para o procurador, sempre ávido por publicidade.

— Muito bem, o que foi desta vez? — perguntou, impaciente, o procurador. Ele estava vestido com o habitual terno azul de três peças da famosa loja Cable Car Clothier. Uma das mangas era mais curta que a outra, e desbotadas abotoaduras folheadas a ouro destacavam-se, proeminentes, em punhos largos demais. — Tenho que cuidar de muitos assuntos do governo e eu realmente não estava esperando que você me incomodasse justamente quando estou prestes a dar uma surra num traficante, no tribunal amanhã. — Perkins olhou para o teto. — Será que você veio escrever um artigo sobre isso?

Samuel não respondeu. Estava ocupado tirando um envelope de papel pardo de sua pasta maltratada. Procurou ao redor um lugar para colocá-lo, de modo que pudesse abri-lo e mostrar a Perkins as fotos do morto.

— Você se importa se eu abrir um espacinho aqui na sua mesa?

— Cuidado. Eu sei onde cada coisa está. Não tire nada do lugar.

— É só um espaço para eu poder mostrar umas fotos a você. Depois eu coloco tudo de volta no lugar.

— Você vai acabar bagunçando tudo, como sempre. Aí, na hora em que eu precisar de um documento importante que você tirou do lugar, não vou encontrá-lo.

Samuel fez menção a protestar, mas Perkins o cortou:

— Deixa para lá. Vamos andar logo com isso, senão eu nunca vou conseguir me livrar de você.

Samuel tirou do envelope as fotos do morto e as mostrou para o procurador.

— Nós precisamos saber quem é esse homem e se o governo tem alguma informação sobre o que ele estava fazendo aqui em São Francisco.

O repórter também mostrou o pedacinho de papel que ele acreditava pertencer a um passaporte e relatou o que ele e Bernardi haviam descoberto.

— Ah, o velho Bernardi do terno marrom — debochou Perkins. Samuel observou o terno malcortado do procurador e se perguntou com que autoridade ele falava sobre o assunto. — Algodão egípcio e alfaiate de Beirute. E você quer saber se o governo americano poderá identificá-lo? Bem, vai ter que deixar essas fotos aqui e voltar daqui a uma semana. Vou passar para o FBI. Lembra que eu tenho um julgamento amanhã?

— É, você já me disse. Mas tudo bem. Eu volto daqui a uma semana.

— Você não vai querer saber nada sobre o julgamento do traficante? — perguntou Perkins ansiosamente, pensando no que Samuel, como jornalista, poderia fazer por ele.

— Você me conta depois que der a tal surra nele — respondeu Samuel, sorrindo.

Ao sair da sala de Perkins, ele piscou para a secretária, que fez o mesmo para ele.

Naquela tarde, Bernardi pediu a Samuel que o encontrasse no Departamento de Balística da polícia de São Francisco. Ele conseguira um projétil não esmagado, que o legista tirara do cadáver.

Por isso, o jornalista seguiu para o número 850 da Bryant Street, que também abrigava o gabinete de Bernardi, as varas penais, o escritório da promotoria pública e a cadeia. Ele pegou o elevador para o quarto andar e se dirigiu para a sala com a palavra *Balística* escrita no vidro fosco, na parte de cima da porta. Tentou entrar, mas estava trancada. Samuel bateu.

Poucos segundos depois, um policial armado espiou por uma fresta na porta, olhou para ele, e então abriu-a completamente e pediu que entrasse. Dentro da sala, ele viu outro policial armado atrás de um balcão de carvalho com tampo de fórmica azul.

— Eu vim me encontrar com o tenente Bernardi — disse Samuel, dirigindo-se ao policial do outro lado do balcão. Bernardi, que se encontrava em um canto da sala ampla, o viu e acenou para ele. O policial o conduziu a uma portinhola de carvalho, à direita do balcão. As paredes eram revestidas de pôsteres e fotografias de diversos tipos de armas, muitas delas desconhecidas para Samuel.

Bernardi estava conversando com um policial uniformizado que aparentava ter cerca de 50 anos. Ele tinha a cabeça toda grisalha, sobrancelhas escuras, olhos castanho-claros e um proeminente nariz aquilino. Samuel foi ao encontro deles, passando por uma série de mesas com pilhas de armas, a maioria pistolas. Todas estavam etiquetadas como prova.

— Esse aqui é o sargento Gaetano Rufino — apresentou Bernardi. — É o nosso especialista em balística.

— Olá, sargento. Eu sou Samuel Hamilton, do jornal matutino.

— Prazer em conhecê-lo, Samuel — disse Rufino com um sorriso. Ele não tinha um dos dentes da frente, o que o fazia parecer um ex-lutador de boxe. — Bernardi vive elogiando você.

Samuel também sorriu.

— É, nós somos muito amigos. — Ao olhar para baixo, ele viu um projétil dentro de um saquinho plástico lacrado sobre a mesa. Em outra embalagem, havia vários cartuchos gastos. — A que conclusões você chegou?

— Com certeza são estrangeiros. É possível confirmar isso só de olhar a bala e os cartuchos usados. Bruno já sabe que é uma arma de 9 milímetros. Aparentemente, é de fabricação tcheca. Está vendo esta pequena inscrição aqui no cartucho? — Rufino apontou para uma marca no metal.

— De que tipo de arma isso teria saído? — perguntou Samuel.

— Sabemos de pelo menos seis que poderiam ter feito esse estrago. Quatro são do leste europeu, uma é alemã e uma é israelense.

— Quer dizer que você não pode dizer de qual delas partiu sem antes comparar a bala com a arma propriamente dita.

— Exatamente — disse Rufino, dando de ombros.

— E aonde isso nos leva agora? — indagou Samuel.

— Precisamos de um tempo — respondeu Rufino. — Alguma coisa vai chamar nossa atenção e fazer todas as peças se encaixarem. É sempre assim.

— E até lá...?

— Nós guardamos as balas no armário e registramos em nossa memória coletiva que temos um caso em que uma arma desconhecida foi usada para matar um homem.

— É difícil esquecer algo assim, não é, Gaetano? — observou Bernardi.

— Quase impossível.

— Ok, parceiro. Nós vamos manter você informado. — Bernardi deu um forte abraço no policial.

— Tá certo, Bruno. Desculpa não poder ajudar mais. Prazer em conhecê-lo, Sr. Samuel, o repórter.

— Tenho certeza de que vamos nos ver outras vezes, Sr. Rufino — disse Samuel, apertando a mão do sargento.

— O médico-legista disse que foi o morto quem comeu os ovos — revelou Bernardi, enquanto ele e Samuel caminhavam pelo corredor na direção dos elevadores. — E não havia digitais nem nos utensílios, nem nas cascas de ovo.

— Alguém fez uma limpa?

— Não necessariamente. Lembre-se de que o cara não tinha digitais.

— Não acredito que ele tenha invadido a prefeitura só para comer — comentou Samuel enquanto pegavam o elevador em direção ao térreo. — Era muito sofisticado para uma coisa dessas. Ele devia conhecer alguém que trabalha no prédio, talvez até no próprio refeitório. Talvez até tenha encontrado essa pessoa lá e ela tenha servido os ovos a ele.

— Como uma espécie de última ceia? — Bernardi riu. — Será que foi traído por alguém que ele conhecia e em quem confiava?

— Ou então ele foi se encontrar com alguém ali e, com fome, se serviu de uns ovos, antes que os outros chegassem?

— Eu não consigo imaginar um homem oriundo de uma cultura predominantemente machista fazendo a própria comida — opinou Bernardi.

— Bem-observado, Bruno. Especialmente vindo de um italiano.

— Ei, eu sei fazer macarrão al dente — protestou ele, rindo e passando a mão pelo estômago. — Além do mais, eu não estava falando dos italianos, e sim daquele pessoal do Oriente Médio. Lembre-se de que as roupas dele foram feitas no Líbano.

— Não seja tão sensível, eu só estava brincando. Quando você vai interrogar o pessoal do refeitório?

— Estamos indo para lá agora mesmo — respondeu Bernardi, enquanto se aproximavam de um carro sem identificação. Ele abriu a porta e pôs uma sirene portátil na capota do veículo.

— Por que não vamos num carro oficial?

— Este aqui é muito mais eficiente. Com ele, posso ir a certos lugares em que, de outra maneira, eu seria muito malrecebido.

— É. Acho que você tem razão — disse Samuel enquanto se sentava no banco do carona. — E aquela lama no chão e no parapeito da janela?

— Era da vítima mesmo — respondeu Bernardi. — Tinha vestígios de lama nos sapatos dele. Mas quem quer que ele tenha encontrado dentro do prédio não entrou do mesmo modo. Havia indícios de apenas um par de sapatos do lado de fora da janela, embora não tenha sido possível identificar as pegadas. Mas o único rastro de lama no chão veio de calçados do mesmo tamanho dos usados pelo homem morto.

— Então quem quer que seja o assassino, ou assassinos, entrou no prédio de outro jeito. Ou então já estava lá dentro.

— É com essa hipótese que estamos trabalhando — disse Bernardi, perplexo. — O que faz você pensar que pode ser mais de um?

— Como eu disse, o cara parecia ser um figurão. Devia ter mais de uma pessoa, ou um grupo, atrás dele.

— É, mas as teorias conspiratórias só funcionam nos romances. Para mim foi uma pessoa só. Isso tudo está parecendo uma armadilha.

— Um ardil feito por alguma razão mais óbvia que tudo o que cogitamos até agora? — perguntou Samuel.

— Eu explico depois — respondeu Bernardi, enquanto entrava na zona reservada para a polícia em frente à prefeitura. O detetive guardou a sirene portátil sob o banco do motorista e, com Samuel, pegou o elevador até o refeitório, no andar inferior ao térreo.

O gerente reunira seus funcionários, que pareciam vir de diversas partes do mundo; uma espécie de miniONU. Samuel contou nove abelhas operárias, a maioria mulheres, sentadas em grupos de três em cada mesa.

— Está todo mundo aqui? — perguntou Bernardi ao homem moreno, alto e lúgubre, sentado junto à caixa registradora.

— Sim, senhor — respondeu ele, com um melodioso sotaque de Fiji, uma mistura da língua indiana com a entonação típica da ilha. — Todos que trabalham no refeitório. Estão aqui há no mínimo seis meses.

— Não falta ninguém? — perguntou Samuel.

— Não, senhor. — O gerente ajeitou os óculos sob o nariz aquilino. — O inspetor pediu que reuníssemos todos que trabalharam no refeitório no último mês. Ninguém foi demitido nesse meio-tempo, portanto todos estão aqui.

— Imagino que, com esse salário, haja muita rotatividade — disse Samuel, lembrando-se da merreca que ganhava como vendedor de anúncios de jornal, antes de se tornar repórter.

— O salário não é tão ruim — argumentou o homem. — Pergunte a eles. Os horários são flexíveis. Alguns só trabalham três horas no período da manhã, ou no almoço, na hora de maior movimento, e podem pegar os filhos na escola na parte da tarde.

Bernardi e Samuel foram de uma mesa à outra, fazendo perguntas sobre a noite em questão. O gerente os acompanhava de perto, ouvindo atentamente as respostas e anotando o nome de cada pessoa, incluindo a soletração fonética quando necessário. Depois que eles registraram o nome e as informações de cada funcionário, Bernardi foi direto ao que realmente interessava. Alguém conhecia o homem da foto? Alguém já o vira antes? Ele já estivera no refeitório? Conheciam alguém que o conhecesse? As respostas eram sempre um movimento negativo com a cabeça.

Samuel observou que a equipe estava disposta de acordo com culturas diferentes. Duas curdas muçulmanas sentavam-se junto a uma egípcia a uma das mesas, enquanto duas cristãs da Eritreia se acomodaram à outra com um sul-africano branco. Isso surpreendeu Samuel, pois ele conhecia a forte política do apartheid imposta pelo governo da África do Sul. Na terceira mesa, estavam três imigrantes da União Soviética — duas russas e uma muçulmana da Chechênia.

Quando Bernardi acabou, Samuel se aproximou do gerente da equipe:

— Alguém que deixou de trabalhar aqui nos últimos dois ou três meses poderia ter a chave do refeitório?

O homem balançou a cabeça, negando:

— Somos muito zelosos com relação a isso. Todo funcionário que vai embora tem que devolver o crachá e as chaves.

— Chaves?

— Há uma chave para a porta da frente e outra para a despensa. Você pode imaginar o problema de ter chaves extras circulando por aí, especialmente as da despensa.

— Quando nós chegamos aqui no sábado de manhã — interrompeu-o Bernardi —, a porta estava destrancada e a despensa, aberta.

O gerente arregalou os olhos:

— Quem foi o último a sair na sexta? — perguntou, encarando ameaçadoramente os funcionários, que permaneciam calados. — Se ninguém disser, eu vou procurar no livro de ponto. — Ele fez menção a se dirigir ao seu escritório, do tamanho de um closet, ao lado da despensa.

A chechena se levantou. Era baixinha; tinha cabelos pretos e olhos azuis. O rosto anguloso e caucasiano estava bastante desgastado por muitas horas de trabalho sob o sol.

— Fui eu — afirmou, com um inglês carregado de sotaque, esfregando as mãos nervosamente. — Mas eu tranquei a porta às duas e meia, como sempre faço quando saio à tarde. Olga estava comigo e pode confirmar.

— É verdade — disse a russa loura sentada ao lado dela. Era alta e magra, e sua cabeça estava parcialmente coberta por um lenço muito colorido. O sotaque era ainda mais forte que o da mulher que ela defendia. — Nós saímos juntas para pegar nossos filhos na Escola Saint Stanislaus, na esquina da avenida 28 com a Greary.

O gerente semicerrou os olhos, desconfiado.

— Nesse caso, por que ela estava aberta?

— Não fomos nós — respondeu a russa.

— Espera aí — atalhou Bernardi. — Nós não estamos aqui para acusar ninguém, apenas para obter informações. Traremos uma equipe para cá para tirar as digitais de todo mundo e depois vamos esclarecer isso. Deixa eu usar seu telefone, por favor? — O chefe o conduziu ao seu cubículo. Bernardi ligou para a Divisão de Homicídios e pediu para que Mac fosse até o refeitório da prefeitura.

— Quanto tempo vai demorar? — perguntou a chechena. — Nós temos que pegar nossos filhos todos os dias, na mesma hora. E estamos atrasadas.

— Nós vamos liberar vocês o mais rápido possível — respondeu o detetive, virando-se para o chefe: — Deixa ela usar o telefone para ligar para a escola.

O fijiano precisou se conter. Não estava acostumado a receber ordens na frente de seus subordinados, mas compreendia a hierarquia imposta naquele momento.

— Sim, senhor — assentiu e fez sinal para que a funcionária o seguisse até sua sala. Ele lhe passou o telefone e esperou enquanto ela discava o número da escola. A mulher falou rapidamente em russo com alguém do outro lado da linha. Quando desligou, olhou para o chefe como se tivesse acabado de receber uma sentença. Então, voltou à mesa onde estava sentada.

— Tudo em ordem? — perguntou Bernardi.

— Sim — respondeu ela. — Obrigada. Eles vão tomar conta dos nossos filhos até a nossa chegada. Mas, por favor, vamos terminar logo com isto.

Samuel acompanhava o desenrolar dos acontecimentos e anotava tudo o que se passava na sala. Embora estivesse bastante atento, não percebeu qualquer interação incomum entre os funcionários durante o interrogatório.

Após Bernardi telefonar para a Divisão de Homicídios e pedir que Mac e sua equipe se dirigissem para a prefeitura, Samuel o chamou em um canto.

— Mac não tinha examinado a porta e a fechadura da despensa, em busca de digitais? — sussurrou.

— Sim, e na fechadura não havia nenhuma. Vamos ver se aparece alguma depois que todos forem identificados.

— Você esperava encontrar pessoas de origens tão diferentes, como essas daqui? — perguntou Samuel.

— Para falar a verdade, não. Não sabia que precisaria trazer algum intérprete, ou se eu teria algum a minha disposição.

Mac chegou com outros dois homens e eles rapidamente colheram as digitais de todos os funcionários.

— Estão todos dispensados — disse Bernardi, dando seu cartão de visitas a cada um. — Desculpe ter incomodado. Se quiserem acrescentar alguma informação, por favor, entrem em contato.

Depois que eles se retiraram, Bernardi ergueu uma das mãos para deter o gerente, que havia fechado a despensa e também estava a caminho da saída.

— Espera. Eu queria uma lista de todos os funcionários que o senhor teve, digamos, nos últimos seis meses. Daria para preparar uma agora?

— Não, senhor — respondeu o homem. — Eu teria que pegar isso com o Departamento de Recursos Humanos. Vai levar alguns dias. Mas, como eu já disse, todo esse pessoal está aqui há pelo menos seis meses.

— Tudo bem. Verifique com o RH. Você tem meu cartão. Vou esperar seu retorno.

O gerente deixou a sala com a expressão fechada, e o refeitório ficou vazio, a não ser por Samuel e Bernardi.

— Que conclusão você tira de tudo isso? — perguntou o repórter.

— Nenhuma, exceto que algum dos funcionários deixou a porta da despensa aberta, ou então que alguém mais tinha a chave. E certamente não era o homem morto. Pelo menos a chave não estava com ele.

— E o fato de esses funcionários serem todos provenientes de diferentes partes do mundo, e todos eles serem afligidos por conflitos armados? — indagou Samuel, enquanto eles caminhavam para a saída da Larkin Street.

— O que você quer dizer?

— A minha lista até agora é a seguinte. A Chechênia não gosta nem um pouco de fazer parte da União Soviética. Os curdos lutam pela independência em vários países. A Eritreia não quer ser parte da Etiópia. A África do Sul tem a política do apartheid e passa por um enorme conflito interno. E os muçulmanos não querem que a Índia controle a Caxemira. Todos aqui pertencem a grupos étnicos que são potenciais compradores de armas.

"Há pouco tempo, li que a cidade de São Francisco está cheia de agentes estrangeiros que arrecadam dinheiro para armar grupos de guerrilha. Dessa forma, podem atacar uns aos outros. O único motivo para eles não se matarem na cidade é por ser aqui que eles levantam os recursos, e isso seria como dar um tiro no pé. O governo americano acabaria logo com a festa de todo mundo. E, por mais improvável que seja um assassinato aqui, podemos ter representantes desses grupos trabalhando no refeitório, onde um desses cidadãos talvez tenha servido a última refeição da nossa vítima. Mas ninguém admite conhecê-lo."

— E como você sabe de tudo isso?

— O que você acha que os jornalistas fazem assim que acordam? Eles leem as notícias.

— Seu ponto de vista é válido. Vamos ter que checar toda essa gente. No momento, são todos suspeitos. Mas minha opinião pessoal é de que foi alguém de fora. Alguém enviado até aqui para matá-lo. Mas, se um desses funcionários for um espião, não é da nossa alçada capturá-lo.

— Agora você pode ver por que Perkins é tão importante para nós. Se algum deles estiver envolvido em algo estranho, aposto que o FBI terá dossiês sobre o assunto.

— Odeio admitir que aquele idiota seja capaz de fazer alguma coisa por nós. Mas você tem razão. Precisamos dele mais do que eu imaginava. Tiro meu chapéu para você, Samuel. Está sempre um passo à frente.

— Um elogio vindo de você, Bruno? — Samuel esboçou um sorriso malicioso. — Quanto isso vai me custar? Uma bebida no Camelot? — Ele seguiu na direção da cabine telefônica ao lado dos elevadores do primeiro andar. — Pode esperar um minuto? Preciso ligar para a redação.

Um minuto depois, o jornalista abriu a porta da cabine de supetão e correu até Bernardi, que estava um pouco afastado.

— Eu tenho uma pista de quem é o cara — disse ele, agitando o caderninho de anotações no ar. — Aqui está o endereço e o nome de quem deu a dica.

O hotel Hollywood Arms era um albergue de sete andares, no centro do bairro de Tenderloin, a uma quadra da Market Street, em Ellis. A placa vertical na entrada do prédio, que um dia fora verde berrante, tinha perdido a cor completamente. Os letreiros piscavam sem parar, mas só iluminavam metade do nome. Atrás da porta principal, um corredor estreito levava a uma recepção mal-ajambrada, onde o único móvel existente era um sofá bege esmaecido, cheio de marcas de cigarro.

Atrás do balcão elevado estava um homem de 30 e poucos anos, com olhos azuis apáticos e cabelos castanhos cheios de brilhantina, penteados em um grande topete pomposo — as pontas do cabelo se juntavam no meio da testa, em um estilo típico da geração dos carrões dos anos 1950. Vestia uma jaqueta de couro preto e mascava chiclete, o movimento de sua mandíbula acompanhando o ritmo do rock'n'roll de Elvis Presley, que tocava em um pequeno rádio atrás dele. Perto do aparelho ficavam os escaninhos de chaves e correspondências dos vinte quartos do hotel.

Samuel se aproximou do balcão. Bernardi, Mac e outros dois peritos do laboratório forense estavam atrás dele.

— Sr. Evans?

— Sim, senhor — respondeu o sujeito, com um leve sotaque do Meio-Oeste.

Samuel se identificou e apresentou Bernardi antes de ir direto ao assunto.

— Recebi o recado que o senhor deixou no jornal, dizendo que talvez pudesse informar alguma coisa sobre o homem que eu descrevi na matéria do jornal matutino de domingo.

— Eu não esperava que o senhor viesse com a polícia — resmungou Evans, seu rosto pálido demonstrando preocupação. — Isso atrapalha os negócios. Assusta os clientes.

— Não se preocupe com eles — tranquilizou-o Samuel. — Basta nos levar ao quarto dele que vamos ser bem discretos.

— Eles têm mandado? — questionou Evans, mascando o chiclete com mais rapidez. — Eu não quero encrenca para o meu lado.

— Não há necessidade de obtermos um mandado se achamos que algum crime foi cometido — disse Bernardi. — Se eu entendi bem, o senhor descreveu para o Sr. Hamilton a vítima assassinada na prefeitura, no último fim de semana.

— Com certeza parece ser ele mesmo. Bem-apessoado e muito bem-vestido. Eu nunca entendi direito o que ele estava fazendo aqui nesta espelunca.

— O senhor sabe de onde ele era? — perguntou Samuel.

— Ele me mostrou um passaporte que dizia ser francês. Pedi a carteira de motorista, mas ele disse que não tinha.

— Qual foi o nome que ele deu?

— Espera aí. — O topetudo abriu o livro de registro de hóspedes e o virou para que Bernardi pudesse ler o que estava escrito.

Samuel se esgueirou para olhar por cima do ombro do detetive. O nome era Maurice Larue, seguido por um número extenso, que o atendente afirmou ser o do passaporte. Tanto Bernardi como Samuel o anotaram.

— E ele falava francês? — indagou Bernardi.

— Não faço a menor ideia.

— Quanto tempo ele passou aqui? — perguntou o repórter.

— Duas semanas, eu acho. O que está escrito no livro?

— Duas semanas — confirmou Bernardi. — Alguém veio até aqui procurando por ele?

— Uma garota costumava aparecer para vê-lo quase todas as noites. E depois que a sua reportagem foi publicada, dois homens de terno vieram aqui e arrombaram o quarto dele. Foi por isso que telefonei para você. Eles saíram com uma mala que devia ter pertencido ao cara morto, porque chegaram de mãos vazias.

— E por que você não ligou para a polícia? — perguntou Bernardi.

— Eu já disse; atrapalha meu negócio. Nós só chamamos a polícia quando alguém se machuca.

Bernardi deu um grunhido.

— Fale mais sobre a garota.

— Ela era muito bonita mesmo. Branca, 1,70m de altura, cabelos castanhos cacheados, olhos azuis. Acho que era europeia. E se vestia muito bem, tanto quanto o cara.

— Você percebeu alguma coisa de diferente nela? — indagou Samuel.

Evans parou de mascar o chiclete e sorriu, delineando com as mãos os contornos do corpo da garota.

— Ela falava com um leve sotaque. Eu não sei dizer exatamente de onde era porque sou de Indiana, e as pessoas de lá não costumam sair muito dos Estados Unidos.

— Podia ser um sotaque do sul? — quis saber Samuel.

— Duvido muito. Era de outro país mesmo.

— Ela chegou a voltar aqui depois que minha matéria foi publicada?

— Não. Eu até achei que ela viria, porque eles pareciam ter um caso. Mas só os dois sujeitos apareceram.

Samuel fez algumas anotações e esperou que Bernardi continuasse.

— E esses dois caras?

— Eram iguais ao Sr. Larue — respondeu Evans, mascando o chiclete com força. — E tinham mais ou menos a mesma altura também. Não sei de onde esse cara era, mas os outros dois vieram do mesmo lugar, porque tinham o mesmo sotaque.

— Francês?

— Como eu já disse... — comentou, dando de ombros.

— Ok. Podemos dar uma olhada no quarto? — perguntou Bernardi.

— Podem. É no terceiro andar. — Evans apontou para o elevador, que ficava no final de um corredor estreito à esquerda do balcão da recepção. — A porta está fechada com uma corda. Acho que eu já disse que ela foi arrombada.

Antes de saírem, o atendente alertou para que não entrassem todos no elevador ao mesmo tempo. Se mais de duas pessoas se espremessem lá dentro, o motor iria queimar e levaria semanas para ser consertado.

— Todos ficam muito irritados. Especialmente os que moram aqui.

Bernardi e Mac foram os primeiros a subir. Os outros dois peritos esperaram pelo retorno do elevador, enquanto Samuel subiu as escadas e encontrou o detetive na frente do quarto 317. Como informado, a porta estava fechada com uma corda de varal, uma das pontas presa na parede por um prego. Mac fotografou a porta e guardou as lâmpadas queimadas do flash no jaleco. Despejou um pó na maçaneta e na superfície externa da porta à procura de digitais, depois desamarrou a corda. Quando terminou, os três entraram cuidadosamente no quarto. Bernardi seguia na frente com uma lanterna. Antes de acender a luz, Mac extraiu mais digitais do interruptor e da maçaneta interna e tirou fotos do quarto.

Quando os outros dois peritos chegaram, um deles começou a examinar a janela suja com vista para a Ellis Street. Pegou emprestado o kit de digitais de Mac e procurou novas impressões no parapeito, no vidro e na própria esquadria da janela.

— Encontrou algo útil? — perguntou Samuel a Bernardi.

— Há muitas digitais, mas isso não é de surpreender. Afinal, estamos em um quarto de hotel.

Havia uma única fonte de luz, no meio do quarto. A esfera que abrigava as duas lâmpadas, uma delas queimada, era uma peça feita de plástico repleta de insetos mortos dentro. Todas as gavetas da escrivaninha barata estavam abertas e vazias, os lençóis, empilhados num canto. No banheiro, as toalhas tinham sido jogadas na banheira, e não havia nada no armário.

— Alguém fez uma limpa completa aqui — disse Mac, passando a mão pelos cabelos louros. Ele pegou a lanterna de Bernardi e vasculhou o chão, encontrando sulcos no empoeirado e velho carpete cinza. As marcas iam do armário vazio até a porta. Era evidente que alguma coisa pesada tinha sido arrastada naquela direção.

Já era fim de tarde quando a equipe de perícia encerrou os trabalhos no hotel, por isso Samuel e Bernardi seguiram para o Camelot, onde encontraram Melba em sua habitual Távola Redonda, fumando um cigarro e bebendo uma das cervejas que tomava no final do dia. Como sempre, Excalibur ficou feliz ao ver Samuel e esticou sua coleira ao máximo, tentando chegar até ele. Ignorando o pedido que Melba fizera mais cedo, o repórter tirou um biscoitinho do bolso e fez o cachorro se sentar, dando o petisco logo em seguida.

— O que traz os meninos aqui tão cedo? — perguntou Melba enquanto liberava a fumaça de seu cigarro no bar quase vazio. Estalou os dedos para chamar a atenção do barman. — O de sempre aqui. Uísque duplo com gelo e um Dago tinto.

— Nós acabamos de descobrir quem era o homem morto — disse Bernardi. — Por isso viemos comemorar.

— Ele está brincando, Melba. O cara assinou um livro de registro de hóspedes dizendo ser francês, mas temos quase certeza de que o nome e a nacionalidade são falsos.

O barman serviu as bebidas, e os três fizeram um brinde.

— Qual era o nome da espelunca em que ele se hospedou? — perguntou Melba.

— O Hollywood Arms — disse Samuel, e passou a relatar o que eles haviam descoberto nos últimos dias.

— Bem, pelo menos ele tem bom gosto — debochou Melba. — Aquele lixo é o melhor de São Francisco.

— O melhor o quê? — perguntou Bernardi.

— O melhor chiqueiro — completou ela, e todos riram. — Isso me parece um beco sem saída. E agora?

— Amanhã vamos encontrar Perkins, o procurador-assistente — disse Bernardi. — Ideia do Samuel.

Melba ergueu uma sobrancelha, mas o jornalista levantou uma das mãos, protestando.

— Eu garanto que ele vai abrir o bico.

— Bem, é melhor eu ir embora — disse Bernardi, terminando de beber o vinho e tirando alguns dólares do bolso.

Melba ergueu a mão, recusando.

— Essa é por conta da casa, Bruno. Quando solucionar esse caso, traga todo o pessoal da Homicídios para comemorar aqui. Aí você paga.

Quando ele saiu, Samuel olhou para Melba.

— Quando Blanche volta?

— Pode chegar a qualquer momento. Você vai me contar como foi o jantar romântico, ou vai fazer com que eu implore por essa informação?

— Não me pergunte, Melba. Pergunte a Blanche.

— Duvido muito que ela vá me contar uma coisa assim tão particular. Você sabe como ela é.

— Um dia, vou fazer uma confissão completa — disse o repórter. — Um dia.

Melba tomou mais um gole de cerveja.

— Trate de me contar depois o que esse procurador tem a dizer. Enquanto isso, vou fazer umas sondagens. Você não acha interessante uma mulher atraente visitar nosso homem misterioso quase toda noite e de repente desaparecer depois da morte dele? Ela devia estar enchendo o saco da polícia para saber quem o matou, a não ser que esteja envolvida.

Samuel mordeu o lábio e semicerrou os olhos:

— Talvez ela já saiba e esteja se escondendo, pensando que vai ser a próxima vítima. Para mim, é mais interessante o fato de dois caras com as mesmas características do homem morto terem entrado e vasculhado o quarto do hotel após ele ser assassinado. Fico me perguntando se fizeram isso após terem lido a matéria que saiu no jornal, ou se cometeram o crime e quiseram se livrar

de qualquer pista, caso a polícia aparecesse e recolhesse os pertences da vítima.

— Eu vou repetir — insistiu Melba. — Não interessa o que
esses homens fizeram, nem por que fizeram. Você tem que descobrir por que a garota desapareceu.

Capítulo 2

Uni-duni-tê

No dia seguinte, quando Samuel e Bernardi chegaram à sala de espera da procuradoria dos Estados Unidos, foram escoltados até uma sala de reunião. Vários homens estavam sentados ao redor de uma mesa, fumando. Perkins, vestido em seu reluzente e desgastado terno azul, uma mecha de cabelo louro caindo sobre um dos olhos, era o centro das atenções, como sempre. Falava sobre o julgamento de um notório traficante do norte da Califórnia, descrevendo com detalhes como havia, sozinho, destruído brilhantemente a defesa dos advogados.

— Se depender do que eu fiz, o cara vai ser condenado a trinta anos — gabou-se.

Samuel estava aliviado por não fazer parte da plateia. Mas, quando Charles o viu com Bernardi, começou a contar tudo outra vez. Um dos presentes fez o favor de interrompê-lo.

— Esse deve ser o pessoal da Divisão de Homicídios da polícia de São Francisco — disse, em um tom de voz que misturava expectativa e alívio.

Incomodado por ter sido posto em segundo plano, Perkins fez as apresentações com relutância.

— Estes senhores são da força-tarefa do governo americano que lida com espionagem internacional — disse ele a Samuel e Bernardi. — O que nós vamos discutir aqui é altamente confidencial e tem o único propósito de auxiliar nas investigações. Nada pode sair desta sala. Os senhores não têm autorização para divulgar nenhuma das informações que receberem aqui sem a minha permissão por escrito. Está claro? — Perkins dirigiu um olhar cortante a Samuel.

— Está — assentiu o repórter.

— Por mim também — concordou Bernardi. — Posso fazer umas perguntas?

— Daqui a pouco — disse Perkins imperiosamente, como se fosse um professor universitário arrogante e o tenente, um calouro que atrapalhasse sua aula. — Primeiro, eu preciso que vocês dois entendam que, atendendo a um pedido meu, o governo está driblando as regras e dando permissão para que a polícia de São Francisco investigue esse assassinato. Em circunstâncias normais, ele seria tratado diretamente pelo FBI ou pela CIA, dependendo da jurisdição. — Ele respirou fundo e fez um gesto indicando o homem sentado na cabeceira da mesa. — Esse é Michael Worthington. Ele é do departamento de espionagem internacional da CIA.

Worthington sorriu levemente, mostrando seus dentes amarelos, e despejou algumas cinzas de seu cigarro Old Gold num cinzeiro à sua frente. Aparentava ter entre 40 e 50 anos e usava um terno cinza muito largo, o qual acentuava seu rosto magro.

Perkins apontou para o homem à esquerda de Worthington.

— Esse é Bondice Sutton. Trabalha no Departamento de Estado, encarregado da Palestina.

Sutton, que tinha cabelos castanhos cortados bem rentes, também os cumprimentou com um gesto de cabeça. Parecia mais alerta que o companheiro. Seu terno caro feito sob medida, combinado com uma gravata vermelha, davam-lhe a aparência de um ex-aluno da Ivy League.

— Este aqui ao meu lado é Arthur Grandview — continuou Perkins. — É do gabinete de operações especiais do Departamento de Estado. É especialista em IRA, o Exército Republicano Irlandês.

Um homem baixo de maxilar bastante pronunciado se ergueu e fez uma leve reverência. Vestia um belo terno de lã inglesa cor de oliva feito na Savile Row, além de uma gravata listrada.

— Ao lado dele está Colin Rawnsley, que trabalha na CIA, mas alocado na Turquia. Especializado em assuntos do Curdistão.

O homem mais alto da mesa se levantou. Os cabelos louros e cacheados, os olhos castanhos. Era o mais bem-vestido entre todos os visitantes. A gravata azul-clara estava presa por um alfinete com uma pedra preciosa na ponta, e seu paletó bege transpassado, pendurado na cadeira vazia ao lado dele, era da melhor qualidade.

Em seguida, Perkins apresentou dois agentes do FBI e três funcionários do Escritório para o Controle de Álcool, Tabaco e Armas de Fogo. Então passou a contar ao grupo o que haviam descoberto até agora.

— O nome verdadeiro do seu morto não é Larue. O nome dele é Ahmed Mustafa. Ele vem da Palestina, mas tem cidadania síria, algo não muito fácil de se obter para um palestino. Isso já deve dar uma ideia de suas conexões. Como vocês provavelmente já devem ter adivinhado, era um notório traficante de armas, procurado em vários países por vender armas contrabandeadas para diversos grupos guerrilheiros da Europa e do Oriente Médio. Sabemos que ele viajava com muitos pseudônimos e esperávamos encontrar alguns passaportes depois que vocês nos contaram que ele estava hospedado no Hollywood Arms. Mas o bando dele limpou o quarto antes que a polícia chegasse. Sempre que ele vinha aos Estados Unidos, era posto sob a vigilância dos nossos amigos do FBI, mas de alguma maneira escapou do controle deles desta vez e permaneceu incógnito nas últimas duas semanas.

Depois desse briefing, feito da maneira tipicamente pomposa de Perkins, o procurador-assistente deu a oportunidade de Samuel e Bernardi fazerem algumas perguntas.

O detetive se levantou.

— Primeiramente, permita-me agradecer, Sr. Perkins, por reunir tantas pessoas importantes, e sem dúvida muito ocupadas, para nos dar essas informações, que nós jamais descobriríamos sozinhos. Alguém poderia me dizer o que Mustafa estava fazendo aqui?

Worthington, a quem Samuel já havia apelidado de Dentes Amarelos, apagou o cigarro:

— Nós não temos certeza absoluta, mas acreditamos que ele estava arrecadando recursos para comprar armas para a OLP.

— O que é a OLP? — perguntou Samuel.

— É uma organização fundada por Ahmad al-Shuqayri que tem por objetivo resgatar à força a Palestina do domínio de Israel, que se apossou dela na Guerra Árabe-Israelense de 1948.

— E por que Mustafa iria escolher São Francisco? — perguntou Bernardi. — A comunidade judaica daqui é muito forte e leal.

— Assim como a de Nova York — continuou Worthington.

— Mas isso não quer dizer que não existam árabes e outros simpatizantes aqui, que não gostaram nada da tomada da Palestina pelos israelenses. Além do mais, os Estados Unidos estão cheios de armas baratas à venda. Por favor, não me entenda mal. Pelo que sabemos, conseguir armas para os palestinos era apenas uma parte do trabalho dele. Mustafa também comprava armamentos para outros grupos envolvidos em conflitos no mundo inteiro. Esse sujeito tinha uma lista de clientes do tamanho desta mesa e fornecia armas a todos eles. Não sabemos ao certo como ele agia, apenas que era muito bem-sucedido. Mas também tinha seus problemas. Ficou em maus lençóis mais de uma vez por ter vendido armas com defeito.

— Isso quer dizer... É o que estou pensando? — perguntou Samuel, que se encontrava encostado na parede, os braços cruzados. — Parece que o cara tinha muitos inimigos.

— Tinha, sim — respondeu Dentes Amarelos. — Há um grande número de pessoas, mais do que podemos imaginar, que gostariam de tê-lo liquidado pelas porcarias que ele vendeu.

— E os israelenses? Esses com certeza também gostariam de se livrar dele, não? — perguntou Bernardi.

— O Mossad, o serviço de espionagem israelense, estava de olho nele — respondeu Sutton, o agente do Departamento de Estado. — Costumavam nos dizer onde ele estava e o que fazia. Até agora, tiveram o cuidado de não assassinar ninguém nos Estados Unidos. Pelo menos, é nisso que nos levam a acreditar. Mesmo assim, é uma boa pergunta. Eles alegam que não sabiam que ele estava aqui.

— Meio difícil de acreditar nisso, especialmente se eles sempre sabiam por onde Mustafa andava — observou Bernardi. — Se ele estava planejando algum mal a Israel, é bem possível que o Mossad tenha tentado se livrar dele antes — comentou Bernardi.

— Eu nunca disse que eles não queriam se livrar dele — falou Bondice com um sorriso cínico. — Só disse que eles não iriam fazer isso aqui.

— Continua difícil de acreditar — comentou Bernardi.

— E o Exército Republicano Irlandês? — perguntou Samuel.

— Essa é a minha zona de tiro, com o perdão do trocadilho — disse Grandview, o especialista no IRA, de maxilar pronunciado. — Sabemos que Mustafa vendeu um monte de armas de pequeno e médio portes para o grupo, e fez muitos negócios com eles aqui em São Francisco. Há muitos pubs irlandeses na cidade que levantam recursos para o conflito contra os ingleses na Irlanda do Norte, e ele frequentava muito esses locais. Mas não sabemos se visitou algum durante essa última estada.

— Você não disse que não sabia que ele estava aqui dessa vez? — perguntou Samuel.

Grandview deu de ombros.

— Mesmo assim, não sei se Mustafa estava se dando bem com os irlandeses. Eu me lembro de ter ouvido alguma coisa sobre um processo que envolvia o IRA. Duvido que estivessem em contato. Houve uma rixa entre eles que ia além desse processo. Há alguns anos, Mustafa vendeu cinco caixas de granadas para eles, mas algumas delas explodiram antes da hora e mataram dois soldados do IRA que estavam se preparando para utilizá-las contra soldados ingleses.

— O senhor seria capaz de nomear alguns dos associados locais? Desse modo, poderemos analisar uma possível hostilidade entre eles — pediu Bernardi.

— Sim, podemos dar alguns nomes, mas tudo isso tem que ser feito com a maior discrição — reforçou Grandview. — Saber o que está acontecendo no grupo é mais importante agora do que permitir que eles saibam que estão sendo observados.

— Quer dizer que o senhor não quer pegar o assassino ou o bando que matou Mustafa. Prefere saber o que eles pretendem fazer? — perguntou Bernardi.

— É por isso que nós estamos pedindo que vocês investiguem esse assassinato, para não expor nosso disfarce — disse Grandview, levando a mão ao colarinho para endireitar a gravata. — Sabemos que o IRA não estava satisfeito com ele, mas descobrimos, através das nossas fontes de espionagem, que eles fizeram mais uma encomenda uma semana antes de Mustafa ser morto.

— Tudo bem, o senhor vai ter que dizer com quem nós devemos entrar em contato e como devemos proceder nessa parte da investigação — declarou Bernardi.

— Vamos dar todas as informações necessárias para se concentrar em quem achamos que são os potenciais culpados entre o pessoal do IRA — falou Grandview, recostando-se na cadeira.

— Tudo isso está meio confuso — disse Samuel. — Cada um desses grupos mencionados queria comprar armas dele, mas também desejava assassiná-lo porque algumas das mercadorias adquiridas no passado haviam matado ou ferido guerrilheiros. Não estou entendendo.

— Isso pode parecer estranho — comentou o Dentes Amarelos —, mas acredite: quando se investiga o funcionamento do tráfico de armas, compreende-se por que continuaram a fazer negócios com ele.

Samuel e Bernardi trocaram um olhar.

— E o Sr. Rawnsley? — indagou o repórter, voltando-se para o especialista da CIA no Curdistão. — Ainda não disse nada. — Samuel cruzou e descruzou os braços, nervoso. Estava quase pedindo um cigarro ao Dentes Amarelos, mas lembrou-se do quanto foi difícil largar o vício. Só conseguira depois de um tratamento com hipnose.

Rawnsley levantou-se, voltando-se para Samuel e Bernardi.

— A situação não é muito diferente. Os turcos e os curdos estão travando uma guerra feia na fronteira da Turquia com o Iraque. Na Turquia, os curdos são minoria, mas ainda são muitos e querem independência. Nós sabíamos que Mustafa estava fornecendo armas para eles no norte do Iraque e é um fato conhecido que as armas que ele fornecia não só prejudicaram os turcos, como os próprios curdos. Vários guerrilheiros morreram tentando instalar minas terrestres compradas de Mustafa e com isso ele entrou para a lista negra dos curdos também.

— E os senhores? Podem nos contar alguma coisa do que descobriram? — perguntou Dentes Amarelos a Samuel.

O repórter descreveu a reunião com os funcionários do refeitório da prefeitura e o fato de Mustafa ter estado lá antes de ser morto.

— Os senhores não mencionaram a luta pela Caxemira, nem o conflito entre a Etiópia e a Eritreia — perguntou Samuel, recordando-se das duas mulheres eritreias que trabalhavam no refeitório. — Ele vendia armas para algum desses conflitos?

Todos os homens na mesa voltaram-se para Dentes Amarelos, que estava mais bem-informado sobre as linhas gerais da espionagem no Oriente Médio. Worthington soprou a fumaça pelo nariz e esmagou mais um cigarro no cinzeiro.

— Estamos investigando as ligações dele com a Eritreia e a Caxemira. Temos interesse em manter a máxima discrição possível, para ver se descobrimos alguma conexão relacionada a essas disputas aqui em São Francisco.

Bernardi e Samuel trocaram algumas palavras em um canto da sala. Bernardi então se virou e se dirigiu ao grupo.

— Nós fomos informados pelo recepcionista do hotel onde o Sr. Mustafa se hospedou por duas semanas antes de morrer que uma mulher muito atraente, com cerca de 1,70m de altura, cabelos castanhos cacheados e olhos provavelmente azuis, o visitava quase todas as noites. Alguém aqui sabe alguma coisa sobre a identidade dela?

Todos na mesa balançaram a cabeça negativamente

— Isso é novidade para nós — reconheceu Sutton. — Sabíamos que ele era um bon-vivant e mulherengo, tinha "uma mulher em cada porto", como se diz por aí. Se descobrirem mais alguma coisa sobre ela, a informação nos interessa muito.

— Pois aí está, Sr. Bernardi e Sr. Hamilton — concluiu Perkins com um enorme sorriso no rosto. — Uni-duni-tê. Os senhores descobrem qual grupo matou o Sr. Mustafa, resolvem o caso e o país ficará muito grato.

Os figurões cumprimentaram Samuel e Bernardi, e todos trocaram números de telefone para contato. Alguns minutos depois, os dois estavam na calçada em frente ao edifício da administração federal. Olharam um para o outro, abatidos.

— Você está sentindo como se alguém tivesse jogado a própria merda no seu colo? — perguntou Samuel.

— Eu me pergunto o que está realmente acontecendo — comentou Bernardi. — De todos os casos em que já me envolvi como detetive da Homicídios, esse é um que definitivamente é da alçada federal.

— Concordo. Para mim, isso não faz muita diferença. Afinal, estou atrás da matéria e eles disseram que vão me dar acesso às informações. Mas, para você, deve ser um pesadelo.

— Mais do que um pesadelo. Eu não tenho infraestrutura para cuidar dessa investigação, caso precise ir à Europa e ao Oriente Médio.

— Bem — replicou Samuel, sorrindo —, alguém tem que fazer o trabalho sujo.

No final daquele dia, Bernardi ligou para Samuel e pediu que ele o encontrasse na sala do arquivo municipal, no prédio da prefeitura. Quando o repórter chegou, o detetive já estava lá com Mac e a equipe de peritos. O arquivista os levou até uma área um pouco mais afastada da entrada, que abrigava vários corredores repletos de arquivos do judiciário e apontou para uma pilha de pastas no chão, com o conteúdo espalhado em todas as direções. Os peritos começaram a examinar as pastas pardas em busca de digitais.

— Isso só pode ter sido feito no fim de semana. Só foi descoberto hoje de manhã, porque ninguém circulou por aqui — informou o arquivista a Bernardi.

— Como os invasores entraram?

— A porta dos fundos, que quase ninguém usa, foi arrombada com um pé de cabra. Eles sabiam o que estavam fazendo.

— Você disse "eles". Como sabe que era mais de um? — perguntou Bernardi.

— É só um palpite — respondeu o arquivista. — Pelo que me disseram, o morto era estrangeiro. Portanto, se ele invadiu meu escritório, alguém deve ter ajudado.

— Você está partindo do princípio de que isso tem ligação com o assassinato que aconteceu no fim de semana?

— É uma premissa lógica, não acha?

Bernardi não respondeu.

— Alguma coisa foi roubada?

— Só vamos saber depois que remontarmos todas as pastas e colocarmos tudo em seu devido lugar.

— Como vocês organizam os documentos? — perguntou Samuel.

— São arquivados por data.

— E tem algum faltando?

O arquivista apontou para uma das pastas no chão. A capa havia sido praticamente arrancada.

— Como pode ter certeza? — perguntou Samuel.

— Cada pasta suporta certo número de folhas. Pelo que restou da grossura daquela ali, tem pelo menos uns 2 centímetros de folhas faltando.

— Se alguém roubasse um documento referente a uma determinada data, ninguém daria pela falta dele? É isso?

— É isso. Se nós realmente quisermos saber se alguém pegou alguma coisa, teremos que comparar tudo com a ata dos tribunais, no caso de um julgamento. Se levaram alguma coisa arquivada aqui nesta sala antes do julgamento, então teremos que comparar nossas informações com as dos livros de registro. Todas as pastas que estão aí no chão referem-se a um caso que foi encerrado há dois anos.

— E como você sabe disso? — perguntou Bernardi.

— Não se preocupe — disse o arquivista, sorrindo. — Eu não toquei em nada. Verifiquei o número da pasta antes de ligar para a polícia.

— E então? Teve sorte? — gritou Bernardi para Mac, que examinava a porta dos fundos.

— Depende do que se chama de sorte — observou o perito. — Toda porta sempre tem um monte de digitais.

— Veja o que consegue descobrir nesse arquivo — ordenou o detetive ao arquivista. — Assim que você terminar, daremos uma olhada.

— O que falta são alguns contratos de fornecimento de armas de fogo para uma empresa no Chipre — disse o arquivista.

— É mesmo? — perguntou Samuel.

— É — continuou ele. — Elas só não foram entregues porque o governo americano interveio e disse que o negócio era um embuste. O caso foi transferido para a alçada federal, na qual o governo poderia provar que as armas na verdade eram destinadas ao Exército Republicano Irlandês. Depois do julgamento, o caso foi mandado para a Suprema Corte com instruções para avaliar perdas e danos decorrentes de um contrato ilegal. Posteriormente, foi concedido à United Arms Company o direito de cobrar uma indenização de 150 mil dólares de três moradores de São Francisco.

— Os nomes e os endereços dos réus estão na pasta? — indagou Samuel.

— Os nomes estão na etiqueta. Os endereços estão em algum lugar aí dentro. Eu vou dar uma olhada após os rapazes do tenente terminarem o trabalho deles.

Bernardi fez um gesto de negação com a cabeça:

— Nada disso. Quando o Mac terminar, vamos levar essa pasta. Ela pode se tornar prova em um caso de homicídio. Poderemos mandá-la através de um policial, caso precise dela. E eu mesmo vou passar a informação que o Sr. Hamilton pediu, caso ela esteja aqui. Nesse meio-tempo, se qualquer um, e eu estou falando de qualquer um *mesmo*, perguntar por essa pasta, ligue para o meu escritório e fique enrolando até a gente mandar alguém aqui.

Passava das cinco da tarde. Samuel e Melba já estavam sentados à Távola Redonda quando Bernardi chegou.

— Achei que você ia estar aqui — disse o tenente, sentando-se e indo direto ao ponto. — Chequei os endereços dos três irlandeses que foram réus no processo. Todos são moradores de São Francisco e ainda moram nos mesmos lugares. Um deles é dono de um pub.

— Aposto que é o John McNamara — opinou Melba.

— O próprio. Como você sabe? — perguntou Bernardi.

— Samuel estava me contando os acontecimentos de hoje, e eu pensei que, se o IRA está arrecadando recursos ou comprando armas em São Francisco, John McNamara tem que estar envolvido.

— É isso mesmo — afirmou Bernardi. — A equipe que trabalha com o Perkins nos deu mais informações sobre esse cara. Eles confirmaram o que você acabou de me dizer. Devíamos deixar essa investigação por sua conta e simplesmente abrir o caminho para você. — O detetive sorriu.

— De jeito nenhum. O McNamara é um baita filho da puta. Eu vou deixar isso por conta do Samuel. — Melba tomou um gole de cerveja. — É para isso que ele é pago. Mas vou alertar vocês antes que alguém acabe levando a pior por perguntar a um irlandês safado se ele deu cabo de um comerciante de armas palestino. É preciso ter muito cuidado na hora de abordar essa gente. Você não disse que ele e outras duas pessoas foram condenadas a pagar uma indenização de 150 mil dólares?

— Foi o que o arquivista disse — falou Samuel. — Isso quer dizer que ele teria que pagar só 50 mil?

— A decisão determinou a obrigação solidária — explicou o tenente. — Isso quer dizer que cada devedor é responsável pela quantia total, não apenas sua parcela. Mas já faz dois anos. Provavelmente, ele já acertou as contas. Senão estaria fora do negócio.

— Onde fica o bar dele? — perguntou Samuel.

— Geary Boulevard — respondeu Melba.

— É lá que ele arrecada dinheiro para comprar as armas — comentou Bernardi.

— Tenho uma ideia — disse Melba, pedindo mais uma rodada. Então ela contou seu plano enquanto os três se aproximavam mais da Távola Redonda.

No domingo de manhã, Samuel e Melba chegaram à Igreja de Santa Mônica, no distrito de Richmond, na esquina da 23 com o Geary, para a missa das onze horas. Com seu estilo próprio, Melba usava um vestido branco de bolinhas pretas, sapatos de salto alto amarelo e um chapéu de linho de abas longas e irregulares, com uma fita vermelha amarrada em um laço. Óculos escuros cobriam os olhos avermelhados, resultado de muitas madrugadas em seu esfumaçado bar.

Para a ocasião, Samuel vestiu um blazer esporte cáqui, sem buracos causados por queimadura de cigarro nas mangas, uma camisa xadrez madras limpa e mocassins baratos, marrons e reluzentes. Ele tinha ido pouquíssimas vezes a uma igreja católica. Por isso, observou cada movimento de Melba, imitando-a quando ela mergulhou os dedos indicador e médio na água benta de uma fonte de mármore ao lado da porta de entrada, e fez o sinal da cruz. Ele a seguiu pelo corredor central, e os dois dobraram levemente os joelhos na direção do altar antes de se sentarem em um dos bancos.

Confortavelmente acomodados, ambos observaram os coroinhas preparando-se para a missa enquanto ouviam o som do órgão ao fundo. Após alguns minutos, Melba apontou para um homem sentado num banco próximo ao altar.

— McNamara é aquele de cabelos grisalhos ondulados. Ao lado dele, a esposa e os seis filhos.

— Seis? Eu só consigo contar quatro.

— Os outros dois são pequenos demais. O encosto do banco bloqueia a visão da cabeça deles.

— Você tem certeza de que a gente deve almoçar aqui depois da missa e se sentar com a família?

— Por que não? Eu os conheço bem. Vamos ser bem-recebidos. Só não faça nenhuma pergunta idiota. Deixa que eu cuido de tudo. — Melba tirou os enormes óculos escuros e os guardou na bolsa.

Assim que a missa começou, Samuel procurou se distrair: religião não era o seu forte, particularmente quando envolvia a pompa e a circunstância de uma missa. Após uma hora interminável (pelo menos para ele), a celebração acabou, e Samuel e Melba saíram da igreja com outros fiéis, que se aglomeraram na calçada para conversar. Melba acendeu um Lucky Strike e tragou profundamente, soprando a fumaça no ar frio da manhã. O sol se esforçava para sair em meio à neblina.

Quando a porta do refeitório se abriu, eles desceram as escadas e entraram no vasto salão, usado para diversas atividades sociais, inclusive os almoços das tardes de domingo, que asseguravam à paróquia o dinheiro necessário para financiar seus programas de atletismo.

Samuel olhou ao redor e, erguendo uma sobrancelha, apontou para o bar.

— Claro — disse Melba com uma voz grave, sua marca registrada. — Uma cerveja com uma bebida para acompanhar. Como é domingo, pode ser um bourbon.

O repórter se dirigiu até o bar improvisado, que consistia de um pedaço de compensado seguro por dois cavaletes e revestido de papel crepom vermelho e branco. Um padre baixinho com bochechas rosadas estava em pé atrás do balcão, sorrindo. À esquerda havia uma caixa de sapatos cheia de notas, para o caso de os compradores quererem pegar o troco, em vez de doá-lo à causa da igreja. Samuel pediu as bebidas, passou uma nota de 5 dólares ao homem e esperou o troco. O padre, contudo, colocou-a na caixa e logo se virou para o próximo cliente na fila.

Samuel captou a mensagem. Pegou as bebidas e retornou ao local onde Melba o aguardava. Nesse momento, McNamara entrou no salão, seguido da esposa e dos seis filhos. Ele era magro e alto, com quase 1,80m. Tinha um rosto ossudo, uma cabeleira vasta e grisalha, sobrancelhas espessas e escuras e olhos castanhos profundos que, para Samuel, eram capazes de abrir um buraco em qualquer um que fosse insensato o suficiente para atravessar seu caminho.

— Oi, Johnny — gritou Melba. — Que bom ver você, a Ardeth e as crianças.

—Obrigado, Melba — respondeu ele com um sorriso. — Mas estou espantado por vê-la aqui. Alguém morreu?

— Nada disso, meu velho. Eu quero que você conheça um amigo meu. A gente poderia almoçar com vocês?

— Claro. Venha sentar com a gente na mesa dos fundos. Pode deixar que eu pago — disse ele, dando uma piscadela. — Eu ia oferecer um drinque a você, mas vejo que alguém já providenciou.

— Eu pensei que esse cara fosse um baita filho da puta — cochichou Samuel para Melba. — Mas aqui está ele, com a mulher e os seis filhos muito bonitinhos, todos vestidos com a melhor roupa de domingo. Isso é para enganar a plateia?

Melba balançou a cabeça e riu.

— Qual é o seu problema, Samuel? Ele é o que é. Você pode ver, pelo número de filhos, que é um bom católico. Todo mundo sabe que ele é patriota, e por isso também é possível dizer que é um bom irlandês. O que ser "um baita filho da puta" tem a ver com essas outras coisas da vida?

—Entendi — disse o jornalista, enquanto eles se dirigiam para o outro lado do salão e se sentavam à mesa reservada para McNamara. Tomaram suas bebidas em pequenos goles até que o irlandês chegou com sua tribo e imediatamente tomou conta da mesa.

— Vocês dois venham para cá — falou ele a Samuel e Melba. — Ardeth, leve as crianças ali para o outro lado e pegue um refrigerante ou alguma outra coisa para elas.

McNamara se sentou na cabeceira da mesa, tirou uma garrafinha de uísque irlandês do bolso interno do paletó e tomou um longo gole.

— Não se preocupe, Melba. Eu sempre deixo uma boa gorjeta para a igreja, e eles me deixam beber meu próprio uísque. — Enxugou a boca com a manga do paletó. — Quem é esse cara que você quer tanto que eu conheça?

— É o meu amigo Samuel Hamilton. Vou direto ao ponto. Ele trabalha para o jornal matutino e foi quem escreveu aquelas matérias sobre o comerciante de armas palestino encontrado morto na prefeitura, umas duas semanas atrás. Ele quer fazer algumas perguntas sobre os negócios que o tal cara tinha com você e com o IRA.

O rosto branco de McNamara enrubesceu, e ele semicerrou os olhos, encarando Samuel. Não disse nada por alguns segundos, apenas apertou os punhos com força, até os nós dos dedos ficarem brancos. Contudo, a cor retornou ao normal em seu rosto aos poucos, e seu olhar se tornou mais suave.

— Eu não o matei nem mandei que ele fosse morto, embora estivesse totalmente no meu direito se fizesse isso. Vocês provavelmente já sabem que ele me custou bem caro, mas paguei tudo e está encerrado. Ele também me vendeu armas muito ruins que feriram alguns soldados nossos. Mas fez o trabalho dele e eu e os meus compatriotas somos gratos pela ajuda. Se você for sábio, Samuel, não vai publicar uma palavra do que eu falei, mas pode usar perfeitamente a informação como pano de fundo para sua matéria. Agora que nós já concluímos a parte dos negócios, vamos tomar um drinque, almoçar e comemorar o dia da família na Igreja de Santa Mônica.

Ele pegou seu uísque de novo, bebeu todo o resto e enxugou a boca com a outra manga. Samuel terminou a bebida, bateu com a borda do copo na garrafinha de McNamara e se levantou para pegar mais uma rodada.

McNamara fez um sinal para ele se sentar.

— As bebidas são por minha conta, Sr. Hamilton. Pode chamar isso de hospitalidade irlandesa. Vocês estão bebendo um uísque com gelo e uma cerveja com bourbon, não é?

— Acertou na mosca — respondeu Melba. Samuel se sentou, e McNamara se dirigiu ao bar. O jornalista olhou intrigado para a proprietária do Camelot.

— Não foi ele — disse ela. — Se fosse, não teria nem falado com você.

— Mas eu preciso perguntar outras coisas.

— Não olhe para mim. Vai lá e pergunta. Mas acho que a festa acabou. Ele não vai dizer mais nada.

Quando McNamara voltou, Samuel recomeçou:

— O senhor não consegue se lembrar de mais nada sobre o tal cara que morreu? Vocês se encontraram nas duas semanas em que ele esteve em São Francisco?

Melba tinha razão. John McNamara não tinha mais nada a declarar.

À tarde, Samuel ligou para Bernardi e reproduziu a conversa com McNamara.

— Vou encarregar alguém disso agora mesmo — afirmou o detetive. — E também vamos checar os amiguinhos dele. Dê um pulo aqui no meu escritório amanhã, no início da tarde. A essa altura, meus agentes já devem ter descoberto alguma coisa.

— Só para você saber: Melba diz que não foi ele.

— Isso pode até ser verdade, mas Melba não é clarividente. Vamos fazer nosso trabalho antes de descartarmos McNamara ou os amigos dele.

— Só estou dizendo o que ela falou. Quer saber a minha opinião?

— Deixe meus homens terminarem o trabalho. Depois eu ouço a sua opinião.

— Quero falar antes de você começar. Só para não dizer que eu não avisei.

— Muito bem — disse Bernardi, exasperado. — Pode falar.

— Ela sempre acerta, cara! Não foi ele.

Quando Samuel chegou à sala de Bernardi na tarde seguinte, o detetive conversava com dois policiais, ambos vestidos com o uniforme azul do Departamento de Polícia de São Francisco. O mais velho, cujos cabelos já rareavam na parte de trás da cabeça, tinha entre 40 e 50 anos e usava a insígnia de sargento nas mangas de sua camisa, esticada sobre a barriga protuberante. Não havia insígnias na farda do policial mais novo, que parecia ter menos de 21 anos, o rosto alvo e sorridente.

— Nenhum dos irlandeses donos de pubs podia ter cometido o crime? É isso o que você está me dizendo? — perguntou Bernardi ao sargento.

— Todos têm álibis fortes.

— Não quer dizer que não tenham pagado alguém para fazer o trabalho.

— Não posso negar isso, mas o Billy aqui estava vigiando o pub de McNamara na noite em que o nosso homem misterioso foi morto. Os três estavam sentados numa mesa dos fundos, jogando cartas até duas e meia da manhã. Não é, meu jovem?

— Sim, senhor — disse Billy. — As mulheres deles chegaram lá pelas duas. Tomaram um drinque e partiram em carros separados. As esposas dirigindo.

— Obrigado, meus amigos — agradeceu Bernardi. — Se quisermos saber mais sobre as relações deles com o submundo, imagino que a gente tenha que dar um pulinho lá no FBI.

— Perdão? — disse o sargento.

— Deixa para lá. Eu só estava pensando em voz alta.

— Eu não disse? — provocou Samuel depois que os dois policiais foram embora. — Melba estava certa.

— Tudo bem. Ganhou sua estrelinha — disse Bernardi, irritado. — Quero dizer, a não ser que o FBI tenha algum tipo de vigilância que os comprometa por algum motivo.

— A gente ainda tem que checar os funcionários do refeitório.

— Até agora, estão todos limpos.

— Tem certeza? — perguntou o repórter.

— Sem ficha criminal, nenhuma ligação com suspeitos, nem idas a bares ou clubes de fama duvidosa.

— E agora? — perguntou Samuel, dando de ombros.

— Continuamos esperando a identificação das impressões digitais do refeitório e do arquivo municipal.

— E quanto tempo isso vai demorar?

— Para aqueles que tiverem ficha aqui em São Francisco, umas duas semanas. No caso das impressões não identificadas, pode demorar muito mais. Às vezes, leva anos e às vezes as digitais nunca são relacionadas a ninguém — disse Bernardi com uma expressão tristonha no rosto. — Eu queria muito que existisse algum registro nacional.

— Parece um desejo muito otimista. Prático, mas otimista.

— Enquanto a gente espera, Samuel, esse seria um bom momento para você ir à costa leste.

— É. Eu estava justamente pensando nisso. Mas primeiro eu preciso falar com Melba.

— Com Melba? Por quê?

— Assunto particular.

Enquanto Samuel estava se preparando para sua viagem a Nova York — Melba havia emprestado o dinheiro para a passagem —, recebeu uma ligação de um conhecido, dono de uma mercearia em Haight, que dizia precisar de sua ajuda. O jornalista não sabia qual era o problema, mas torceu para que aquilo se transformasse em uma boa história. Precisava de uma matéria rápida para acalmar seu editor, que estava ficando impaciente com o tempo despendido no caso do assassinato. Depois de pensar por um momento, Samuel decidiu adiar sua partida por alguns dias e ver o que esse encontro com o dono da mercearia lhe reservava.

Na hora marcada, Samuel entrou na lojinha familiar na esquina da Cole com a Haight, passando por frutas e verduras coloridas e perfumadas, exibidas em cestos próximos às janelas de vidro que ladeavam a porta de entrada. O desgastado chão de madeira rangeu quando ele passou pela esposa do proprietário, que arrumava latas de conserva em uma prateleira perto da porta, e seguiu para os fundos da loja. Lá, ele encontrou quatro grandes geladeiras cheias de laticínios, vários tipos de cerveja e uma variedade de vinhos baratos e refrigerantes. Pegou uma Royal Crown Cola de um dos refrigeradores e se dirigiu ao balcão para pagar.

O dono da mercearia, um homem de bigode que parecia estar sempre preocupado, ergueu os braços e fez uma saudação e um sinal para que Samuel guardasse o dinheiro. Ele tentou sorrir, mas em seu rosto surgiu apenas uma expressão de triste desespero.

— Seja bem-vindo, Sr. Hamilton — disse ele, esfregando as mãos em um avental branco sujo, manchado por causa dos afazeres do dia. — Obrigado por ter vindo.

— Você parece muito desanimado, Saleem — retrucou Samuel. — O que aconteceu?

— No dia que a sua matéria saiu no jornal, meu filho, Ali Hussein, que só tem 17 anos, me disse: "Esse aqui era o Mustafa. Era o meu herói, e eu sei quem matou ele." Na mesma noite, ele desapareceu. Quando olhei a caixa onde eu guardava algum dinheiro, percebi que 2 mil dólares haviam desaparecido, e também o passaporte do meu filho. Isso só pode significar uma coisa. Que ele voltou para a Palestina.

— O senhor chamou a polícia? — perguntou Samuel.

— Não. Polícia, não. Foi por isso que liguei para o senhor. Para me ajudar a encontrá-lo antes que ele faça uma besteira que arruíne a vida dele e as nossas.

— O que acha que ele vai tentar fazer?

— Acho que vai querer se vingar e tentar matar a pessoa que ele pensa ter assassinado Mustafa.

— Ele deu algum nome?

— Eu perguntei várias vezes. Mas ele não falou de jeito nenhum.

— O senhor tem alguma ideia de quem ele pudesse estar falando?

— Nenhuma. Acho muito estranho que ele tenha conhecido o sujeito e voltado para a Palestina. Foi tão difícil para a gente vir para cá.

— Sua família é de lá, certo?

— Sim. Nós chegamos há cinco anos.

— E de que parte da Palestina vocês são?

— Nós somos de uma cidade chamada Tulkarm. Fica na Cisjordânia, no norte, perto da fronteira com Israel.

Samuel anotou o nome no caderninho.

— Sua família conhecia Mustafa lá na Palestina?

— Com certeza não.

— O senhor tem alguma ideia de como o Ali o conheceu? Talvez em uma organização palestina aqui em São Francisco, ou coisa parecida?

— Meu filho é aluno do ensino médio e, quando não estava na escola, trabalhava aqui na loja. Nos fins de semana também.

Ele não tinha tempo livre. Portanto, não faço a menor ideia de onde possa ter conhecido esse homem. Ali nunca falou desse sujeito, até a publicação da sua matéria.

— O senhor acredita que ele possa ter ido para algum outro lugar, além da Palestina?

— Ele levou o passaporte. Se não tiver ido para lá, aí sim é que estará perdido para sempre e eu nunca mais vou vê-lo de novo — disse Saleem, e começou a chorar.

— Vou ter que informar às autoridades. Trarei alguém da polícia para falar com o senhor amanhã.

— Por favor, polícia não, Sr. Hamilton. — As lágrimas continuavam a cair.

Samuel segurou os ombros de Saleem.

— Acredite em mim, Saleem, isso é só uma formalidade. Eu vou ser o seu contato. O problema é que vou ter que viajar e preciso de alguém trabalhando no caso, enquanto eu estiver fora.

O homem ergueu as mãos e olhou suplicante para o repórter. Então, finalmente, enxugou as lágrimas antes de assentir com a cabeça e dar de ombros.

— Obrigado por ter me ligado, Saleem.

— Por favor, me ajude a encontrar meu filho, Sr. Hamilton.

— Eu vou fazer tudo o que estiver ao meu alcance para descobrir onde ele está. Quando eu voltar de viagem, vou passar aqui e pegar os detalhes de onde poderia procurá-lo nos Estados Unidos e na Palestina.

No dia seguinte, Samuel levou Bernardi à mercearia. O detetive anotou todas as informações pertinentes e prometeu expedir um aviso de pessoa desaparecida. Disse também que manteria Samuel informado, para que ele, por sua vez, pudesse se reportar a Saleem. Por insistência do repórter, Bernardi não contou que era da Divisão de Homicídios.

Mais tarde, naquele mesmo dia, o atendente do Hollywood Arms ligou para Samuel e contou que havia chegado uma carta para o Sr. Larue — nome com o qual Mustafa havia se registrado lá.

— Achei que você gostaria de saber disso.

— Não toque nela — pediu Samuel, empolgado. —- Eu vou agora para aí com o detetive da Homicídios. — Embora estivesse prestes a sair da cidade, ele adiou mais uma vez seu compromisso em Nova York.

Em uma hora, ele e Bernardi estavam no hotel, com o perito Macintosh e um especialista em impressões digitais. O detetive seguiu na frente pelo corredor estreito até o balcão, onde o atendente com brilhantina nos cabelos se postava.

— Oi, tenente, e oi, Sr. Hamilton. Segui as ordens. Aqui está.

Em suas mãos havia uma pinça, a qual ele usou para pegar um envelope de 12 por 7 centímetros. Samuel notou que, no carimbo sobre o selo de 3 centavos, estava escrito "Washington D.C.".

Ele e Bernardi analisaram o envelope, que parecia conter uma chave. O objeto havia deixado a marca de seu formato no papel, e pequenos buracos na superfície denunciavam o contato constante com o metal. Bernardi o abriu cuidadosamente com a pinça e deixou a chave cair no balcão.

— Como eu pensava — disse ele com um ligeiro sorriso, usando a pinça para colocar a chave de volta no envelope, o qual entregou ao especialista em impressões digitais. Ele agradeceu ao atendente e fez sinal para que Samuel o seguisse de volta pelo corredor estreito.

— Você tem alguma ideia do que é essa chave? — perguntou o repórter.

— Shhh — pediu o detetive, levando um dedo aos lábios.

— É a chave de um guarda-volumes. Mas nunca se deve falar

demais na frente de alguém que, no futuro, pode ser pressionado a dar informações.

Samuel assentiu.

Quando saíram pela porta da frente, Bernardi se virou para o perito.

— Cuide disso, Mac, e deixe o cara das impressões digitais fazer o trabalho dele. Mas, francamente, duvido que você encontre qualquer coisa, a não ser de onde, em Washington, D.C., ela foi mandada.

— Ok, chefe — disse Mac. Ele e o perito em impressões digitais entraram no carro da polícia.

— Você viu o número 75 gravado na chave? — perguntou Bernardi a Samuel.

— Vi. O que significa?

— Eu tenho quase certeza de que é de um guarda-volumes no terminal rodoviário de Greyhound. E agora nós temos o número.

— Isso que é rapidez. Mas como você soube que era de Greyhound?

— Eu já vi muitas dessas chaves esses anos todos, e essa aqui é bem parecida com elas. Mas nós não podemos ir lá sem tomar algumas precauções, como levar alguém do esquadrão antibombas, por exemplo.

— Você realmente acha que alguém iria querer explodir a gente?

— Essa pode ter sido a razão de terem mandado a chave. Talvez alguém esteja pensando que o assassino esperava que a vítima tivesse algum tesouro escondido e então isso seria uma maneira de se vingar.

— Por causa de toda a intriga internacional que o caso envolve?

— Não. Por causa da natureza humana mesmo. As pessoas são assim. Olho por olho, essas coisas...

— De quanto tempo vai precisar para localizar o terminal e isolar a área?

— Ainda não sei, vou ter que verificar. Você pode viajar que eu cuido disso.

— Nem pensar — disse Samuel. — O conteúdo desse armário pode solucionar o caso. Eu quero estar lá. — E assim Samuel adiou a viagem para Nova York por mais alguns dias.

No dia seguinte, Bernardi encontrou Samuel, Macintosh, dois guardas e um jovem policial chamado Jack Johnson, um sujeito de 1,82m, louro de olhos azuis, do recém-criado esquadrão anti-bombas, no terminal Greyhound. Ele ficava na rua 7, quase em frente ao edifício da administração federal e a meia quadra da Market Street.

O terminal era feio, já havia passado por décadas de uso e desgaste contínuos sem qualquer investimento para conservá-lo. Os azulejos verdes e brancos do piso estavam desbotados e lascados, e os bancos de madeira cobertos por marcas de canivetes com inscrições de iniciais e pequenas mensagens para amores há muito tempo perdidos. Dos alto-falantes saía uma voz seca e monótona, ouvida por toda a espaçosa sala de espera. Em uma das extremidades do amplo terminal, perto da entrada da rua 7, havia uma lanchonete com cadeiras giratórias forradas de vinil vermelho. Do outro lado, uma porta vaivém dupla com vidros arranhados levava à área de embarque. Um guarda uniformizado impedia que os passageiros se dirigissem à área reservada antes que os números de seus ônibus e os destinos fossem anunciados.

O guarda-volumes cinza tinha quase 2 metros de altura e encontrava-se encostado na parede mais ao norte, sua superfície coberta pelas mesmas ranhuras que adornavam os bancos, a não ser pelo fato de as marcas provavelmente terem sido feitas com chaves, em vez de canivetes. Eram 96 armários, divididos em duas seções, cada uma com 48. Os da esquerda mediam cerca de 30 por 30 centímetros; os maiores, à direita, tinham 1 metro de altura por 30 centímetros de largura.

— Eu já dei uma checada nos números e sei onde está o 75 — disse Bernardi ao pequeno grupo que o cercava, incluindo Samuel. — É um dos grandes. — Conferiu novamente o número da chave e dirigiu-se aos guardas. — Evacuem o prédio. Temos trabalho a fazer.

Um deles foi até o microfone e anunciou que o prédio estava sendo evacuado. A multidão reclamou, enquanto era escoltada até a porta que dava para a rua 7, mas em dez minutos o objetivo foi atingido. Bernardi posicionou policiais em cada um dos acessos ao terminal para evitar que qualquer um entrasse no local.

— Muito bem, agente Johnson, está na hora de vermos o que há nessa belezinha — disse o detetive, sorrindo. — Lembre-se de que essa chave veio de gente muito perigosa, que vive de vender armas. Portanto, cuidado.

Percebendo que não devia ficar ali atrapalhando, Samuel deu um passo para o lado.

— Sim, senhor — disse Johnson. — Eu treinei seis meses em Quantico, e, antes disso, passei seis anos desarmando minas com os Fuzileiros Navais. Acho que estou pronto para enfrentar qualquer coisa. Em primeiro lugar, temos que ver se há algum detonador.

Ele pôs a mochila preta no chão e fez sinal para os dois policiais que estavam vigiando os acessos ao terminal, e ambos o acompanharam até a rua. Depois de alguns minutos, os três voltaram carregando um pesado escudo de chumbo de 1 metro de altura que eles posicionaram diante do guarda-volumes. Bernardi mandou que Samuel saísse do terminal.

O escudo bloqueava qualquer visão de fora, por isso Johnson tirou uma lanterna da mochila, colocou-a no que parecia ser um atril e a acendeu. Seguindo as ordens de Bernardi, os dois policiais retornaram aos seus postos, e o detetive foi até o acesso à rua 7, pois ali as portas vaivém eram feitas de um vidro extraforte preso a uma armação de metal. Ao sinal do tenente, Johnson pegou a chave e abriu o armário de número 75, que continha uma mala preta da Samsonite. A essa altura, muita gente já se aglomerava em torno de Bernardi, na porta principal.

— É melhor todos vocês se afastarem e só voltarem depois que a gente terminar — disse o detetive, apontando para o espaço atrás dele. Ao policial, ele ordenou: — Não deixe ninguém ficar perto da porta.

Bernardi, Samuel e os dois guardas puseram coletes e jalecos fortemente acolchoados e receberam protetores de ouvidos que mais pareciam chapéus de pele russos. Depois de vestir seu jaleco, Johnson cobriu o rosto com algo parecido com uma máscara de soldador. Pegou uma vara de alumínio flexível da mochila preta e esticou-a até ela ficar com cerca de 70 centímetros. Ele passou a vara em torno da mala, ainda no guarda-volumes, em busca de alguma fiação. Satisfeito por não encontrar nada, perguntou a Bernardi o que fazer em seguida.

— Você tem algum gancho para tirá-la de lá? — perguntou o detetive.

— Eu não acho que isso seja necessário — respondeu Johnson, rejeitando as preocupações de Bernardi. — Eu não encontrei nenhuma fiação, e essa é a primeira coisa que somos treinados para procurar.

— Provavelmente você tem razão. Acho muito difícil que alguém conseguisse pôr um fio detonador num terminal de ônibus movimentado como este, sem que ninguém visse nada. Pode tirar.

Cuidadosamente, Johnson tirou a mala de dentro do armário e colocou-a no chão, entre o guarda-volumes e o escudo de chumbo. Em seguida, checou os dois fechos, ambos destrancados.

— Isso é muito estranho — disse o tenente. — Você não acha que seria bom chamarmos reforço? Não há nenhuma sala à prova de bombas em sua seção que consiga absorver o impacto da explosão?

— Há sim, senhor, mas não creio que seja necessário. É só uma questão de eu abrir e ver o que tem dentro.

— Não sei, não. Isso está começando a me preocupar — retrucou Bernardi. — Por que alguém mandaria uma chave para um morto? — Ele acenou para que Mac se aproximasse, a fim de consultá-lo sobre o assunto. — Quais são as possibilidades aqui?

— Talvez seja só uma mala com as roupas dele. Ou pode estar cheia de dinamite, pronta para explodir na nossa cara. — Mac chamou Johnson até a porta. — Tem algum jeito de a gente saber o que há lá dentro, sem ter de mexer em nada?

— Bem, poderíamos levar para um hospital e fazer um exame de raios X, mas ele não mostra explosivos. Além do mais, isso exigiria transportar a mala num veículo.

— E aí haveria uma chance de ela explodir se a roda por acaso passasse num buraco, é isso? — perguntou Bernardi.

— Sim, senhor — respondeu Johnson. — Deixa eu abrir a mala aqui. Aí o senhor poderá decidir o que fazer.

O olhar de Bernardi foi de Mac para Samuel. Então ele concordou com um movimento de cabeça.

— Bem, agora nós já tiramos do armário mesmo, não temos escolha. Mas cuidado. Estou começando a ter um pressentimento ruim sobre tudo isso.

Fez sinal para Johnson, que retornou para sua posição atrás do escudo de chumbo. Movendo os dois fechos, ele abriu lentamente uma fresta na mala e, com cuidado, tateou o forro para se assegurar de que não havia nenhum detonador. Quando se deu por satisfeito, abriu-a de vez e viu um tecido preto, parecido com seda, cobrindo alguma coisa. Chamou Bernardi para contar o que havia encontrado.

— Antes de qualquer outra coisa, tire todo mundo que ainda está por perto — ordenou o detetive aos dois patrulheiros. Um deles afastou os curiosos o máximo possível da porta principal; o outro empurrou os vários motoristas de ônibus e os funcionários da manutenção para longe das vidraças arranhadas da porta vaivém. — Eu vou ficar aqui fora, junto da entrada principal.

— E eu vou ficar com você, chefe — disse Mac. Samuel concordou que não era uma boa ideia ficar perto daquela mala, por isso recuou ainda mais.

— Muito bem — declarou Bernardi. — Corte o tecido devagar para ver o que tem dentro. Se houver o menor sinal de resistência, pare tudo.

Johnson pegou uma tesoura e cortou a seda preta.

— Caramba — gritou. — É dinheiro. Um monte de notas, em montes de 50.

— Para! — gritou Bernardi, acenando freneticamente enquanto entrava correndo pela porta do terminal o mais rápido que suas pernas fortes lhe permitiam. — Fecha a merda dessa mala e cai fora daí.

Mas já era tarde. No momento em que Johnson colocou as mãos na pilha de notas, houve um enorme clarão, seguido de um estrondo ensurdecedor — uma onda poderosa e avassaladora que jogou o detetive para trás, fazendo-o atravessar as portas duplas. Ele caiu ao lado de Samuel, que também foi derrubado pela força da explosão.

Johnson simplesmente explodiu. Seus pedaços se espalharam por todo aquele terminal cavernoso com restos da mala e das notas, que caíam como confete. A grande sala de espera foi tomada pela fumaça, as janelas se estilhaçaram e as cadeiras voaram antes de se espatifarem no chão. E então seguiu-se um silêncio apavorante.

Na calçada da rua 7, Bernardi estava desorientado mas consciente. O jaleco com enchimentos, todo rasgado e queimado, ainda continuava ali, firme. Mac ajoelhou-se ao lado dele e sacudiu seus ombros, com o rosto preocupado.

— Está tudo bem, chefe? — perguntou, verificando se havia sangue ou algum ferimento externo. Samuel sentou-se e balançou a cabeça, tentando se livrar do zumbido nos ouvidos.

Bernardi assentiu, tentando recuperar o foco.

— Está, está. Estou entre os vivos. Tirando este maldito zumbido. Pode me ajudar a levantar?

Mac fez sinal para que um guarda e os dois policiais ajudassem o detetive. Ele se sentia tonto, mas sabia onde estava e o que havia acontecido.

— A gente perdeu o garoto, não é?

— Sim, senhor — respondeu o guarda.

— Eu vi a mala explodir na cara dele. Sobrou alguma coisa?

— Ele virou picadinho, se é isso o que o senhor quer dizer.

— Onde?

— Lá dentro. Por toda parte.

— Então vamos entrar. Eu quero dar uma olhada nele.

— Posso ir também? — pediu Samuel.

— Claro — disse Bernardi. — Só toma cuidado. Provavelmente vai estar uma bagunça lá dentro.

Os dois policiais ajudaram o detetive e o repórter a retirar o colete queimado. Tão logo se livraram daquele peso, eles passaram pela porta dupla estilhaçada e depararam com os armários implodidos, mas ainda presos à parede.

Eles tentaram, mas não conseguiram encontrar uma única parte reconhecível do corpo de Johnson. O sangue e os pedaços dele estavam esparramados por todo o terminal.

— Que pesadelo — murmurou Bernardi consigo mesmo, com lágrimas nos olhos. — Eu tentei interrompê-lo. Eu sabia que isso ia acontecer, só que era tarde demais. Era só um menino... No começo da carreira... — Um lampejo de raiva surgiu em seus olhos. — Preciso achar um telefone e mandar o FBI vir para cá. Eles poderão identificar que tipo de bomba era essa e de onde veio. Também quero saber se esses filhos da puta já sabiam que isso ia acontecer e se só estavam usando a gente para evitar que um deles levasse a bomba na cara.

— Eu tenho o telefone deles aqui — disse Samuel.

Nesse momento, o médico-legista e sua equipe chegaram e assumiram o comando. Cara de Tartaruga se aproximou de Bernardi:

— Parece que você levou uma surra. Está precisando de assistência, tenente?

— Não, Barney. — Agora Bernardi pensava com mais clareza e começava a montar o quebra-cabeça em sua mente. — O que eu preciso é de um telefone e falar com o Samuel sobre a viagem dele a Nova York e a conversa que ele vai ter com o líder da OLP.

— Hein? — Cara de Tartaruga parecia não entender nada.

— Eu quero que a OLP saiba que alguém vai pagar por isto aqui.

— Por que você acha que eles fizeram isto?

— Na minha opinião, o líder palestino mandou seu cartão de visitas. Provavelmente acreditou que quem quer que tenha assassinado Mustafa morderia a isca.

— Você sabe que isso foi premeditado, não sabe? — disse o Cara de Tartaruga.

— Você já leu a Bíblia, Barney. Lá no Oriente Médio, o negócio é olho por olho, dente por dente. Mas aqui eles fizeram merda. Pegaram o cara errado.

Capítulo 3

Gotham

Samuel nunca havia ido a Nova York, mas, quando o 707 da Trans World Airlines diminuiu a altitude para aterrissar em Idlewild, como era conhecido o aeroporto internacional local, ele não estava pensando na cidade a seus pés. A verdade é que não tirava da cabeça as imagens da explosão que testemunhara em São Francisco.

O anexo ultramoderno da TWA, inaugurado no terminal 5 um ano antes, era reluzente e acima das expectativas. Samuel lembrou-se de que lera em algum lugar que ele fora descrito, em termos de arquitetura, como um símbolo abstrato da aviação. Ao olhar para o teto elevado e em formato de asa, o jornalista tinha que concordar. Ele também ouvira falar que o aeroporto era uma droga e vivia lotado, e que era difícil se locomover de um lugar para outro sem esbarrar em alguém. Mas o que ele viu foi justamente o contrário, e conseguiu circular pelo terminal sem a menor dificuldade.

Depois de pegar sua mala, Samuel embarcou em um ônibus para a Grand Central Station, o lendário terminal ferroviário nova-iorquino. No caminho para a cidade, atravessou a Triborough Bridge, que passava sobre o East River antes de deixar os passageiros na ilha de Manhattan. Ele olhou pela janela do ônibus, encantado. Os inúmeros quarteirões, cheios de edifícios altos, eram diferentes de tudo o que ele tinha visto antes.

Quando chegou a Grand Central, ele pegou o metrô superlotado que o levou à Times Square. Antes de fazer a transferência para a linha 1 e iniciar o último trecho de sua viagem rumo ao centro, Samuel decidiu se demorar mais alguns minutos e explorar a cidade. Ao sair da estação na rua 42, deparou-se com a multidão, os letreiros em néon, os teatros e os peep shows, além do lixo que cobria as ruas. Seus ouvidos foram invadidos pelas sirenes de polícia, pelo barulho do trânsito e pelo eco criado pelos enormes edifícios. Ouviu também uma série de sotaques pouco familiares, muitos em inglês, e viu muitos rostos diferentes.

Igualmente estranhos eram os cheiros da cidade. Sentiu falta dos odores de São Francisco, dos aromas das diversas culinárias — italiana, asiática, latina — que se misturavam naquela pequena região nos arredores de Chinatown e de North Beach. Nova York era uma cidade muito diferente. Ao contrário de São Francisco, a diversidade se espalhava por uma área muito grande. Ele percebeu que ali seria impossível capturar todos aqueles aromas num único lugar, e isso acabou deixando-o com mais saudade de casa.

Samuel dirigiu-se novamente ao metrô, pegando a conexão da linha 1 para a estação South Ferry, no sudeste de Manhattan. Desembarcou na rua 23 e caminhou meio quarteirão até o hotel Chelsea, onde havia reservado por uma semana o quarto mais barato que encontrou.

O repórter logo percebeu que estava em boa companhia. O hotel ganhara notoriedade ao longo dos anos por conta dos muitos artistas, escritores, boêmios, atores e músicos de toda espécie, os que estavam fazendo sucesso em início de carreira e os decadentes. Eles haviam transformado o hotel em um ponto de encontro.

Quando entrou no prédio, Samuel sentiu-se aliviado ao admitir que já vira coisa pior. Mesmo à tarde, o Chelsea era um lugar vibrante. Muitas pessoas de estilos diferentes estavam espalhadas pelos sofás ecléticos do lobby e, embora não tivesse certeza, ele pensou ter visto Bob Dillon conversando com um jovem perto do elevador.

Apesar de o fuso horário de Nova York estar três horas à frente do de São Francisco, Samuel já se sentia cansado, e por isso foi se deitar em seu quarto sem janelas no sexto andar e fechou os olhos para tirar um rápido cochilo. Quando acordou, já eram onze da noite. Pensando no que iria enfrentar no dia seguinte, desceu para jantar no restaurante do hotel, bebendo dois uísques enquanto aguardava seu pedido. Após devorar uma refeição simples e gostosa, retornou ao quarto para dormir um pouco mais. Precisaria estar descansado e concentrado no dia seguinte.

Tinha vindo a Nova York para entrevistar o homem que sabia mais que qualquer um sobre a Organização para a Libertação da Palestina, e Samuel esperava que ele pudesse lançar alguma luz sobre o possível assassino de Mustafa. Mas, na verdade, suspeitava que o homem que ele viera entrevistar, o ministro al-Shuqayri, da Arábia Saudita, estivesse por trás da explosão que matara o agente da polícia de São Francisco.

Na manhã seguinte, depois de comer um donut e beber uma xícara de café forte, Samuel se pôs a caminho do número 633 da Terceira Avenida, o endereço fornecido por Charles Perkins que abrigava a Missão Permanente da Arábia Saudita para as Nações

Unidas. Quando chegou, foi conduzido à sala finamente decorada do ministro. Nos fundos havia uma enorme porta dupla de madeira, ricamente talhada, que ia até o teto. O chão era coberto de tapetes orientais caros, e três pinturas a óleo encontravam-se penduradas nas paredes, uma delas do rei Abdul Aziz, o fundador da moderna Arábia Saudita, e as outras de seus dois filhos, o rei Saud e o príncipe Faisal.

Uma jovem de cabelos castanhos, sobrancelhas grossas emoldurando os olhos bastante escuros e um belo vestido de seda verde estava sentada à mesa da recepção. Ela sorriu quando Samuel entrou e perguntou como poderia ajudá-lo. Ele se apresentou, dizendo que tinha um encontro com o ministro al-Shuqayri.

— Sim, senhor. Ele está à sua espera. Por favor, sente-se. Posso lhe servir uma xícara de café árabe com cardamomo?

Sem querer parecer simplório, Samuel fez que sim e sorriu. Ela apertou um botão em seu aparelho telefônico e, em um minuto, um homem baixo de túnica branca, com um turbante preso na cabeça por uma faixa redonda e colorida, entrou carregando uma bandeja com um bule de prata com café e um pratinho cheio do que pareciam ser tâmaras recheadas. O homem serviu o café em uma elegante xícara e passou a Samuel o prato com as frutas, um garfo e um guardanapo.

O repórter tomou um pequeno gole daquele líquido exótico e usou seu garfo para remexer as tâmaras, recheadas com caju. Ele confessou à atraente recepcionista que nunca havia comido nada parecido antes.

— No seu país deve haver muitas coisas interessantes de que eu nunca ouvi falar — gaguejou.

— É verdade. Há muitas coisas admiráveis na Arábia Saudita, mas eu não estou entre elas. Faço parte da Diáspora Palestina e moro com minha família no Brooklyn.

Nesse momento, um homem alto, vestido num terno escuro muito bem-cortado, surgiu por entre as portas ornamentadas no fim do salão e se aproximou.

— O ministro irá recebê-lo agora, Sr. Hamilton — anunciou ele.

— Obrigado pelo café, pelas frutinhas e pela conversa — disse Samuel, sorrindo e olhando para a jovem. — Espero vê-la mais tarde. — Ela assentiu de maneira sedutora enquanto Samuel se levantava e seguia o homem.

O escritório do ministro era tão ricamente decorado quanto a antessala, com tapetes orientais e pinturas dos reis e dos príncipes da Arábia Saudita. Havia também cabeças empalhadas de grandes animais de caça, da África e da Índia, incluindo um leão com uma grande juba, um belo tigre siberiano e um leopardo — animal reconhecidamente difícil de ser capturado e, por isso, o item mais valioso daquela coleção.

Atrás de uma enorme mesa triangular de pedra cinza estava um homem quase careca vestido com um terno azul-marinho. O pouco cabelo que lhe restava combinava com a cor da mesa. O rosto, de tom azeitonado, era robusto, embora levemente rechonchudo, e exibia um bigode e um cavanhaque. O homem contornou a mesa e cumprimentou o repórter calorosamente com um aperto de mão.

— Bem-vindo ao Oriente Médio, Sr. Hamilton. O que posso fazer para ajudar?

O tom de voz era hospitaleiro, mas Samuel notou certa rigidez em seu rosto, o comportamento um pouco tenso. Dentes Amarelos, da espionagem da CIA, e Bondice Sutton, do Departamento de Estado, tinham-no alertado de que al-Shuqayri estava armando os palestinos. Samuel havia passado um bom tempo pensando em como iria lidar com aquele homem tão poderoso e complexo. Agora era hora de ver se conseguiria arrancar alguma coisa importante dele.

— Como eu expliquei à sua assistente quando marquei esta entrevista, sou repórter do jornal matutino de São Francisco — disse Samuel. — Um de seus compatriotas foi assassinado recentemente na prefeitura da cidade, e nós gostaríamos de ajudar a prender o culpado, ou os culpados. — Por enquanto ele não mencionaria o inquérito que corria sobre o policial morto.

— Qual era mesmo o nome dele? — perguntou o ministro, embora Samuel suspeitasse de que sua ignorância fosse dissimulada.

— Ahmed Mustafa.

— Ahmed Mustafa, Ahmed Mustafa... — O ministro semicerrou os olhos e assentiu, como se tentasse se lembrar de alguma coisa perdida há muito tempo nos recônditos da memória. — Bem, eu não sei muita coisa, a não ser, como você disse, que ele morreu, e que era da mesma cidade onde eu fui criado, na Palestina. Um lugar chamado Tulkarm.

Samuel se esforçou para conter a surpresa. Essa pequena informação era mais do que ele esperava tirar de al-Shuqayri. Preferiu mudar rapidamente de assunto para disfarçar seu interesse.

— Tem uma coisa que eu não entendo. O senhor é representante do reino da Arábia Saudita na ONU, mas nasceu na Palestina.

O ministro ergueu os olhos e sorriu.

— É uma história longa e muito complicada para contar agora, Sr. Hamilton — argumentou. Ele fez um gesto na direção de um sofá coberto por um xale brilhante e colorido, posicionado embaixo da cabeça do tigre branco, e convidou Samuel a se sentar. O ministro acomodou-se diante dele, pegou o Masbaha Yuser, o típico rosário dos muçulmanos, e começou a manipular as contas de um jeito que demonstrava nervosismo.

O mesmo garçom apareceu com uma bandeja trazendo duas xícaras e mais tâmaras, e o ministro fez sinal para que seu convidado as aceitasse. Samuel já tinha sido alertado por Melba — cujo conhecimento eclético nunca deixava de surpreendê-lo — de que, para obter alguma informação de uma pessoa oriunda do Oriente Médio, era preciso agradá-la, e a melhor maneira de se conseguir isso era aceitando sua hospitalidade. Por isso ele se preparou para passar as próximas horas movido a cafeína.

Após a terceira xícara de café árabe, as mãos de Samuel já tremiam e sua paciência estava exaurida com o papo furado do ministro. Acabou perguntando:

— Mas o que está realmente acontecendo no Oriente Médio? O senhor não pode ser palestino e simplesmente ignorar o que tem acontecido por lá nos últimos anos.

O ministro parou de manusear o rosário e encarou fixamente o repórter. Samuel observou que ele ficara surpreso com a objetividade da pergunta.

— Todo mundo sabe que o Sr. Mustafa contrabandeava armas para os palestinos — continuou ele —, e todo mundo sabe que o senhor é o líder da OLP, seja de forma oficial ou não. Isso quer dizer que ele devia trabalhar para o senhor. E fingir que o senhor não sabe nada sobre a morte dele é algo inacreditável. Aposto, embora não tenha como provar aqui agora, que ele era um dos seus agentes mais importantes e o senhor está mais interessado em quem o matou do que eu jamais poderia estar.

As mãos de Samuel tremiam. Ele balançou a cabeça, esperando que seu anfitrião reagisse à sua audácia colocando-o porta afora.

Do outro homem veio apenas o silêncio e o som abafado das contas do rosário, as quais ele continuava movendo rapidamente entre os dedos. De repente, o ministro se pôs de pé com imensa agilidade.

— O senhor está muito alterado, Sr. Hamilton, e isso não é necessário. Sim, eu conhecia o Sr. Mustafa e, sim, ele era um grande amigo meu. No entanto, acho que o senhor também compreende a minha posição. Como sou diplomata do governo da Arábia Saudita, oficialmente não tenho nada a lhe dizer. Mas posso lhe contar uma coisa extraoficialmente. O senhor só não vai poder dizer que isso partiu de mim.

— O senhor quer fazer uma declaração em off?

— Exatamente. O senhor deve ter muitas fontes que não querem se identificar, embora tenham informações valiosas, certo?

— Muito bem, posso lidar com isso. O que o senhor tem a me dizer?

— Oficialmente, nada. Extraoficialmente e em off, foi o Mossad que o matou. Já estavam na cola dele há muitos anos. Mustafa sempre me contava como havia escapado por pouco, pelo menos uma dúzia de vezes, em várias cidades europeias.

— Mossad. O senhor está falando da espionagem israelense?

— Exatamente.

— Poderia me dar os nomes de algumas pessoas para eu entrevistar?

O ministro fez uma careta, e um lampejo de raiva passou por seu rosto. Samuel se perguntou se o palestino estava pensando que ele era ingênuo.

— Com todo o poder de fogo e as informações que seu governo tem à disposição, o senhor quer que *eu* lhe dê os nomes? — falou, obviamente incrédulo. — Nada disso, Sr. Hamilton! O senhor que vá até a CIA e o FBI e diga que recebeu uma dica de alguém que sabe o que eles e o Mossad andam fazendo e diga que é uma vergonha que eles tenham permitido que uma coisa dessas acontecesse em sua bela cidade! Se o senhor tiver sorte e eles forem honestos, vão dar o nome dos conspiradores. Se não, pode voltar aqui que com certeza irá obtê-los. A única condição que imponho para lhe dar esses nomes é que o senhor me prometa que vai publicá-los em seu jornal.

— Primeiro nós precisamos de alguma prova de que são eles mesmos os assassinos. O que o senhor poderia me dizer que apontaria nessa direção?

O ministro suspirou e revirou os olhos com impaciência.

— Não é assim que as coisas funcionam, Sr. Hamilton. Eu dou uma pista, o senhor corre atrás e descobre o quê e o porquê. Posso lhe garantir que o seu governo em Washington tem todas as informações de que o senhor precisa. Eles terão que revelá-las, ou se envergonharão pelo resto da vida.

— Sim, já entendi essa parte. Mas ainda não terminei. O senhor já deve saber, a essa altura, que um policial de São Francisco foi morto há alguns dias por alguém que estava tentando vingar a morte de Mustafa.

O ministro arregalou os olhos.

— O que o senhor está me dizendo? Que um palestino teria assassinado um policial em São Francisco?

Samuel examinou al-Shuqayri com cuidado, tentando avaliar se acreditava na expressão de surpresa do ministro ou não.

— Eu não estou dizendo que foi um palestino. Só que uma bomba explodiu e matou um policial. O senhor não sabia de nada disso?

— Pelo amor de Alá, Sr. Hamilton, esta é a primeira vez que ouço falar desse acontecimento terrível — declarou o ministro, movendo as contas do rosário com o dobro da velocidade. — Como posso obter mais detalhes sobre esse crime?

— Tenho certeza de que as suas fontes irão lhe informar, ministro.

Al-Shuqayri se pôs então a tecer uma ladainha sobre todas as vítimas inocentes que inevitavelmente perdem suas vidas na guerra.

Samuel ouviu tudo sem dizer uma palavra. Percebeu que não conseguiria extrair mais informações de al-Shuqayri. Quando o longo discurso do ministro terminou, o repórter se levantou, preparando-se para sair.

— Compreendo tudo o que senhor me disse e agradeço pela franqueza. Vou seguir as pistas que o senhor me deu e voltarei a entrar em contato.

O ministro o cumprimentou e lhe deu um tapinha no ombro ao acompanhá-lo até as portas duplas de madeira. Após se despedir ali, fechou-as rapidamente.

De volta à recepção, Samuel não tinha certeza do que havia realmente acabado de presenciar, mas pelo menos estava fora do alcance do ministro e, por enquanto, isso já era um alívio. Andou até a mesa da recepção, onde ficava a jovem sorridente.

— Você parece muito animado — disse ela. — A reunião com o ministro deve ter sido muito boa.

— Foi mais interessante e instrutiva do que eu esperava — exagerou, ainda procurando se acalmar. Ele olhou para a bela moça e resolveu testar o plano que elaborara assim que pôs os olhos nela. — Eu sou de São Francisco e não conheço nada em Nova York. Posso convidar você para jantar esta noite e me mostrar a cidade?

— É muita gentileza sua, mas esta noite eu já tenho compromisso. Que tal amanhã? — perguntou, com um sorriso tímido.

— Amanhã à noite seria ótimo — concordou Samuel. — Onde você gostaria de me encontrar?

— Acho que uma das partes mais interessantes da cidade é o bairro de Greenwich Village. Nós podemos tomar um drinque no White Horse Tavern e pegar um táxi para um restaurante libanês que eu conheço. Não fica no Village, mas é bem perto. Você gosta de comida libanesa?

— Tirando o café e os docinhos que comi hoje de manhã, não conheço nada da culinária do Oriente Médio.

— Eu saio às cinco. Nos encontramos então amanhã à noite no White Horse Tavern às seis. É um bar boêmio no West Village.

— Está marcado — retrucou Samuel, sorrindo, aliviado. A primeira etapa de seu plano B fora muito melhor que o esperado. — A propósito, qual é o seu nome?

— Desculpe, meu nome é Claudia. Claudia al-Kawas — respondeu ela, enrubescendo.

— Ok, Claudia. A gente se vê amanhã — disse Samuel quando saía do gabinete saudita. Embora ainda muito agitado por conta da cafeína, ele estava satisfeito por ter feito algum progresso.

O White Horse Tavern era, aparentemente, um típico reduto da boemia. O lugar estava repleto de jovens que, para Samuel, sequer tinham idade para beber. Eles se sentavam junto a mesas de nogueira e paredes cobertas de fotografias de escritores famosos, a maioria deles morta em decorrência do alcoolismo ou a caminho da cova. O bar já estava lotado, e ele teve que abrir caminho até o balcão para pedir uma bebida. Pensou em pedir duas, mas achou melhor não, pois precisava ficar sóbrio. Além do mais, não sabia o que Claudia bebia e não queria se antecipar a ela.

O lugar era barulhento e cheio de fumaça. Samuel respirou fundo várias vezes. Já não fumava há um bom tempo e sentia falta disso. Enquanto bebia o uísque com gelo e passava os olhos pela multidão, viu muitas mulheres atraentes, bem-vestidas e solteiras. Pensou em Blanche, a filha de Melba, a jovem por quem era apaixonado, mas que não se sentia em condições de atrair para um romance verdadeiro. Samuel a imaginou de vestido branco, com uma fita vermelha na cabeça, descendo uma colina, rindo enquanto ele fingia persegui-la com o coração explodindo de desejo.

Exatamente nesse momento ele sentiu um leve puxão na manga da camisa e se virou para encontrar uma sorridente Claudia. Ela falou alguma coisa que ele não conseguiu ouvir por causa do barulho, e Samuel apontou para a porta. Deixando a bebida pela metade no balcão, ele a seguiu até o lado de fora do bar, observando suas belas formas se esgueirarem no meio da multidão.

— Desculpe ter sugerido que nos encontrássemos aqui — disse ela. — É um lugar muito popular, mas esqueci o quanto ele pode ficar lotado e barulhento.

— Eu não estou chateado — retrucou Samuel, sorrindo enquanto olhava para a figura encantadora à sua frente. Claudia usava uma jaqueta preta de risca de giz de corte impecável e uma echarpe vermelha de seda no pescoço. — Vamos para um lugar onde possamos conversar.

— Como eu falei ontem, pensei no Cedars of Lebanon. Ainda está interessado?

— Estou, sim.

Ela levantou o braço e, com um movimento, fez sinal para um táxi. Quando ele parou, abriu a porta para Samuel.

— Você primeiro — disse, e logo depois se acomodou ao lado dele. — O Cedars of Lebanon, na 38 com a Quinta Avenida — ordenou ao motorista recostando-se no banco de trás enquanto o carro arrancava em direção ao norte.

O táxi subiu a Oitava Avenida e virou à direita na rua 38, seguindo até a esquina com a Quinta Avenida e parando em frente ao restaurante. O taxímetro mostrou 1,50 dólar. Samuel procurou algumas moedas nos bolsos enquanto Claudia aguardava na calçada, segurando a porta. Quando ele saiu do táxi, viu um edifício discreto com uma placa simples em que se lia "Cedars of Lebanon". Se alguém passasse por ali com pressa, certamente não perceberia a fachada tão despretensiosa.

— Este é o restaurante mais popular de comida do Oriente Médio em Nova York — garantiu Claudia enquanto passavam pela porta. O maître, um jovem de smoking com cerca de 30 anos, cabelo preto e boa aparência, abriu um enorme sorriso quando a viu.

— *Ma chérie* — murmurou, enquanto lhe dava dois beijos nas bochechas. — *Ahlan wa sahlan, ahlan wa sahlan, ahlan wa shalan.*

Samuel gostou do som daquelas palavras, mas não fazia a menor ideia do que elas significavam.

— Obrigada, Dr. El-Charr. Lamento não ter podido vir vê-lo antes. Temos andado muito ocupados lá na Missão, mas o ministro manda suas saudações. — Ela fez um gesto em direção a Samuel. — Gostaria que o senhor conhecesse o Sr. Hamilton. É um amigo meu, da Califórnia.

— Seja bem-vindo, Sr. Hamilton — saudou o maître, conduzindo-os para o interior do restaurante. — Por favor, entre.

Samuel considerou aquele ambiente uma surpresa bastante agradável. Esperava algo parecido com a ostentação do gabinete saudita, mas não havia comparação possível. A decoração era muito simples, com mesas revestidas em fórmica dispostas com primor em quatro fileiras que iam até os fundos. Ali estava o único adorno do salão: o que Samuel acreditava ser uma bandeira do Líbano, presa num lugar de destaque na parede. Tinha duas listras horizontais vermelhas e paralelas, uma na parte de cima da bandeira e outra na parte de baixo. Entre elas, havia uma faixa branca com o dobro da espessura das listras vermelhas, com a imagem de um cedro no meio.

O modesto bar consistia de poucas prateleiras com bebidas ordenadas diante de um espelho que refletia todo o salão, fazendo o lugar parecer maior do que realmente era. Uma canção pouco familiar — a voz soava quase atonal aos ouvidos de Samuel — tocava nos alto-falantes espalhados pelo restaurante, que àquela hora da noite ainda estava quase vazio. Claudia disse que a cantora era uma libanesa chamada Fayroz e que as placas na parede oposta ao bar continham citações de *O profeta*, do sábio libanês Kahlil Gibran.

O casal se sentou a uma mesa confortável junto à parede e embaixo de uma das placas, com vista para todo o restaurante. Uma vez acomodados, Claudia chamou o garçom.

— O senhor bebe, Sr. Hamilton? — perguntou, esquecendo que o repórter havia largado seu uísque com gelo na White Horse Tavern quando ela chegou.

— Eu tomo alguma coisa de vez em quando — respondeu sorrindo.

Ela pediu dois áraques pequenos. O garçom derramou primeiro uma dose de um líquido cor de anis nos copos, depois misturou com água e gelo. Samuel e Claudia brindaram e beberam.

— Gostou? — perguntou Claudia.

— Gostei. Parece alcaçuz.

Ela concordou.

— Gosta de vinho?

— Não sou um grande fã, mas aprendi alguma coisa sobre vinhos italianos e alguns feitos na Califórnia.

— Eu gostaria de apresentá-lo aos vinhos Ksara, do Líbano. Os libaneses o produzem há milhares de anos. Eles os armazenam em cavernas, para o vinho envelhecer, e acho que o perfume e o sabor irão surpreender você. Me permitiria recomendar um?

— Estou pronto para experimentar o que você quiser.

Ela sorriu diante de tanta diplomacia.

— Você prefere tinto ou branco?

— Para mim, os tintos caem melhor.

— Boa escolha. — Claudia voltou a acenar para o garçom. — Por favor, traga uma garrafa para nós de um Ksara tinto, safra de 1959.

O garçom fez uma mesura, assentindo, colocou dois cardápios na mesa e saiu para completar sua missão.

— O senhor conhece alguma coisa de comida libanesa, Sr. Hamilton? — perguntou ela, brincando com o cardápio à frente.

— Absolutamente nada.

— Gostaria que eu fizesse algumas sugestões?

— Por favor. Eu estaria perdido se tivesse que escolher sozinho.

— O Dr. El-Charr me ensinou tudo o que eu precisava saber sobre comida libanesa. Ele é dentista durante o dia, mas a paixão dele é a comida, por isso comprou este restaurante e o transformou num dos melhores de Nova York. Ele supervisiona tudo que sai da cozinha e se assegura de que todos os alimentos venham diretamente do Líbano, quando possível, assim como o vinho. Se determinado artigo não pode ser trazido de lá, ele supervisiona sua produção nas fazendas de Long Island.

O garçom trouxe a garrafa de vinho e abriu-a na mesa. A rolha saiu com um estouro, e ele serviu uma pequena quantidade para Claudia. Ela cheirou, balançou um pouco a taça para mexer o líquido vermelho e provou como se fosse uma sommelière. Em seguida, assentiu em aprovação. O garçom encheu a taça dela e a de Samuel.

Ele provou o vinho e gostou de sua simplicidade.

— Eu nunca experimentei nada melhor que isso na Califórnia. Será que este vinho é deliberadamente mantido em segredo, escondido de nós?

— Na verdade, não. É que eles não recebem a mesma publicidade que os europeus. Mas os romanos, e até os cruzados, aprenderam muito da arte de fazer vinho com os libaneses. — Ela ergueu sua taça. — Um brinde à sua viagem, Sr. Hamilton, e ao sucesso. — Samuel retribuiu o gesto de Claudia e sorriu. — O ministro sabe que vim jantar com você hoje — disse ela, apoiando a taça de vinho cuidadosamente na mesa, um brilho intenso em seus olhos escuros. — Ele me alertou para ser cautelosa com o que eu fosse falar. Eu disse que seria, mas tive um dia inteiro para pensar no assunto e decidi contar o lado palestino dessa história, para que o senhor possa apresentar o nosso povo de uma maneira justa e correta em suas matérias. Espero também que isso o ajude a encontrar o responsável ou responsáveis pela morte de Mustafa.

— É um grande alívio ouvir você dizer isso — respondeu Samuel, embora soubesse perfeitamente a quem ela era leal de fato. — Eu tenho encontrado muita dificuldade para coletar opiniões sobre os acontecimentos naquela região e a possível ligação entre eles e o meu caso.

Enquanto passavam os olhos pelo cardápio, beberam um pouco mais de vinho e mergulharam pedacinhos de pão árabe em uma tigela com um creme bege com gosto de alho e outros ingredientes que Samuel não conseguiu identificar.

— Você poderia pedir para mim, Claudia? Eu não tenho nem ideia do que é isto que estou comendo.

Ela assentiu, aceitando a missão.

— Claro. O nome disso é homus e é feito do que aqui no Ocidente é chamado de grão-de-bico, misturado com óleo de semente de gergelim. Vamos começar com uma salada fattoush. — Claudia acenou novamente para o garçom. — Ela tem um sabor maravilhoso, uma mistura de limão com menta, muito leve e refrescante.

Após pedir os outros pratos da refeição, ela retornou ao que Samuel já considerava um vazamento de informação.

— Quando as pessoas falam do Oriente Médio, a maioria tem uma reação passional. Eu também, mas a minha é diferente do que se ouve aqui nos Estados Unidos, que costuma favorecer o lado israelense. Eu queria que o senhor ouvisse o nosso lado também. Não sei se algum dia vamos conseguir a nossa terra de volta, mas quero que saibam que ela nos pertence, que nós a amamos e que lamentamos sua perda. Tenho certeza de que o senhor já sabe que Israel se apossou da Palestina em 1948, e continua assim até hoje, mas o que provavelmente não sabe é que, muitos anos antes disso, eles já vinham tentando conquistar fisicamente o que nos pertencia.

— Então você acha que os judeus não têm nenhum motivo legítimo para reivindicar a Palestina?

— Eles foram embora, ou foram expulsos, há centenas de anos. Quando começaram a ocupar o território novamente, tomaram uma terra que já nos pertencia há gerações.

— Você disse que eles estão tentando voltar à Palestina há anos. O que quer dizer com isso?

— O movimento sionista, que defende o retorno dos judeus à Palestina, começou no século passado. No início, era pequeno e inócuo, mas ganhou força com a Declaração de Balfour, de 1917. Os ingleses, que administravam a Palestina antes do fim da Primeira Guerra Mundial, basicamente a incorporaram em um projeto que visava conceder uma pátria aos judeus. A pergunta que nós fazemos até hoje é: com que autoridade eles fizeram isso, e em nome de quem? A terra não era deles para que pudessem doá-la a alguém. Mas a situação ficou incontrolável com o Holocausto, durante a Segunda Guerra Mundial.

— Isso foi um acontecimento muito brutal, não acha?

— Sim, foi uma coisa horrível, que não devia ter acontecido a ninguém, mas não foi culpa dos palestinos. Esse é o nosso argumento. Por que nós devemos pagar pelos pecados dos outros? Volto a dizer: por que os governos estrangeiros podem ditar como o nosso país deve ser e quem deve habitar nossos territórios?

— Eu não tenho uma resposta para essas perguntas, só vejo as consequências. Israel agora domina a Palestina, ou pelo menos uma parte. Ela não foi dividida em dois Estados, um para cada povo?

Naquele momento, as saladas chegaram. Com evidente orgulho, Claudia reiterou que quase todos os ingredientes vinham do Líbano. Apenas a salada e a salsa haviam sido plantadas em Long Island.

Após provar, hesitante, uma pequena porção, Samuel degustou a salada com gosto, fazendo uma pausa para cumprimentar Claudia pela escolha do prato antes de continuarem a conversa.

— Acho que você pode me dar uma verdadeira aula de história do Oriente Médio — disse ele, tomando um generoso gole de vinho. — E eu realmente preciso de uma. Mas agora, acima de tudo, para mim é fundamental saber mais sobre Mustafa. Preciso de qualquer coisa que você puder me contar sobre quem queria vê-lo morto, ou quem realmente o matou.

Ela sorriu tristemente.

— Eu não sei quem o matou. — Ela olhava diretamente para Samuel, com grandes olhos escuros que não tentavam esconder sentimentos mais profundos. O repórter podia perceber isso e se perguntava se agora, enfim, ela esqueceria seu papel de secretária da Missão Permanente da Arábia Saudita para as Nações Unidas e falaria alguma coisa importante. — Mas sei um pouco da história dele. O ministro me disse que o senhor já sabe que ele e Mustafa eram da cidade de Tulkarm. E todos nós sabemos que

Mustafa vendia armas para grupos em conflito no mundo inteiro. O que o senhor não sabe é que ele não estava fazendo esse trabalho em nome de um governo palestino paralelo. Ele era um patriota e doava quase tudo o que ganhava para a nossa causa.

— Que causa? — perguntou o repórter, pensando se ela não teria dito mais do que deveria.

— Eu preciso ter muito cuidado na hora de falar essas coisas. Não existe um conselho de guerra para recuperar a Palestina. Mas antes você disse que não sabia o que responder quando perguntei por que os governos estrangeiros poderiam decidir como deveria ser o nosso país e quem deveria habitá-lo. Para os palestinos, existe uma organização que já teve vários nomes diferentes. Em breve o ministro al-Shuqayri vai renunciar ao seu cargo como representante da Arábia Saudita e será designado líder da Organização para a Libertação da Palestina. Sua missão será recuperar nosso território.

— Isso quer dizer à força, não é?

— Eles não me disseram isso diretamente, e eu gostaria que fosse por meios pacíficos, mas não sou tão ingênua a ponto de pensar que eles vão ficar esperando sentados, enquanto os israelenses continuam a ocupar a região.

— E você vai se juntar a essa organização?

— Não. Eu passei para a faculdade de medicina. Arrumei esse emprego para juntar um pouco de dinheiro. Se tornar médico nos Estados Unidos é um projeto bastante caro. Minha família não pode me ajudar muito.

— Estou realmente impressionado — retrucou Samuel. — Você tem ideia do quanto é difícil entrar para uma faculdade de medicina?

— É claro. Acabei de passar por esse tormento — respondeu ela, rindo.

Samuel ficou vermelho e percebeu que a pergunta não fazia o menor sentido.

— Não me leve a mal, posso ser um idiota de vez em quando. Mas, falando sério, a última coisa que quero é pôr palavras na sua boca ou arranjar encrenca para você. Só estou fazendo essas perguntas para tentar elucidar um caso de assassinato. Você acha que vai haver alguma tentativa de retomada da Palestina através de forças armadas?

— Nunca ouvi ninguém comentar nada disso, mas, sejamos realistas, Sr. Hamilton. Mustafa vendia armamentos no mundo inteiro. Ele também fornecia para os palestinos. Para que o senhor acha que eram essas armas?

— Acho que todo mundo sabe por que ele estava fornecendo armamento para os palestinos. Olha, eu não vou citar seu nome nas minhas matérias, mas preciso ter os nomes de pelo menos algumas pessoas que poderiam querer fazer mal a Mustafa, independentemente do motivo.

— Eu sei que o governo turco o teria matado se o pegasse na Turquia.

— Por quê?

— Porque ele vendia armas aos rebeldes curdos, tanto na Turquia como no Iraque. Cerca de vinte por cento da população turca é de curdos, e eles querem ter o próprio país, ou, pelo menos, um estado autônomo dentro da Turquia.

— E você acha que os turcos enviaram alguém a São Francisco para cumprir essa missão?

— Isso eu não consigo responder. Tenho certeza de que os especialistas que o senhor conhece no governo americano poderiam falar mais sobre essa possibilidade.

— E você consegue pensar em alguém, além da OLP, que poderia querer vingar a morte de Mustafa? — perguntou Samuel.

Era uma pergunta calculada. Ele queria que Claudia dissesse ao ministro que a OLP estava sendo investigada como suspeita pela morte de um policial de São Francisco.

— Essa é uma pergunta capciosa, Sr. Hamilton? Tenho certeza de que o senhor não está esperando que eu responda.

— Mas, se tiver uma resposta, gostaria de ouvir.

— Não faço a menor ideia de quem fez o quê a quem, nem mesmo de quem está por trás desse jogo.

— E você já ouviu falar de um garoto chamado Ali Hussein?

— O senhor está falando daquele garoto que é da mesma cidade do ministro e de Mustafa?

— Ele mesmo. Reconhece o nome?

Ela hesitou.

— O ministro já sabe que Ali desapareceu de São Francisco. — De repente, ela colocou a mão sobre a boca, tapando-a.

Samuel se assustou.

— E então...? Por favor, não me deixe na expectativa. O que houve com ele? — perguntou Samuel.

— Desculpe, porém já disse mais do que deveria.

Percebendo que não ia arrancar mais nada dela sobre Ali, Samuel retomou sua linha de investigação sobre Mustafa:

— Você sabe o que Mustafa estava fazendo em São Francisco?

— Arrecadando dinheiro, vendendo armas, ou as duas coisas.

— Vendendo para quem?

— Para quem tivesse dinheiro.

Samuel levantou as mãos em desespero.

— Será que eu não posso ter nem um nome? — desabafou.

— O Exército Republicano Irlandês, pelo que ouvi dizer.

— Já sei sobre eles. Vamos mudar de assunto. Por acaso você sabe se Mustafa tinha uma namorada em São Francisco?

Claudia parou por um momento, olhando fixamente para a taça de vinho. Samuel percebeu a hesitação.

— Ouvi dizer que ele tinha sim, mas parece que ninguém sabe quem é ela, nem se era um relacionamento sério, nem de onde ela vinha. Mustafa era um homem muito bonito. Imagino que ele tivesse mulheres no mundo inteiro.

— Eu vi que você hesitou.

Ela evitou o olhar de Samuel e mudou o rumo da conversa rapidamente.

— Alguém já sugeriu ao senhor que os ingleses podem ter assassinado Mustafa? Eu estava tentando dar um jeito de trazer esse assunto à tona sem fazer muito drama.

— Essa é a primeira vez que ouço alguém falar nisso. Mas, agora que você tocou no assunto, se Mustafa estava fornecendo armamento para o IRA, faz todo o sentido que os ingleses quisessem matá-lo. Por onde eu deveria começar?

— Isso vai além do IRA. Tem algo acontecendo em Aden, no Iêmen.

— E o que seria?

— O Iêmen é um protetorado britânico, principalmente por causa da importância do porto de Aden. Mas haverá uma revolta lá, e Mustafa, entre outros, estava fornecendo armas para os rebeldes. Vai ser uma briga feia e pode custar muitas vidas no lado britânico do conflito. Acho que valeria a pena pesquisar. Seu governo será capaz de falar mais sobre isso do que eu.

Samuel nunca tinha ouvido falar do tal lugar, muito menos da rebelião, e não sabia o que fazer com essa informação naquele momento.

— Vou checar isso amanhã de manhã. Agora, vamos voltar à garota. Você poderia me contar alguma coisa sobre ela?

— Tudo o que ouvi dizer é que ela é bonita.

— Quem disse isso?

— O ministro.

— Você pode me conseguir o nome?

— Agora, não. Talvez daqui a uns seis meses. O ministro sabe que estou jantando com você. Qualquer pergunta que eu fizer a ele, ele vai saber que partiu daqui. — Ela o encarou e sorriu. — Ele também vai querer saber o que tirei de você.

— Eu sei, Claudia. Entendo perfeitamente que você não está jantando comigo por causa do meu charme, mas por ordens do seu chefe. Mesmo assim, sou grato. Pode dizer ao ministro que sei muito pouco, a não ser o fato de que Ali Hussein desapareceu. E, como o ministro sabe quem é o garoto, ele deve ser importante.

— Você quer dizer que o garoto desapareceu do nada?

— Sim, alguns dias depois do assassinato de Mustafa.

Samuel não queria dar mais informações, e para isso contou com a ajuda do garçom, que escolheu aquele exato momento para trazer os pratos principais.

— Isso é kebab — explicou Claudia. — A carne e os vegetais são preparados em um espeto de acordo com o gosto do cliente. Eu pedi um com carneiro e outro com frango, ambos ao ponto. Nós podemos dividi-los para você provar os dois.

Samuel concordou e pediu que o garçom dividisse o conteúdo dos pratos entre os dois, enquanto servia mais uma taça de vinho para cada um, esvaziando a garrafa. Olhou para Claudia, indagando se ela queria mais uma. Ela fez um gesto negativo com a cabeça. Samuel bem que gostaria de mais uma garrafa, porque a cada gole que ele tomava, Claudia lhe parecia ainda mais atraente. Contudo, ele estava ali a negócios, e não podia se dar o luxo de misturar trabalho com prazer e perdê-la como fonte. Então ele abandonou a ideia de pedir mais uma garrafa e voltou às perguntas.

— O ministro me contou que o Mossad havia assassinado Mustafa. Mas você não mencionou essa possibilidade.

— Eu sei que o Mossad estava atrás dele, por motivos óbvios, mas eles não fariam uma operação desse tipo nos Estados Unidos. O ministro acha que o Mossad é responsável por tudo o que acontece de errado atualmente. Ele diz que eles estão em toda parte, envolvidos em tudo. Mas acho que está ficando meio paranoico.

— Mas já ouvi essa mesma acusação antes. O Mossad não seria capaz de ter contratado um matador de aluguel para executar essa missão?

— Não é do feitio deles. Eles fazem o próprio trabalho sujo.

— E você ouviu mais alguma coisa? Mesmo que seja só um boato.

— Ouvi, sim. Que a CIA matou Mustafa para o Mossad. — Ela riu e revirou os olhos. — Desculpe, mas nesse conflito tudo é possível, e aparece todo tipo de teoria. Quer sobremesa?

Samuel não respondeu, concentrado no rosto bonito e na figura elegante à sua frente. Sabia que não conseguiria mais informações, por isso foi em frente, pediu mais vinho e bebeu demais.

Do lado de fora do restaurante, eles se despediram. Samuel revirou o cérebro tentando encontrar maneiras de prolongar a noite, porém, mais uma vez, percebeu que Claudia era mais importante como fonte que como conquista. Além disso, levando em consideração a falta de sorte com Blanche, não tinha a autoconfiança necessária para seduzir uma mulher como Claudia. Assim, cada um pegou um táxi para seus respectivos destinos. Quando Samuel voltou ao hotel, dirigiu-se cambaleante até o quarto e dormiu de roupa e tudo. Sonhando que fazia amor com Blanche.

* * *

No dia seguinte, Samuel acordou depois das oito da manhã com uma ressaca horrorosa. Suas roupas estavam bastante amarrotadas. Dirigiu-se ao andar de baixo, bebeu duas xícaras de café bem forte e ligou para seu contato na CIA, em Washington, D.C.

— Aqui é Colin Rawnsley — disse uma voz. — O senhor é Samuel Hamilton, aquele repórter que conheci em São Francisco?

— Sim, senhor. Estou em Nova York. Acabei de fazer uma visita ao ministro al-Shuqayri, da Missão Permanente da Arábia Saudita à ONU, e preciso falar com o senhor pessoalmente.

— O senhor pode vir aqui hoje? Tenho uma viagem marcada para amanhã de manhã.

— Quanto tempo demora para ir até aí de trem?

— O senhor pode chegar aqui em poucas horas. Podemos marcar no meu escritório, às cinco da tarde.

— Me explique como chegar aí da estação.

Embora ainda de ressaca, Samuel conseguiu chegar a Washington a tempo de sua reunião com Rawnsley, no fim da tarde. Conversaram detalhadamente sobre o que al-Shuqayri pretendia, assim como as implicações do que Claudia dissera sobre ele se tornar líder da OLP. Discutiram também o fato de tanto Mustafa, como al-Shuqayri e Ali Hussein serem da mesma cidade: Tulkarm

Capítulo 4

É como subir num pau de sebo

Tão logo Samuel voltou a São Francisco, ele relatou a Bernardi o que descobriu em Nova York e em Washington e então se dirigiu ao Camelot para relaxar e bater papo com Melba, além de tentar encontrar Blanche. Já não a via há muito tempo e estava ansioso para reacender a chama da paixão, se possível.

Enquanto caminhava em direção ao bar, Samuel deleitava-se com o prazer de estar de volta à cidade. Ventava muito, mas o céu estava azul e a baía, visível através das vidraças do Camelot, brilhava ao sol da tarde. Melba, vestida num vistoso macacão cor-de-rosa, estava sentada na Távola Redonda fumando um Lucky Strike e bebendo uma cerveja; a seu lado, seu cachorro de uma orelha só. Assim que ouviu a voz de Samuel, Excalibur ficou de pé e pôs as patas da frente na mesa. O repórter tirou um biscoitinho do bolso e fez o cachorro se equilibrar apenas nas patas traseiras, sem o apoio da mesa, antes de dar seu agrado.

— Meu Deus, Samuel, você deve ter gastado todo o dinheiro que eu emprestei. — Ela brincou, erguendo o copo num brinde.

— É, e a verdade é que eu não poderia ter feito essa viagem sem você, velha amiga. Por isso, como sempre, fico muito grato.

Melba deu uma gargalhada, optando por ignorar o que parecia ser um elogio.

— Você parece cansado, meu jovem. Senta aí e toma uma bebida.

— Não posso recusar esse convite.

— O de sempre para o meu companheiro de armas — gritou ela para o barman.

— É para já — respondeu uma voz grave de trás do bar.

Melba apagou o Lucky Strike no cinzeiro já bem cheio à sua frente. Logo acendeu mais um, soltou a fumaça no ar, engoliu o que restava da cerveja e chamou novamente o barman.

— Aproveita e traz mais uma para mim.

Em seguida, ela se virou para Samuel e pediu que ele contasse tudo. As bebidas chegaram enquanto o repórter relatava os detalhes do jantar com Claudia.

— Você conseguiu com a garota alguma informação que o ministro não havia passado? — perguntou Melba.

— Algumas coisas, sim. Por isso valeu a pena. Mas ela não teria saído para jantar comigo se o ministro não tivesse permitido e dado uma lista de coisas que ele queria saber de mim. Foi só armação.

— Vivendo e aprendendo. Agora conta mais.

Ele relatou a viagem à Washington e as descobertas que a Divisão de Homicídios fizera enquanto estava fora.

— Você está dizendo que havia impressões digitais no refeitório e nos arquivos da prefeitura que não puderam ser identificadas?

— Foi o que o Bernardi me disse.

— Mas a polícia pode conseguir ajuda? E o FBI?

— Eles tentaram, mas até agora as digitais não coincidiram com as de ninguém.

— E as do refeitório?

— Como eu disse, nada.

— Há alguma digital dos funcionários antigos da prefeitura com as quais eles possam comparar?

— Eles já pensaram nisso, mas as fichas com as digitais desapareceram, e ninguém sabe há quanto tempo elas sumiram.

— Será que isso significa que existe uma ligação entre o assassinato e algum funcionário que trabalhava na prefeitura?

— Isso significa que a mesma pessoa cujas digitais foram encontradas no refeitório estava com Mustafa quando ele revirou os arquivos. Não significa, necessariamente, que o indivíduo trabalhasse para a prefeitura, apenas que ambos sabiam se movimentar pelo prédio.

— Como você sabe que o morto passou na seção de arquivos se ele não deixou nenhuma impressão digital? Você me disse que ele não tinha.

— A lógica indica que ele esteve lá. O arquivo destruído era um processo contra ele. As únicas perguntas que nós temos são: o que especificamente ele procurava nesse arquivo e quem estava com ele. Duvido que soubesse onde procurá-lo sem qualquer ajuda, e isso explica o motivo de ele estar na prefeitura tão tarde da noite, quando ninguém se encontraria por perto nem saberia o que ele estava aprontando.

Melba gritou pedindo mais duas bebidas e acendeu outro cigarro.

— Você me deixou tão tensa com essa história que eu até me esqueci de fumar — falou. Samuel afagou a cabeça de Excalibur no local onde antes havia uma orelha. — Você acha que quem o estava ajudando poderia ser uma mulher?

— Se foi alguém do refeitório, provavelmente sim. Mas não podemos afirmar isso com certeza. Não é uma das funcionárias atuais. E, a não ser que a gente consiga identificar as digitais e ligá-las a algum rosto, talvez nunca saibamos.

— Será que eles não conseguem distinguir as impressões digitais de um homem das de uma mulher?

— Seria o ideal, mas o fato é que eles não conseguem. Porém essa pode não ser a resposta definitiva. Não acredito que as digitais de uma mulher sejam do mesmo tamanho das de um homem, e ainda pode haver outras características distintas. Eu estou fazendo essas mesmas perguntas ao FBI.

— Você acha que foi a mesma pessoa que o matou?

— Não faço a menor ideia.

— Você disse que um garoto desapareceu, logo depois do assassinato. O que você descobriu sobre isso?

— No começo, pensei que fosse só uma coincidência. Mas aí descobri que o rapaz era da mesma cidade que Mustafa e al-Shuqayri e o ministro sabia tudo sobre o desaparecimento do garoto, embora nada tivesse sido publicado.

— E o que você vai fazer quanto a isso?

— Bernardi conversou com os professores dele, os amigos e o diretor da escola, mas não conseguiu nenhuma pista. Ali era um bom aluno, um menino bem-comportado e que estudava muito. Nunca demonstrou a ninguém qualquer postura política mais radical ou incomum. Quando não estava estudando, ajudava os pais na mercearia.

— E agora, quais são os planos?

— Vou até a casa dos pais dele esta noite para conversar. Prometi que tentaria encontrá-lo e agora isso me parece mais importante que nunca. — Samuel olhou em volta. — Onde está Blanche?

— Merda! Pensei que você nunca fosse perguntar. Ela está no lago Tahoe, praticando esportes e trabalhando com escrituração contábil por mais uma semana, mas me pediu para dizer que quer vê-lo quando voltar. Então... esta não seria uma boa hora para você me contar o que aconteceu naquele terrível encontro?

Samuel sentiu o rosto enrubescer.

— Eu já disse, Melba. Você vai ter que perguntar a Blanche. Se ela disser que está tudo bem, ou se me permitir contar a você, eu entrego tudo, por assim dizer. — Ele abafou uma gargalhada e voltou a se recostar na cadeira.

— Voltando a todos esses mistérios que você está tentando desvendar. Fez algum progresso?

— É como subir num pau de sebo. Eu subo um pouquinho, mas aí não consigo ter tração e acabo escorregando para baixo. Exatamente para o mesmo ponto de partida.

A família Hussein morava na Cole Street, logo na esquina próxima à mercearia. A casa de seixos cinza ficava afastada da rua e tinha tufos de grama dos dois lados do caminho que levava até a porta da frente. Os dois canteiros na lateral da casa não tinham flores, apenas terra remexida, mas duas oliveiras recém-plantadas posicionavam-se uma em cada lado da passagem.

Já estava quase escuro quando Samuel chegou lá. Ele esperou enquanto Saleem acendia a luz da frente e abria a porta devagar. Quando viu o repórter, o comerciante deu um sorriso forçado. Após um cumprimento hesitante, ele o levou até uma pequena, mas confortável sala de estar de iluminação oscilante, vinda de uma televisão de 13 polegadas em um canto, com um par de antenas em V. Ao lado dela, uma parede branca era inteiramente coberta de fotografias, provavelmente de familiares. Algumas eram velhas e desbotadas; outras, nítidas e brilhantes, recém-reveladas.

Na parede oposta, pendurada acima de um modesto conjunto de sofá e poltrona, encontrava-se uma bandeira da Palestina: três listras horizontais, preta, branca e verde, com um triângulo vermelho se sobrepondo do lado esquerdo. Também pendurada na parede havia uma pequena bolsa de tecido vermelho adornada com madrepérolas.

— Bem-vindo ao nosso lar, Sr. Hamilton — disse Saleem. Samuel observou que seus ombros pareciam mais curvados que na última vez que o vira. O rosto estava mais pálido, e a barba, por fazer. — Esta é a minha esposa, Amenah Alsadi. — O comerciante fez um gesto em direção a uma mulher roliça, de cerca de 1,50m de altura, que o repórter já havia visto várias vezes no mercado. Os cabelos pretos estavam presos num coque e eram parcialmente cobertos por um lenço branco amarrado debaixo do queixo. Usava um vestido florido e um avental branco. Ela assentiu com a cabeça, mas não disse nada. — O senhor tem notícias de Ali? — indagou Saleem.

— Lamento não ter o tipo de notícia que vocês gostariam de ouvir. Parece que nós não somos os únicos a saber que seu filho saiu de casa. Quando encontrei o ministro al-Shuqayri, em Nova York, soube que ele também estava ciente do desaparecimento de Ali.

— Nós já ouvimos falar desse homem — disse a Sra. Hussein, com um olhar amedrontado. — Mas o que ele sabe sobre o nosso filho?

— Isso ele não quis me contar. Só disse que sabia que Ali tinha saído de casa — respondeu Samuel. A Sra. Hussein esfregou as mãos nervosamente, e as rugas em seu rosto se acentuaram, assim como o olhar de temor e angústia. — O tenente Bernardi conversou com alguns professores da escola de Ali e com os amigos dele e verificou que seu filho é um aluno muito inteligente, esforçado e concentrado. Mas, se o futuro líder da OLP sabe que ele desapareceu, está claro que nós não conhecemos a história toda.

— Eu descobri uma coisa que talvez explique por que Ali foi embora — disse Saleem. — Mustafa era da mesma cidade que nós. Eu não sabia disso até que comecei a ler o diário de Ali.

— O senhor tem um diário do seu filho?

— Tenho. Eu o encontrei ontem, escondido atrás de algumas caixas no quarto dele.

— O tenente Bernardi foi avisado disso?

— Não, Sr. Hamilton. Eu o achei há pouquíssimo tempo.

— Posso dar uma olhada?

Saleem saiu da sala e voltou com um caderno grosso, encadernado em tecido, com as folhas presas por três argolas.

— O senhor não vai conseguir entender, porque está tudo em árabe.

— Mas o senhor poderia traduzir para mim?

— É claro. Fiquei acordado até tarde da noite e li tudo, Sr. Hamilton. O que o senhor gostaria de saber?

— Primeiro, deixa eu fazer uma pergunta que está me incomodando desde que eu voltei de Nova York. Pelo que entendi, quando a Jordânia emitia passaportes para os palestinos, eles tiravam uma foto da família inteira. Como Ali conseguiu viajar com um passaporte que tem a foto de toda a família na página de identificação?

Saleem deu um leve sorriso.

— Quando a Jordânia emitiu nosso passaporte, Ali estava doente, por isso eu o levei outro dia, paguei uma pequena propina, e ele tirou um passaporte só com a fotografia dele.

— Foi assim que ele conseguiu utilizá-lo sem que o senhor e a sua mulher estivessem presentes — disse Samuel. — De onde ele tirou todas essas informações?

— A primeira coisa que percebi quando abri o diário foi que havia um envelope em um fundo falso na capa. Era endereçado a Ali, a uma caixa postal aqui em São Francisco. — Saleem mostrou a Samuel uma carta escrita em árabe. — Aqui está o número.

— Imagino que o senhor não sabia dessa caixa postal.

— Não, Sr. Hamilton. Para mim, foi um choque.

— O que diz essa carta?

— Ela agradece Ali pelo seu interesse na causa e diz que Ahmed Mustafa conta com ele. Diz também que ele deve estudar muito nos Estados Unidos, para, quando voltar, ajudar a libertar a Palestina.

— Isso explica por que o ministro já sabia do desaparecimento de Ali. Ele e Mustafa estavam sempre em contato. Presumo que a causa em questão seja a própria libertação da Palestina.

— É, é o que também acho — reforçou Saleem.

— E do que falam esses artigos? — perguntou Samuel, apontando para diversas páginas de recortes de jornais e revistas colados nas páginas do diário.

— Eles tratam da libertação da Palestina, ou da perseguição de autoridades de vários países a Mustafa. Todos contam a mesma história: como ele conseguiu escapar e viver mais um dia para lutar pela causa.

— Mas nenhuma dessas reportagens fala do envolvimento dele com o comércio de armas, certo?

— Certo. Nem se discute isso.

— Portanto, ele era pintado pela imprensa como um super-herói que lutava pela libertação da Palestina.

— Exatamente. Era elevado a um patamar realmente sobre-humano. É o tipo de homem que as pessoas gostam de idolatrar quando são tiranizadas.

— E é assim que você se sente, Saleem?

— Para ser sincero, Sr. Hamilton, eu não sei nem o que sinto. Vim para os Estados Unidos na expectativa de dar uma vida melhor para a minha mulher e a minha família, mas, agora que o meu filho desapareceu e que li este diário, percebo que mesmo quando ele estava aqui comigo e nós lutávamos para fazer parte da sociedade americana, não se sentia satisfeito. Acho que sempre quis voltar para a Palestina e lutar pela libertação do nosso país. Então, talvez nós tenhamos cometido um erro. — As lágrimas desciam pelo seu rosto, e a mulher também se pôs a chorar.

— Que tipo de erro?

—Talvez devêssemos ter ficado lá e defendido o que era nosso.

Sob as lágrimas, o rosto de Saleem havia se tornado mais rígido. Samuel percebeu que talvez estivesse interferindo em um assunto delicado.

— A polícia deve ter pedido isso ao senhor, mas eu não. O senhor teria uma fotografia do seu filho para me emprestar?

— Tenho, sim, é claro. — Saleem saiu da sala e voltou com uma foto de 20 por 25 centímetros em uma moldura prateada. — Foi tirada este ano, na escola — disse o comerciante, enquanto limpava o vidro com a manga da camisa antes de entregar o porta-retratos a Samuel. A imagem mostrava um jovem bem-apessoado, com um rosto angular e um nariz maior que a média, cabelos escuros, sobrancelhas grossas, olhos castanhos e um amplo sorriso.

— Seu filho devia ser muito popular com as garotas — comentou o repórter espirituosamente, tentando levantar o astral dos pais dele.

— Sim, ele era muito querido por todos — respondeu Saleem, com tristeza.

— Posso ficar com ela?

A Sra. Hussein balançou a cabeça. Aproximando-se, pegou o porta-retratos e abriu a parte de trás. Samuel viu que havia ali várias cópias da mesma fotografia. A esposa de Saleem pegou uma delas e a entregou ao jornalista.

— Obrigado. Isso vai me ajudar a encontrá-lo. Tem mais alguma coisa estranha no diário que eu deva saber?

— Tem, sim — respondeu Saleem, folheando as páginas até encontrar uma matéria de jornal com uma fotografia de Mustafa ao lado de uma jovem glamourosa. — Esta é uma reportagem sobre o relacionamento entre o ídolo do meu filho e uma Miss Líbano. Aqui diz que eles iam se casar no futuro. O senhor já sabe que ele era um homem da guerra, fornecia armas no mundo inteiro. Achei que o senhor deveria saber que também havia outro lado nele, como em uma história de amor.

— Qual é a data do artigo? — perguntou Samuel.

— Primeiro de março de 1962. Mais de um ano atrás.

— Essa mulher poderia ter estado em São Francisco recentemente?

— Isso eu não sei — disse Saleem, as lágrimas correndo mais uma vez por seu rosto. — Tem outra matéria mais adiante que diz que ela estava na França e que tinha ido há pouco tempo para Damasco para trabalhar na emissora de TV nacional. — Ele tirou um lenço de papel da caixa e enxugou as lágrimas.

— Qual é a ligação que o senhor acha que existe entre esse artigo e o desaparecimento de seu filho?

— Eu estou muito confuso para responder. Pelo que li, o menino estava acompanhando cada passo de Mustafa.

— O que realmente estou querendo descobrir é se tem alguma coisa no diário, além da morte de Mustafa, que possa nos dar uma pista do paradeiro do seu filho.

— Acho que todos nós já sabemos, Sr. Hamilton. Tem um velho ditado palestino que diz: "Nenhum homem pode dizer a outro onde encontrar a estrada da felicidade."

— Vou me lembrar disso, Saleem. — O repórter apontou para o diário, que o palestino agora segurava junto ao peito. — Não posso levar esse diário comigo, mas terei que contar ao tenente Bernardi sobre ele. O senhor compreende, não é?

— Compreendo.

— E depois de tudo o que o senhor me falou esta noite, tenho que fazer uma pergunta séria. O senhor ainda quer que a polícia continue a procurar seu filho?

Os dois assentiram com a cabeça.

— Ainda que a gente saiba mais ou menos o que aconteceu, não ter certeza é a pior coisa que pode acontecer a uma família, Sr. Hamilton — declarou Saleem. Ele e a esposa se recompuseram, esforçando-se para exibir um rosto altivo.

— Só mais uma pergunta antes de ir — disse Samuel —, e ela não tem qualquer relação com o que conversamos aqui hoje. É só uma curiosidade. O que há naquela bolsa de pano ao lado da bandeira, ali na parede?

Saleem deu o único sorriso da noite.

— Aquela é a nossa cópia do Corão. Em toda família muçulmana, ele ocupa um lugar de honra na casa e está sempre em um local acessível para quem quiser ler.

— Entendi. Muito obrigado e boa noite. — Samuel os deixou em pé na porta, seus rostos pálidos iluminados pela lâmpada sobre a porta de entrada.

Naquela noite, Samuel não conseguiu dormir. As imagens do diário de Ali percorriam sua mente enquanto ele se engalfinhava com o lençol e o fino cobertor que o cobriam. O que significava tudo aquilo? E, acima de tudo, que ligação haveria entre o desaparecimento do garoto e o assassinato de Mustafa? Será que o rapaz sabia quem era o assassino, ou estaria apenas reagindo de uma maneira emocional à morte do herói? Ou talvez ele estivesse apenas usando a morte de Mustafa como desculpa para voltar à Palestina e lutar contra os israelenses.

Samuel se levantou às seis da manhã, percebendo que era inútil continuar se revirando na cama. Caminhou até North Beach para comer um croissant e tomar um *espresso* duplo no café Trieste, onde se sentou diante de uma janela manchada com cocô de mosca ao lado da velha porta de entrada. Enquanto observava a multidão matutina passar pela estátua de Benny Bufano em frente à igreja que ficava logo ali adiante, Samuel deu uma mordida na massa folhada e aspirou o forte cheiro do café. Quando terminou o rápido desjejum, limpou os farelos das mãos, pegou um lápis e começou a escrever em seu bloco de anotações, esforçando-se para colocar todos os pontos importantes na ordem em que pretendia investigá-los. Queria voltar para casa e tentar dormir um pouco, porém já era tarde demais; teria que passar o dia inteiro quase sem dormir. Às oito da manhã, ligou para a casa de Bernardi e disse que o encontraria no prédio do Tribunal de Justiça em uma hora.

Quando Samuel chegou, o tenente já estava com o arquivo do caso Mustafa aberto em sua mesa de trabalho. O jornalista relatou a conversa com Saleem e a esposa, além da descoberta do diário de Ali e seu conteúdo.

— Para mim, não faz o menor sentido — disse Bernardi. — Sabemos que ele pegou um voo de São Francisco para Beirute, via Londres, um dia depois de ter saído de casa.

— Ok, vou tirar isso da minha lista.

— Vou ter que pegar esse diário, e contratar um tradutor de árabe. Deve ter alguém na Universidade de São Francisco capaz de traduzi-lo. Cuidarei disso assim que ele estiver em minhas mãos.

Samuel bocejou e descansou a cabeça na mesa do detetive.

Bernardi terminou de tomar seu *espresso* e deu mais uma mordida no donut.

— Você está bem? — perguntou de boca cheia.

— Não consegui dormir esta noite.

— É mesmo? — O detetive riu. — Conseguiu pegar a Blanche?

— Bem que eu gostaria, mas não foi isso — respondeu o repórter, tímido. — Foi este caso.

— O que está incomodando você, além das mil perguntas sem resposta?

— É isso o que está me incomodando, todas as perguntas não respondidas. E sempre que consigo encontrar um fato novo, surgem novas perguntas. Quando eu estava em Nova York, o desaparecimento do garoto deixou de ser uma questão secundária e passou a ser central. Não só isso, mas também a possibilidade de os ingleses terem assassinado Mustafa. Quando falei com Bondice Sutton, o especialista do Departamento de Estado em assuntos palestinos, ele me disse que tinha novas informações sobre o envolvimento de Mustafa no contrabando de armas para os rebeldes iemenitas, que lutavam contra os ingleses pelo controle do porto de Aden. Ele não acreditava que o MI-6 aceitaria isso calado. Agora nós temos o diário do garoto e uma libanesa misteriosa. Quem sabe o que ainda vai aparecer quando nós começarmos a ler o diário detalhadamente?

— Aposto que você tem uma longa lista.

— Tenho. — Samuel tirou seu caderninho do bolso e o mostrou a Bernardi. — Dá só uma olhada.

— Portanto, nós temos três possibilidades no Oriente Médio: a libanesa, os ingleses e o Mossad — disse Bernardi, lendo as anotações no caderno.

— Não se esqueça dos turcos. Pelo que a CIA e o Sutton disseram, eles realmente queriam acabar com Mustafa — completou Samuel.

— Ok, então são quatro.

— Duvido que tenha sido a libanesa. Ela teria que conhecer as entradas e as saídas do prédio da prefeitura. Além disso, se é realmente uma miss, estaria mais interessada na própria carreira que em vir a São Francisco e se livrar de um amante pouco confiável.

— Essa é fácil. Foi por isso que a listei primeiro.

— Tem que ter sido alguém daqui — enfatizou Samuel. — Alguém que tenha estado com ele no refeitório e na seção de arquivos, alguém que conhecesse o interior do prédio da prefeitura. Por que não conseguimos descobrir quem é essa pessoa?

— Porque não conseguimos descobrir de quem são as digitais encontradas nesses lugares — enfatizou Bernardi. — Eu já disse. Elas não pertencem aos funcionários atuais.

— E você não tem os nomes dos funcionários antigos que trabalhavam lá?

— Tenho. Mas não é possível encontrar todo mundo.

— Algum deles saiu do país?

— Pelo que sabemos, nenhum deles saiu sequer de São Francisco, ao menos não com o próprio nome.

— Espera um pouco. Mustafa tinha um monte de pseudônimos. No meio em que ele circulava, não seria surpresa alguma se outras pessoas fizessem o mesmo — disse Samuel. — Talvez tenham até conseguido uma identidade falsa com ele.

— Olha, não dá para simplesmente pegar o catálogo telefônico e ligar para todo mundo — retrucou o detetive, limpando o açúcar que ficara em seus dedos. — Tem que haver uma pista, alguma coisa em que se basear. Existem muitos aeroportos na Califórnia, sem mencionar os de outros estados próximos. Há também a fronteira mexicana, e não estamos nem tão longe assim do Canadá.

— Não seja tão pessimista. Vamos dar uma olhada no histórico de todos os funcionários antigos e ver se encontramos alguém que se encaixa no papel de figura misteriosa e, ao mesmo tempo, se tem algum pseudônimo que possa ter sido usado para sair do país. Estou mais do que disposto a checar cada um deles, porém não custa nada lembrar que, para trabalhar no refeitório, não precisa ser nenhum Ph.D.

— A questão não é essa — comentou Bernardi. — E se nós descobrirmos que um deles foi plantado por Mustafa para que ele pudesse entrar na prefeitura na noite em que foi morto? Ainda assim, acho que você devia continuar com as conexões com o Oriente Médio. Eu encarregaria outra pessoa para cuidar dos habitantes locais.

Samuel assentiu. Compreendia a opinião de Bernardi.

— Tudo bem, agora vou ter que pensar no próximo passo. — Ele se levantou e, pela janela, olhou para a rua. — Você pode me dar uma lista dos ex-funcionários assim que consegui-la com o gerente do refeitório? Eu não sei bem por onde começar.

— Lembra aquilo que disseram para a gente, naquela reunião com todos os figurões de Washington?

— Do que, especificamente?

— Uni-duni-tê. — Bernardi riu. Samuel logo o acompanhou, embora sua risada soasse mais inquieta que divertida.

— Acho que está na hora de falar com Michael Worthington, do escritório de espionagem da CIA.

Parte II

Capítulo 5

Outras vidas partidas

EDIT GRÜNWALD e os dois irmãos eram judeus de Nagyká-ló, uma pequena comunidade no município de Szabolcs, no extremo nordeste da Hungria. O pai, Móritz, ganhava a vida como caixeiro-viajante, vendendo couro para sapateiros. Ele vinha de uma família de classe média bem-educada e de situação confortável, oriunda de Debrecen, a segunda maior cidade da Hungria, perto da fronteira com a Romênia.

Alto, com maxilar proeminente, cabelos pretos e olhos castanhos penetrantes emoldurados por sobrancelhas espessas, Móritz era uma figura imponente, mas os filhos sempre se lembrariam dele como um pai carinhoso e divertido. Dentro de casa, a autoridade sempre partia da mãe, Rozsi, uma mulher pequena, de voz suave, mas de uma resiliência inesgotável. O casal se conheceu durante uma das muitas viagens que Móritz fazia à aldeia de Nagykáló, para vender seus produtos. Rozsi Hájem, a filha única do artesão de botas da cidade, era uma garota cheia de energia. Tinha uma risada contagiante e irresistível, além de uma mente brilhante, apesar da pouca escolaridade.

Embora Rozsi viesse de uma família bastante humilde, o romance progrediu. Os dois se casaram em 1932 e logo começaram a constituir família. Edit, a mais nova entre os filhos do casal e a única mulher — eles também tiveram dois rapazes — nasceu em 1936 e, desde cedo, mostrou que havia herdado o cérebro privilegiado da mãe, assim como um talento para a matemática.

Em 1939, quando o exército alemão invadiu a Polônia, ficou muito claro que Hitler pretendia exterminar os judeus, e muitos fugiram para a Hungria, que na época ainda era um país soberano. Como Móritz não era de Nagykáló, foi considerado estrangeiro, e as autoridades húngaras exigiram que ele provasse não ser mais um fugitivo vindo da Polônia. Ele foi até Hajdúdorog para tirar uma nova certidão de nascimento, mas foi avisado de que o governo não estava mais expedindo documentos para judeus. Móritz então achou que seria mais difícil para as autoridades encontrar sua família em Budapeste, e ela estaria mais segura na capital. Eles se mudaram para um apartamento de quarto e sala no terceiro andar da rua Danko, número 22. A mudança veio bem a calhar e acabou salvando a vida de todos os filhos de Grünwald. Logo depois que saíram de Nagykáló, os algozes alemães mataram todos os seus parentes, assim como toda a população judia que havia permanecido no vilarejo.

Apesar de a vida ser um pouco mais segura em Budapeste no início dos anos 1940, as coisas não eram fáceis. O governo húngaro participava de uma dança perigosa com os nazistas e vinha sendo instado a tomar medidas absolutamente rigorosas para evitar a anexação pela máquina de guerra de Hitler. Uma das medidas adotadas para aplacar a sede de sangue do monstro alemão foi aumentar a repressão da minoria judaica no país. Ao longo da história, os judeus sempre foram um alvo fácil e estavam acostumados a ser bodes expiatórios, de modo que praticamente não ofereciam resistência.

Cartazes colados nos muros dos edifícios ordenavam que todos os homens judeus se apresentassem para trabalhar em prol da "defesa da pátria". Móritz obedeceu e foi mandado a diversos campos de trabalhos forçados, uns seis a dez meses por ano. O restante da família ficou relativamente a salvo em Budapeste, e os filhos tiveram permissão para frequentar a escola no final da rua onde moravam. Mas não por muito tempo.

Até 1944, eles já haviam sido transferidos para três "casas judias" diferentes, dentre as centenas espalhadas pela cidade. Dessa forma, o governo — a essa altura totalmente controlado pelos nazistas — poderia vigiá-los melhor. Além disso, todos os judeus foram obrigados a usar uma estrela de davi amarela. Com a ausência do pai durante a maior parte do ano e a mãe forçada a trabalhar em uma indústria do governo que fabricava uniformes para o Exército, a situação da família ficou cada vez mais difícil. Finalmente, Rozsi se viu confinada na fábrica onde trabalhava; simplesmente era muito perigoso voltar para casa diariamente. Sempre havia a ameaça de ser detida.

No início, os três filhos, que tinham idades entre 7 e 11 anos, foram mandados para uma creche dentro da própria fábrica, que logo estava lotada de filhos de outras trabalhadoras. Edit logo notou que alguns judeus — tanto funcionários quanto crianças — estavam sendo levados embora da fábrica todos os dias, e alertou os irmãos mais velhos de que havia algo errado. E, como tinha que acontecer, chegou a vez dos Grünwald, e Edit e os dois irmãos foram mandados para um novo gueto entre as ruas Király e Dohány, perto do rio Danúbio.

O terror de Edit ao se ver separada dos pais foi avassalador e, se não fosse pela coragem e pela desenvoltura dos irmãos, ela teria morrido de medo e fome. As condições de vida no gueto, que tinha cerca de 300 metros quadrados, eram asquerosas. As pessoas que lá residiam eram confinadas a ambientes exíguos nas piores circunstâncias possíveis, quase sem comida e água, expostas a doenças e constantemente intimidadas pelos soldados. No fim da guerra, porém, o gueto estava bem mais vazio; sua população havia diminuído de cerca de 200 mil para apenas 70 mil habitantes, e até uma criança poderia adivinhar o motivo disso.

No outono de 1944, os nazistas controlavam inteiramente a Hungria, e o país estava infestado de soldados alemães a caminho da Iugoslávia. Uma das experiências mais tristes na vida dos irmãos Grünwald foi quando receberam a notícia de que a mãe havia desaparecido da fábrica de roupas. Posteriormente, descobriram que ela fora deportada para Mauthousen e, de lá, obrigada a caminhar até Bergen-Belsen e, finalmente, a Birkenau, três dos mais conhecidos campos de concentração nazistas. Edit, que havia passado os primeiros seis anos de vida grudada ao avental da mãe e seguindo-a pela casa enquanto ela cuidava dos afazeres diários, nunca soube que Rozsi, na verdade, sobrevivera à guerra. Foi uma perda da qual ela jamais se recuperou.

Sozinhos no gueto, os irmãos tiveram que engolir o luto asfixiante e pensar apenas na própria sobrevivência. A prioridade era encontrar água e comida. No entanto, escapar do gueto durante o dia não era uma opção. Eles já tinham visto crianças sendo alvejadas em plena luz do dia, quando tentavam subir pelas tábuas de madeira que cercavam o reduto, e sabiam que, se não fossem mortos, fariam uma viagem sem volta para algum campo de concentração. Contudo, os três conseguiam sair à noite e procurar uns restos de comida no meio da cidade arrasada, geralmente dormindo em edifícios bombardeados, em meio a baratas e insetos, abraçados para se aquecerem no frio gélido do inverno. Nos porões mais escuros, os meninos preparavam armadilhas para os ratos e faziam uma pequena fogueira para assá-los.

Quase não havia água nos prédios do gueto. Qualquer pequena quantidade descoberta nos porões e nas calhas estava imprópria para o consumo. Como consequência, as crianças viviam sujas, cobertas de piolhos, pulgas e infecções de pele. Só pelo cheiro já se tornavam alvos fáceis para os soldados, e Edit mal conseguia enxergar de tanto pus que havia em seus olhos.

Uma noite, decidiram não retornar ao gueto. Tinham ouvido falar de um orfanato perto da rua Délibáb, ao lado do parque Város. Conseguiram se esgueirar de rua em rua, rastejando junto aos destroços como se fossem animais, os dois meninos ajudando Edit, cujos olhos ficavam cada vez piores, até que finalmente chegaram à porta do orfanato. A freira que abriu a porta já havia visto muito sofrimento durante a guerra, mas foi às lágrimas quando viu aqueles três meninos trêmulos, famintos e em trapos à sua frente. Apesar das ordens estritas das autoridades católicas de que ninguém deveria interferir a favor dos judeus, ela os pôs rapidamente para dentro e fechou a porta. As crianças foram alimentadas com o que, para elas, parecia um banquete — sopa quente e pão. Rasparam a cabeça para se livrar dos piolhos, tomaram banho, e uma enfermeira tratou dos olhos de Edit. Mas essa sorte, contudo, durou pouco. Alguns dias depois, os nazistas húngaros invadiram o orfanato e os levaram de volta ao gueto, com outras duas crianças judias.

Mas logo os meninos Grünwald tentaram fugir do gueto outra vez. Edit, quase petrificada de medo, pediu-lhes para ficar, mas os irmãos mais velhos recusaram; jamais iriam se separar. Uma noite, eles escapuliram de novo e foram a uma casa no lado leste do parque Város, que, segundo ouviram dizer, pertencia à embaixada sueca. Conseguiram entrar e se misturar a dezenas de outros refugiados acolhidos pelos suecos e encontraram um lugarzinho para dormir na escada. Receberam comida e puderam se lavar, mas a sorte novamente os abandonou dias mais tarde, quando os nazistas, violando a imunidade diplomática, invadiram a embaixada e levaram todos os refugiados. Os judeus marcharam pela ponte Lánc até a sede do Partido Nazista em Buda, na margem oeste do Danúbio. Quando estavam no pátio se perguntando se seriam fuzilados ou levados para um campo de concentração, um pequeno Ford inglês entrou a toda velocidade e freou bruscamente na frente dos soldados. Edit nunca iria se esquecer do homem alto e magro — que depois descobriria se tratar de Raoul Wallenberg, diplomata sueco — que saltou do carro e correu para dentro do prédio. Após alguns gritos e baques surdos (Edit e os irmãos especularam que alguém estava dando murros na mesa), o homem, com o rosto vermelho de agitação, emergiu do prédio e se juntou ao grupo de prisioneiros aterrorizados. Informou que teriam de voltar para o gueto imediatamente, mas que havia garantido um salvo-conduto a todo o grupo. Ele manteve sua palavra ao impedir, de alguma forma, que os soldados os perseguissem.

Contudo, para chegar a Peste e ao gueto, o grupo precisaria atravessar de novo a ponte Lánc, que fora guarnecida de explosivos pelos nazistas e logo seria demolida em um esforço alemão para evitar o avanço do exército soviético. (Ironicamente, o inverno de 1945 foi um dos mais rigorosos da história da Hungria e, apesar de a ponte ter sido destruída, o exército soviético conseguiu avançar sobre o rio por estar congelado.)

De volta ao gueto, Edit lutou para manter a sanidade. Para afastar da mente o horror que era obrigada a enfrentar todos os dias, ela começou a resolver problemas aritméticos de cabeça. Além de ajudá-la a se lembrar da mãe, a matemática acabou se revelando uma disciplina importante, que mais tarde a ajudaria muito em sua trajetória profissional.

As crianças se escondiam nos porões dos prédios que acreditavam ter as melhores estruturas. A essa altura, o número de habitantes no gueto havia caído bastante, mas elas nunca estavam sozinhas. À noite, as pessoas se reuniam em um mesmo abrigo, mas, durante o dia, elas se espalhavam, revirando os destroços em busca de alimento. Um dia, Edit achou duas latas de ervilhas; ela e os irmãos comeram uma e trocaram a outra por uma lata de feijão que, infelizmente, estava estragado. Essa foi uma das poucas trocas ruins que fizeram naqueles meses no asqueroso e selvagem submundo de Budapeste.

No segundo mês no gueto, o mais novo dos meninos Grünwald começou a passar mal e a tremer de febre. Não faltavam médicos judeus entre os moradores do gueto, mas simplesmente não havia remédios. Com o diagnóstico de tuberculose, tremendo de febre, o menino foi enrolado em um casaco pesado, e pediram-lhe que respirasse bem fundo. Edit não saiu do lado do enfermo, fazendo com que ele tomasse água de uma colher, enquanto Laszlo, o mais velho, se tornou o único provedor da família. Edit só podia fazer uma coisa: rezar para que a guerra acabasse logo, para que o irmão, que piorava a cada dia, fosse salvo.

Quis o destino que Raoul Wallenberg salvasse a vida dos Grünwald pela segunda vez. Dias depois de ele ter conseguido um salvo-conduto para o trio retornar ao gueto, Adolf Eichmann, oficial nazista do alto escalão da SS e principal idealizador do extermínio de judeus europeus durante o Holocausto, ordenou que os habitantes do gueto fossem completamente dizimados. Conta a história que o único capaz de impedir isso era o general August Schmidthuber, o encarregado de cumprir a ordem. Wallenberg mandou uma mensagem para o general, alertando-o de que, se prosseguisse com a missão, a Suécia faria tudo para que ele fosse julgado por um tribunal de guerra e fosse enforcado. Não era uma ameaça vazia. O general já sabia que o conflito estava prestes a acabar, e que a Alemanha provavelmente sairia perdendo.

Sem terem conhecimento do drama que se desenrolava além das paredes do gueto, as crianças continuavam a tentar sobreviver em seu esconderijo. No entanto, um dia os soldados alemães, perseguidos pelas tropas soviéticas, descobriram a existência do porão que os abrigava. Era meados de janeiro, e o Exército Vermelho estava prestes a libertar Budapeste. Os soldados fugitivos estavam tão perto que Edit conseguia ouvir a respiração fraca e desesperada, a centímetros de onde ela e os irmãos se escondiam.

Três meses depois da criação do gueto, a cidade foi dominada pelos soviéticos. Centenas de judeus sobreviventes emergiram das ruínas como se fossem um exército de esqueletos cinzentos. Entre eles, estavam os Grünwald, um menino de 11 anos e uma menina de 7 amparando um irmão de 10 anos terrivelmente doente. Eles caíram nos braços de uma equipe de resgate completamente horrorizada.

Depois que o Exército Vermelho ocupou Budapeste em 17 de janeiro de 1945, Raoul Wallenberg foi preso sem explicações por oficiais da inteligência soviética. Apesar de todo o esforço internacional para descobrir seu paradeiro e seu destino, nunca mais se ouviu falar dele.

Em março de 1945, as tropas aliadas no Ocidente começaram a fechar o cerco no que restou do exército nazista na Áustria. O pai de Edit, Móritz, ainda se encontrava em um campo de trabalhos forçados em Sankt Anna, na Áustria, perto da fronteira com a Hungria. Os prisioneiros, cientes de que o fim da guerra estava próximo, escapavam em grande número todas as noites. Para pôr fim às fugas, o comandante anunciou que, a menos que o êxodo cessasse imediatamente, um em cada dez homens seria fuzilado. A medida não surtiu efeito e, de maneira trágica, Móritz foi um dos escolhidos após mais uma noite de sumiços, e acabou sendo executado. Apesar de os filhos terem descoberto seu destino muitos anos mais tarde, Edit nunca saberia o que exatamente aconteceu ao pai.

Seis semanas depois, no dia 8 de maio de 1945, enquanto os irmãos eram transportados para um orfanato sionista em Újszeged, a guerra na Europa chegou oficialmente ao fim. Uma das principais funções da organização sionista era mandar o máximo possível de crianças judias para a Palestina. O lema era "Aliyah Eretz Israel" (Ascendam à Terra de Israel). Levando em consideração que as Nações Unidas ainda não tinham dividido o território em um estado árabe e outro judeu e que Israel ainda não existia, isso era evidentemente ilegal de acordo com o direito internacional. Mas, como as crianças eram dadas como órfãs, o comitê que cuidava do bem-estar delas tinha passe livre. Edit foi separada dos irmãos, e ela e outras crianças judias foram prometidas a famílias que moravam no território que mais tarde passaria a se chamar Israel. Foram levadas para Haifa em um barco a vapor.

A impressionante força de vontade de Rozsi Grünwald fez com que ela sobrevivesse aos calvários que passou nos campos de concentração de Mauthousen, Bergen-Belsen e Birkenau. No verão de 1945, ela voltou a Budapeste e reencontrou a irmã, que inicialmente não a reconheceu. Rozsi sofria de febre tifoide e estava à beira da inanição, tão frágil e fraca que mais parecia um fantasma. Foi necessário quase um ano para que recuperasse a saúde. Quando, na primavera de 1946, ela se sentiu suficientemente recuperada, foi até o orfanato de Újszeged, onde achou os dois filhos. A felicidade por tê-los encontrado com vida não impediu a raiva ao descobrir que a filha havia sido enviada para outra família. Recusou-se a permitir que qualquer outro filho fosse mandado à Palestina. De coração partido e deprimida, Rozsi retornou à Budapeste com os meninos e buscou ajuda em diversas agências de assistência a judeus para encontrar a filha. Apesar de anos de busca contínua, Edit nunca foi devolvida, e mãe e filha nunca voltariam a se ver.

Capítulo 6

Analisando as outras peças do quebra-cabeça

Samuel estava sentado na Távola Redonda, bebendo um uísque duplo com gelo e lendo uma lista de nomes em voz alta.

— Por que você está fazendo esse barulho todo? — perguntou Melba.

— Estou lendo esta lista de funcionárias que trabalharam no refeitório da Prefeitura de São Francisco no último ano.

— E daí? — Melba se levantou e ajeitou a calça do terninho roxo, que havia subido um pouco e se embolado em suas pernas enquanto ela lixava as unhas e ouvia as divagações monótonas de Samuel.

— São dez nomes. Eu tenho que investigar o passado dessas mulheres para ver se uma delas era a mulher misteriosa que estava se encontrando com Mustafa.

Melba pegou a lista, a caneta e pôs os óculos grossos, com lentes fundo de garrafa.

— Tenta esta aqui — falou, fazendo uma marcação no papel e jogando-o de volta para o jornalista.

Samuel coçou a cabeça sem orelha de Excalibur.

— Por que Sarah Wainwright? Por que escolheu esse nome?

— Porque todos os outros são estrangeiros. Sarah Wainwright soa tanto americano quanto britânico, logo, provavelmente é um nome falso. Você não disse que todos os funcionários do refeitório eram estrangeiros que claramente precisavam do emprego? — Melba tirou os óculos fundo de garrafa, colocou-os sobre a mesa e acendeu um cigarro, exalando a fumaça pelo nariz. — Esse nome me parece fora de contexto.

— Aposto que só escolheu fechando os olhos e apontando o dedo.

— Você tem que começar de algum lugar. E Sarah é um bom ponto de partida, como qualquer outra. Quer mais uma bebida?

— Não. Eu tenho que começar isso aqui. Quando Blanche vai voltar mesmo?

Ela balançou a cabeça e grunhiu:

— Estará em casa amanhã à noite. Ela havia me pedido para dizer isso a você, mas esqueci. Obrigada por ter me lembrado.

Samuel se animou.

— Então passo aqui amanhã à noite para dar um alô.

— Por que você não me conta logo do jantar romântico, antes de ela chegar? — provocou.

— Eu já falei. Ela é quem tem que quebrar o gelo e contar o que aconteceu no nosso pequeno interlúdio romântico — retrucou Samuel, dando uma piscadela. Em seguida, assobiando uma péssima imitação de "Beautiful Dreamer", ele saiu porta afora.

O refeitório da prefeitura estava fechado naquele dia, as luzes, apagadas. O único barulho ouvido por Samuel foi o som de seus passos quando entrou no salão escuro. Foi então que um homem alto e de pele morena surgiu das sombras e se sentou em uma das cadeiras de pés cromados. Era muito magro, e seus óculos se empoleiravam sobre o nariz aquilino.

— Oi, Sr. Singh — disse Samuel. Ele sabia que o homem era fijiano, e, quando o viu pela primeira vez algumas semanas antes, havia esperado encontrar um tipo alto e corpulento. Mas Singh tinha ascendência indiana; Samuel lembrou-se de já ter lido que os britânicos, colonizadores de Fiji, tinham levado trabalhadores indianos para a ilha, a fim de que eles se ocupassem das plantações de cana.

Após os olhos de Samuel se ajustarem à penumbra do salão, cuja única fonte de luz vinha da porta entreaberta que dava para o corredor, o repórter estendeu a mão para cumprimentá-lo. O homem respondeu com um aperto de mão frouxo, claramente sem jeito. Já havia resistido às tentativas do jornalista de encontrá-lo e discutir a lista de funcionários que não trabalhavam mais lá, alegando que não queria se envolver.

Na luz fraca, Samuel analisou o vulto fantasmagórico e tentou avaliar se esse Ichabod Crane estava escondendo alguma coisa.

— Eu sei que o senhor tem me evitado, por isso, para que se sinta mais à vontade, deixei o tenente Bernardi fora disso. Mas, como falei pelo telefone, preciso de informações sobre os seus ex-funcionários e, se eu não conseguir, vou ter que trazer a polícia aqui e eles vão levá-lo à delegacia e infernizar muito a sua vida. Mas, falando comigo ontem ao telefone, o senhor me disse que compreendia a situação e que vai cooperar, certo?

— Sim, senhor.

— Ótimo. Hoje só quero saber a respeito de uma pessoa. O nome dela é Sarah Wainwright... Tem algum motivo pelo qual o senhor não pode acender a luz?

— Temos ordens de desligar tudo quando fechamos o refeitório na parte da tarde. É para poupar energia — respondeu

Singh. Ele foi até o interruptor e acendeu a luz. Sentado novamente, começou a consultar algumas anotações por alguns minutos, depois se recostou na cadeira e encarou o repórter em silêncio.

— O senhor tem alguma informação sobre ela? — perguntou Samuel, impaciente.

— Ela veio trabalhar aqui há cerca de um ano. Estava fazendo um curso de matemática avançada na Universidade da Califórnia, em Berkeley.

— É mesmo? — O repórter não se preocupou em esconder sua surpresa.

— Sim, senhor.

— E não é incomum contratar alguém com esse tipo de formação para trabalhar num refeitório?

— Sim, senhor.

— Então como foi que o senhor a contratou?

— Recebi um pedido do gabinete do prefeito para dar o emprego a ela. — Singh entregou a Samuel uma breve carta manuscrita que continha a assinatura do prefeito George Christopher.

— Caramba. Isso é uma novidade e tanto — disse Samuel. — Das grandes. Posso ficar com isto?

— Não, senhor. Pertence à prefeitura.

— E o senhor poderia me fazer uma cópia? — Samuel percebeu a irritação na própria voz. — Posso pegá-la aqui amanhã de manhã. Ou trago o tenente aqui e confisco este bilhete como prova.

O homem alto e lúgubre não mudou de expressão, mas fez um gesto com a cabeça, aquiescendo.

— Amanhã vai estar pronta — murmurou.

— Fale mais sobre Sarah Wainwright.

— Não tem muito o que contar. Era quieta e trabalhava duro. Não se misturava muito com as outras pessoas.

— Descreva ela para mim.

— Alta, bonita, em boa forma, cabelos castanhos longos e encaracolados. Também anotei que ela se apresentou com um passaporte israelense.

— Não diga. Tem certeza disso?

— Sim, senhor. É o que diz aqui. — Ele mostrou sua anotação ao repórter.

— Ela tinha visto de trabalho?

— Tinha, sim. Estava tudo em ordem nesse departamento.

— O senhor tem uma cópia do visto?

— Não, senhor.

— E uma foto dela?

— A ficha dela desapareceu. Isto aqui são apenas uns registros pessoais e é só por isso que ainda tenho alguma informação.

— Por que você tem anotações sobre ela?

— Deve ter sido por causa do bilhete do prefeito. Achei muito incomum. — Ele deu um leve sorriso.

— O senhor achou que havia algo de suspeito? — perguntou Samuel, erguendo a sobrancelha.

— Não, senhor. Só achei que era incomum. — Singh sorriu de novo.

— Isso fez com que o senhor prestasse alguma atenção especial à moça?

— Talvez no começo, mas ela acabou se revelando uma boa funcionária. Aí deixei de ficar observando — respondeu, voltando à mesma fisionomia neutra.

— Quando ela foi embora?

— Há uns três ou quatro meses.

— Ela deu alguma razão para isso?

— Sim, senhor. Disse que o curso havia terminado e estava voltando para casa.

— Ela deu o nome do país ou da cidade para onde estava indo?

— Não, senhor. Ela simplesmente chegou, disse que estava indo embora e pronto.

— E ela saiu assim, sem dar mais explicações?

— Exatamente.

— Ela falava inglês?

— Do pouco que eu ouvia, sim. Diria até que muito bem.

— Certamente o senhor sabe que aconteceu um assassinato aqui, umas semanas atrás. O senhor viu uma foto da vítima?

— Sim, senhor. Em uma matéria que o senhor escreveu para o jornal matutino.

Samuel sorriu e prosseguiu:

— E o senhor chegou a ver esse homem antes de a foto dele sair no jornal?

— Não, senhor.

— Isso quer dizer que o senhor nunca o viu com a Srta. Wainwright, correto?

— Correto. Eu nunca a vi com qualquer outra pessoa que não fosse do trabalho.

Samuel não sabia mais o que perguntar.

— Tem mais alguma coisa que o senhor poderia me dizer sobre essa mulher que me ajudaria a descobrir onde ela se encontra agora?

— Não, senhor.

O repórter se levantou.

— Tudo bem, obrigado. Vou passar aqui de manhã, no caminho para o gabinete do prefeito, para pegar a cópia do tal bilhete.

Samuel teve que usar todo o prestígio de Bernardi para marcar uma reunião com o prefeito, mas ainda assim precisou esperar dois dias. Nesse meio-tempo, ele e Bernardi atravessaram a baía em direção a Berkeley para falar com o professor responsável pelo curso de matemática avançada feito pela Srta. Wainwright. O professor ajudou menos que Singh. Só disse que ela era uma aluna excelente e que tirara a nota máxima na prova de conclusão do curso. Encaminharam-se para o setor de registro de estudantes, e lá conseguiram o endereço e o telefone do Centro Comunitário Judaico de São Francisco, em Pacific Heights. Ao checar a informação, Samuel descobriu que o centro não tinha alojamentos residenciais e que ninguém tinha ouvido falar dela.

George Christopher, prefeito de São Francisco desde 1955, estava nos últimos meses de mandato. Nascido na Grécia, havia sido contador e empresário de sucesso antes de se tornar prefeito e era exaltado por muitos por ter fechado a zona de prostituição de São Francisco, conhecida como Barbary Coast, e ter trazido o time de beisebol do New York Giants para jogar na cidade.

Samuel e Bernardi esperaram pacientemente na antessala do segundo andar do prédio da prefeitura, a menos de 50 metros da escadaria de mármore onde Mustafa havia sido morto. Uma secretária acompanhou os dois até o gabinete do prefeito, onde eles se viram diante de um homem de uns 60 anos, atarracado e de boa aparência, cabelos grisalhos cacheados, um nariz proeminente e um sorriso amistoso. Ele estendeu a mão para Bernardi.

— Já ouvi muitos elogios ao senhor, tenente — cumprimentou, enquanto dava um tapinha nas costas do detetive com a mão livre.

— Senhor prefeito, este aqui é o Sr. Hamilton, do jornal matutino. Ele está me ajudando a investigar o assassinato que aconteceu aqui no prédio há algumas semanas.

Samuel esticou a mão e recebeu um aperto firme.

— Eu só conheço a reputação do Sr. Hamilton — disse o prefeito. — O que se diz por aí é que o senhor é um repórter arisco que trabalha duro e deixa as nossas ruas mais seguras ao denunciar criminosos. — Deu uma risada e convidou-os a se sentar e tomar um café.

— Obrigado. Eu aceito — agradeceu Bernardi. — Não é todo dia que a gente consegue se sentar com o chefe e bater um papo.

— E o senhor, Sr. Hamilton?

— Também aceito, excelência. Eu e Bernardi gostamos de café bem forte.

O prefeito fez sinal para uma secretária, de pé perto da porta, e os três homens trocaram um olhar.

— A que devo o prazer de sua visita, tenente?

Assim que Bernardi começou a explicar o motivo de eles estarem ali, a secretária retornou com uma bandeja com café forte servido em xícaras e pires de porcelana. Depois de dar um pequeno gole, o detetive pousou a xícara na mesa e tirou alguma coisa do bolso.

— Como eu ia dizendo, o Sr. Hamilton está me ajudando a investigar um caso de homicídio. E, no decorrer dessa investigação, ele encontrou o nome de uma possível testemunha, que trabalhava no refeitório enquanto fazia um curso de matemática avançada em Berkeley. Ele também encontrou um bilhete do seu gabinete, dando ordem ao gerente lá de baixo para arranjar um emprego para ela. — Bernardi entregou ao prefeito uma cópia do bilhete.

Este leu a mensagem rapidamente, recostou-se na cadeira de couro e pensou por um momento.

— É. Eu me lembro desse assunto vagamente. Foi um pedido do cônsul de Israel, que me apresentou uma jovem muito bonita dizendo que ela era estudante. Eu a mandei lá para baixo com o bilhete. Lamento, mas isso é tudo o que sei. Ela se meteu em alguma encrenca?

— Não, de jeito nenhum — respondeu Bernardi. — Eu só queria falar com ela e perguntar se sabe de alguma coisa sobre o morto.

— Ah, sim. Nesse caso, o senhor deveria procurar meu amigo Michael Bondurant, o cônsul-geral de Israel. — Ele escreveu o nome e o endereço num papel timbrado do gabinete e o entregou a Bernardi.

— E qual vai ser o seu próximo passo, prefeito? — perguntou o detetive, mudando de assunto enquanto ele e Samuel se preparavam para ir embora. — Dizem que o senhor está para se aposentar...

— É. Está na hora de relaxar e curtir a vida. Já passei muito tempo no serviço público. — Ele sorriu, mas Samuel e Bernardi perceberam que ele estava ficando impaciente. — Mais alguma coisa, cavalheiros?

— Não, senhor — disse o policial, e ambos se levantaram. A secretária os acompanhou até a porta e, quando deram por si, já estavam no corredor.

— O que você achou desse "empurrão"?

— Os políticos não gostam que a lei se intrometa em suas trocas de favores políticos — disse Samuel. — O fato de esse bilhete ainda existir o deixou irritado. E não pense que o cônsul-geral não vai saber de nada disso até a gente chegar lá. Você realmente acha que a carreira política dele acabou?

— Duvido. Quando é mesmo a próxima eleição para governador?

— É. É o que eu também acho.

* * *

O Consulado-Geral de Israel localizava-se em uma bela mansão na Washington Street, na elegante região de Pacific Heights. Samuel e Bernardi tiveram que esperar do lado de fora do portão de ferro da entrada enquanto guardas armados os observavam de trás de uma porta de vidro à prova de balas. O detetive havia apresentado o distintivo da Polícia de São Francisco, e Samuel, as carteiras de motorista e jornalista. Após a identidade dos visitantes ser confirmada, eles foram revistados por outros dois guardas de rosto inexpressivo, que pediram a Bernardi que deixasse a arma na guarita.

Dentro do consulado, uma mulher muito bem-vestida num blazer cinza bem-talhado os conduziu pelo hall, fez um gesto para que se sentassem em um sofá caro com estofado floral e ofereceu-lhes chá. Eles recusaram e pediram para ver o cônsul-geral.

— Ele está esperando os senhores, mas ainda deve demorar alguns minutos. Por favor, sentem-se.

— Interessante esta sala não ter vista para fora — comentou Samuel assim que a mulher se afastou.

— Foi a primeira coisa que chamou minha atenção — disse Bernardi.

— É evidente que aqui eles dão muita atenção à segurança.

— Imagino que sim. Se a gente tivesse tempo, eu iria procurar alguma câmera escondida. Você não acha que estamos sendo filmados?

— Acho que você tem visto muitos filmes de espionagem — comentou Samuel rindo. O repórter apontou para um vaso de flores e deu uma piscadela. Em seguida, ambos permaneceram em silêncio.

Dez minutos depois, uma porta se abriu no fim do corredor e um homem alto, vestido em um terno de três peças da Brooks Brothers, se aproximou e estendeu a mão. Ele tinha cabelos castanhos e feições pálidas, e Samuel imediatamente notou uma cicatriz no lado esquerdo do rosto. Era evidente que já havia tido uma excelente forma física no passado, apesar de agora apresentar sinais de uma barriguinha.

— Eu sou Michael Bondurant — disse o cônsul. — Entre, tenente. Se entendi bem, o senhor e o Sr. Hamilton estão procurando informações sobre uma cidadã israelense.

— Sim, senhor — respondeu Bernardi. — Desculpe incomodar com este assunto, mas gostaríamos de saber onde poderíamos encontrar uma certa Sarah Wainwright. Ela era aluna na Universidade da Califórnia, em Berkeley, onde fazia um curso de matemática avançada. Agora, ela foi embora. Pelo que sabemos, o senhor fez uma recomendação ao prefeito de São Francisco para que ela conseguisse um emprego no refeitório da prefeitura.

Bondurant franziu a testa. Samuel duvidava que ele estivesse realmente surpreso com a pergunta, mas não disse nada.

— O senhor afirma que eu teria feito uma recomendação ao prefeito, para dar a ela um emprego no refeitório? — perguntou o cônsul.

— Foi o que o prefeito disse.

O cônsul-geral balançou a cabeça.

— Não fui eu. Posso investigar aqui no escritório e tentar localizar alguém que tenha entrado em contato com o prefeito, mas vai demorar alguns dias. Voltem na sexta. A essa altura, já devo saber quem, ou se alguém, a indicou para trabalhar na prefeitura.

— Nós podemos fazer isso — disse Bernardi. — Como estamos aqui, poderíamos conseguir algumas informações básicas sobre ela com o senhor?

— Isso não é algo que possa ser disponibilizado agora. — Bondurant demonstrava uma expressão preocupada enquanto pegava uma caneta sobre a mesa e começava a escrever em um pedaço de papel. — Vou pedir para alguém investigar. Dê os detalhes que o senhor tem.

— Eu já disse quase tudo o que eu sei — respondeu Bernardi, decidindo que também ia segurar suas informações. — A Sra. ou Srta. Wainwright, cidadã israelense, estava fazendo um curso de matemática avançada na Universidade da Califórnia, em Berkeley, enquanto mantinha um emprego de meio expediente no refeitório da prefeitura. Ela deu como endereço residencial o Centro Comunitário Judaico, na California Street, mas, quando fomos ver se ela morava lá, eles disseram que *ninguém* mora lá.

O cônsul ergueu os olhos de suas anotações.

— Muito bem, cavalheiros. Eu espero os senhores na sexta.

Enquanto saíam da sala, Samuel observou que a cicatriz de Bondurant estava muito vermelha.

Na guarita, Bernardi pegou de volta a arma e os dois entraram no carro do detetive, um Ford Crown Victoria preto 1959 sem identificação da polícia, o qual ele havia estacionado em frente a um hidrante. Era a vaga mais próxima do consulado.

— Esse idiota evasivo não dá a impressão de que estamos lidando com um peixe graúdo, maior do que todos estão dispostos a admitir? — perguntou Samuel.

— É. Esse cara me incomodou mais até que o prefeito. Os políticos não gostam que o público em geral saiba dos favores que eles realizam. Mas, quando o representante de um país estrangeiro não quer que saibam a identidade ou o paradeiro de um de seus cidadãos, isso significa que estão tentando esconder alguma coisa. Pelo menos fico feliz de não ter falado da bomba, nem de ter mencionado o nome do Mustafa.

— Tudo me parece bem simples — disse Samuel.

— O que seria simples?

— Ah, que se fodam. Nós temos Perkins e o governo federal. Podemos descobrir de onde ela é, talvez até para onde foi, e aposto que vamos conseguir as digitais com a Imigração.

— Eu estava com medo de você pôr Perkins na jogada de novo. Ainda o considero responsável pela morte daquele agente.

— Caramba, Bruno. Estou certo ou errado?

Bernardi sorriu.

— Está totalmente certo, Samuel. Eu adoraria não ter que voltar aqui na sexta. É como se a gente estivesse enfiando o dedo no olho desse cavalheiro. Ele vai se lembrar disso e talvez coopere mais na próxima vez que a gente precisar de uma informação sobre um cidadão israelense. Vamos ver o que aquele idiota do Perkins pode fazer por nós.

Samuel passou o restante do dia pendurado ao telefone. No fim, ele havia contatado Perkins que, por sua vez, ligara para o Serviço de Imigração e Naturalização. Samuel também conversou com Bondice Sutton, o encarregado dos assuntos da Palestina no Departamento de Estado, que ele tinha conhecido na sala de Perkins. O repórter prometeu que mandaria a Perkins todo o processo de obtenção do visto de Sarah Wainwright, juntamente com as fotos, as impressões digitais e qualquer outra coisa que tivessem sobre ela. Sutton garantiu a Samuel que Perkins teria todo esse material na mão antes de sexta.

Para alívio geral, Perkins estava muito ocupado no dia em que os registros de Sarah chegaram de Washington, de modo que a reunião com os agentes do Serviço de Imigração se deu numa sala ao lado do escritório de Bernardi. O detetive pediu que o perito Phillip Macintosh e um analista de impressões digitais da polícia também estivessem presentes.

Bernardi apresentou os integrantes da equipe ao agente da Imigração e ao repórter. Ofereceu café, que todos aceitaram. O agente acendeu um de seus cigarros Philip Morris e colocou o maço em cima da mesa de reunião. Como era sua marca favorita, Samuel se sentou ao lado dele para inalar a fumaça, mas Bernardi, que não fumava, abriu a janela, deixando entrar o ar fresco e o barulho da rua.

— Vejo que o senhor trouxe informações importantes para nós — disse Bernardi para o agente da Imigração, apontando para o envelope diante dele.

— Não tenho certeza se é tão importante assim, tenente, mas é tudo o que temos. Chegou de Washington, por mensageiro, ontem à noite — explicou o homem, que era alto e magro, com os cabelos castanhos despenteados. Usava um terno listrado de poliéster bastante apertado, que precisava ser passado a ferro urgentemente.

Ele rompeu o selo do envelope pardo e tirou os documentos de dentro. Eram um pedido de visto, um cartão com impressões digitais, um visto e várias páginas de telex.

— Que tal examinarmos cada um destes documentos? — perguntou Bernardi, escolhendo primeiro o pedido de visto. — Este aqui é autoexplicativo. Foi preenchido à mão, provavelmente pela própria Srta. Wainwright.

O funcionário da Imigração concordou.

— Aqui diz que o pedido foi feito no Consulado-Geral dos Estados Unidos em Haifa, Israel, em julho de 1960. Tem uma foto de uma jovem de cabelos castanhos encaracolados, que diz ter 24 anos e uma altura declarada de 1,70m. Aqui diz que ela nasceu na Hungria e que mora com os pais em uma cidade israelense chamada Nitsanei Oz. Serviu dois anos no Exército de Israel como oficial da infantaria.

— Oficial da infantaria! — exclamou Samuel. — Deve ser um caso único. Uma mulher treinada para o combate?

— Eu não me surpreenderia nem um pouco — disse o funcionário da Imigração. — Em Israel, o serviço militar é obrigatório, e eu não conheço ninguém que preferisse servir como recruta. Isso não quer dizer que ela tenha pertencido a uma unidade de combate. Pode ter trabalhado patrulhando a fronteira.

— É. Provavelmente teríamos feito o mesmo — concordou Bernardi enquanto se levantava. — Nós precisamos das digitais dela. Precisamos compará-las com as que recolhemos em alguns pontos da nossa investigação. — Passou a ficha com as impressões digitais para o especialista da polícia. O homem levou a ficha para um canto da mesa e começou a examiná-la com uma lente de aumento, tomando notas num bloco de papel.

— E o que mais o senhor pode nos dizer sobre a Srta. Wainwright? — perguntou Bernardi.

— Ela já estava nos Estados Unidos há quase dois anos. Voltou para Israel no voo da El Al, de Nova York para Tel Aviv, no dia primeiro de junho de 1963 — disse o agente da Imigração, enquanto apagava o terceiro cigarro no cinzeiro já cheio.

— A empresa aérea israelense?

— Sim, senhor.

— Isso pode responder um dos mistérios e economizar o nosso tempo — disse Samuel. — Como o senhor sabe dos detalhes da partida dela?

— Porque toda vez que um estrangeiro sai do país, ele tem que devolver o formulário I-95 recebido na entrada. — Ele pegou o documento da pasta e o sacudiu no ar.

— Tem alguma coisa no pedido de visto que explique por que ela queria visitar os Estados Unidos? — perguntou Samuel.

159

— Ela possuía um visto de estudante. Tem mestrado em física pelo Instituto de Tecnologia Technion, de Haifa, em Israel. Veio fazer uma especialização em matemática na Universidade da Califórnia, em Berkeley.

Samuel e Bernardi assentiram. Isso eles já sabiam.

— E todas essas páginas de telex?

— O Departamento de Estado sabia que ela havia estudado física nuclear em Israel e que estava vindo aos Estados Unidos para fazer uma especialização. O governo gosta de ficar de olho em gente como ela, porque corre um boato em Washington de que Israel está tentando fabricar uma bomba nuclear. E ela preenche todas as características dos que podem fazer parte desse projeto. Portanto, há um aviso do FBI para mantê-la sob vigilância.

— E de quem partiu o aviso?

— A pessoa que mandou o telex se chama Bondice Sutton — informou o agente.

Samuel tomou nota em seu caderno.

— No entanto, em vez de fazer um doutorado em física, ela só fez dois cursos de matemática avançada que não pareciam ter relação entre si, de modo que o interesse do Departamento de Estado acabou diminuindo. Segundo o telex, Sutton mandou que o FBI diminuísse a vigilância nela por um tempo.

— Há algum indício nesses avisos de que ela tivesse alguma ligação com um certo Mustafa Ahmed? — perguntou Bernardi.

— Não, senhor.

— Podemos ficar com esta pasta por umas duas semanas? — pediu o detetive.

— Sim, senhor — disse o agente, enquanto apagava mais um cigarro no cinzeiro. — O senhor vai ter que assinar um documento afirmando que está em posse desse material e garantir que prestará contas periodicamente ao Sr. Perkins, na procuradoria.

Bernardi e Samuel concordaram.

— Se for só isso, cavalheiros, já estou de saída. Meu cartão está aqui. Mas, como falei, a pessoa com quem os senhores têm que falar é o Sr. Perkins. Só estou substituindo hoje.

Após o funcionário sair da sala de reunião, seguiu-se um longo silêncio. Bernardi ficou olhando pela janela, enquanto Samuel fazia rabiscos aleatórios no bloquinho de anotações e o perito continuava a analisar as digitais.

— Temos duas identificações positivas para as fichas que o senhor me deu — disse, enfim, o perito. — Esta e esta. — Ele apontou para duas digitais em dois pedaços de papel.

Samuel e Bernardi se entreolharam, os olhos arregalados pela surpresa.

— Está falando que as digitais dela coincidem com as encontradas no refeitório e na seção de arquivos? — perguntou Samuel.

— Sim, senhor, se foi de lá que elas vieram... Sem qualquer sombra de dúvida. São mais de dez pontos de semelhança.

— Não existe possibilidade de você estar errado? — indagou Samuel. — Estamos meio perdidos.

— Tenho 99 por cento de certeza — disse o perito.

Bernardi pareceu confuso.

— Mas que diabos uma israelense estaria fazendo com um comerciante de armas palestino?

Samuel balançou a cabeça.

— Se o recepcionista do hotel confirmar a identidade dela, teremos um mistério dentro de outro. O que ela estaria fazendo com Mustafa?

— Não poderia ser um caso de espionagem? — perguntou Bernardi. — Talvez um estivesse espionando o outro...

— Parece muito complicado — observou Samuel. — Você acha que temos informações suficientes para mergulhar a fundo no caso?

— O que você quer dizer com isso?

— A gente não devia falar com a CIA? — perguntou Samuel. — Lembre-se de que Michael Worthington é do departamento de espionagem. A questão é bem maior do que imaginávamos. Vou ligar para ele e ver se pode me pôr em contato com alguém que esteja por dentro das operações entre Israel e Palestina.

— E você acha que um telefonema do Sr. Samuel Hamilton para o quartel-general da CIA perguntando quem é o principal espião em Israel ou na Palestina vai dar algum resultado? — Bernardi riu.

— No meu lugar, o que você faria?

— Eu tentaria marcar uma reunião com ele. E, dependendo do que ele disser, estaria pronto para viajar para você sabe onde.

— Isso complicaria muito as coisas para o meu lado. Eu teria que falar com a Melba.

— Dê um alô à coroa por mim — disse Bernardi. — Vou deixar vocês dois resolverem isso. Depois me digam o que pretendem fazer.

Samuel o encarou. Perguntava-se onde poderia conseguir o dinheiro necessário para financiar uma investigação do outro lado do oceano. Melba sempre fora a fonte de recursos para todas as suas viagens, mas, nesse caso, ele teria que pedir muito mais, por causa da distância. E se agora ela dissesse não?

O repórter voltou à sua sala e marcou uma reunião com Michael Worthington em Washington, D.C., para o final da semana seguinte, e tratou de trabalhar em algumas matérias avulsas para a edição de fim de semana do jornal.

Mais tarde, Samuel levou uma cópia da fotografia da israelense até o Hollywood Arms para mostrá-la ao recepcionista que os informara sobre a correspondência para Mustafa — a chave do guarda-volume que acabou levando à morte o membro mais jovem do esquadrão antibombas da polícia. Por sorte, o rapaz estava de serviço naquele dia. Seus cabelos tinham a mesma brilhantina de sempre, e ele ouvia a mesma estação de rock.

— Fiquei realmente triste pelo que aconteceu com aquele jovem policial — comentou o recepcionista.

— É. Foi uma coisa muito feia — reconheceu Samuel. — Ninguém esperava que isso pudesse acontecer. Eu sei que já perguntaram isso a você, mas Mustafa recebeu alguma outra correspondência além daquela carta?

— Não. Aquele foi o único envelope que chegou para ele. — O recepcionista hesitou; era evidente que ele queria perguntar algo ao repórter. — Ficou alguma coisa no guarda-volume depois que explodiu?

— Eles nunca contam essas coisas — mentiu. — Isso é assunto da polícia, e sou apenas um jornalista. Eles sabem que eu divulgaria essa informação nos jornais. Alguém passou por aqui perguntando pela carta, ou por alguma outra coisa a respeito do cara?

O recepcionista negou com a cabeça.

— Eu fico muito triste pela família do policial — disse ele, baixando os olhos.

— Dê uma olhada nesta foto — pediu o jornalista, trazendo o rapaz de volta ao presente. — É essa a garota que vinha ver o palestino enquanto ele estava aqui?

O recepcionista demonstrou surpresa.

— Meu Deus, vocês são bons mesmo, hein? Eu poderia reconhecê-la em qualquer lugar. Eu disse que ela era bonita. — E de novo fez um movimento com as mãos no ar para enfatizar o quanto ela era cheia de curvas.

— Quer dizer que não há dúvida? Tem certeza disso?

— Sim, senhor. E ele também era um cara bonito. Os dois formavam um belo casal, como desses que aparecem nas revistas. É por isso que me lembro tão bem. E continuo sem entender o que eles estavam fazendo aqui, neste pardieiro.

Samuel sorriu e entregou um cartão ao recepcionista. O rapaz balançou a cabeça.

— Já tenho. Fui eu que chamei quando a carta chegou, lembra?

— Ah, é verdade. — Samuel sorriu encabulado. — Desculpe. Me avise se mais alguma coisa acontecer. E, mais uma vez, obrigado.

Quando Samuel saiu do Hollywood Arms, começou a caminhar pela Ellis Street, em direção à Market. Sentia-se satisfeito com a identificação positiva da mulher misteriosa, mas também se perguntava como pediria a Melba o dinheiro para viajar. De repente, os pelos de sua nuca se arrepiaram e, instintivamente, o repórter se virou. A rua estava cheia de gente miserável que usava todo tipo de roupa de segunda mão, desleixada e maltrapilha, e a princípio ninguém chamou sua atenção. Então ele percebeu um homem a mais ou menos meia quadra de distância, que havia parado abruptamente, fingindo estar fascinado pela vitrine de uma loja de quinquilharias. Tinha pelo menos 1,80m de altura, cabelos grisalhos visíveis por baixo de um gorro de tweed irlandês, e usava um casaco de couro preto, estilo aviador, algo absolutamente incomum naquela região.

Samuel correu até uma cabine telefônica ali perto, pegou o telefone e ficou observando o cara pelo canto do olho. Ligou rápido para Bernardi e pediu que ele viesse encontrá-lo.

— Acho que tem alguém me seguindo — relatou. — E tenho quase certeza de que já vi esse cara antes.

— Você consegue se lembrar de onde? — perguntou o tenente.

— Não tenho certeza, mas quando você vir a maneira como ele está vestido vai concordar que está totalmente deslocado. Talvez você o reconheça.

— Continue na cabine e finja que ainda está falando depois que eu desligar. Se ele realmente estiver seguindo você não vai sair daí.

Passaram-se dez minutos até o Crown Victoria preto de Bernardi dobrar a esquina da Ellis com a Market e parar exatamente em frente à loja de quinquilharias. Enquanto Bernardi se dirigia a Samuel na cabine telefônica, um policial saiu do carro pelo lado do carona e se aproximou do sujeito, que na mesma hora voltou a andar.

— Um instante, senhor — gritou o policial.

O sujeito hesitou antes de dar mais alguns passos. Então parou e se virou.

— Qual é o problema? — perguntou, com sotaque estrangeiro.

— O tenente gostaria de fazer umas perguntas ao senhor. Venha comigo. — O policial se postou atrás do homem. — Mas, antes, terei que revistá-lo.

— Não toque em mim. Eu tenho imunidade diplomática.

— Imunidade o quê?

— Imunidade diplomática. Deixa eu falar com o seu chefe.

— Vai andando. O meu chefe está bem ali, ao lado da cabine telefônica.

Quando chegaram até Bernardi e Samuel, o policial fez um gesto em direção ao homem.

— Ele diz que tem alguma imunidade e quer falar com você.

— Obrigado — disse Bernardi. — E o senhor, tem algum tipo de identificação que possa me mostrar? Se estiver no bolso do seu paletó, por favor, tire devagar para que eu possa ver o que está fazendo. — O sujeito apresentou um passaporte diplomático de Israel. Bernardi anotou o nome Roger Balantine e o número do documento em seu bloco de anotações.

— E o que o traz a esta parte da cidade, Sr. Balantine?

— Eu só estava fazendo umas comprinhas.

— Este homem diz que o senhor o estava seguindo.

— Isso é ridículo. Eu só estava fazendo compras.

— Por quê?

— Por que eu estava fazendo compras? — perguntou o homem, sorrindo.

— Não. Por que o senhor o estava seguindo?

— Este homem está enganado. Eu estava dando uma volta e vendo as vitrines das lojas de artigos baratos. Este bairro tem muitas desse tipo.

— Que tal nos acompanhar até a delegacia para responder algumas perguntas? — sugeriu Bernardi.

— Eu sou diplomata. O senhor não pode me interrogar sem notificar primeiro o meu governo — disse o estranho, cujo rosto ficou todo vermelho. Era nítido que não estava acostumado a se curvar diante de uma autoridade.

— Eu sei quem o senhor é, Sr. Balantine — falou Samuel, que finalmente reconhecera o homem. — Eu vi o senhor quando fomos ao Consulado-Geral de Israel.

— Eu exijo ser entregue ao meu governo — declarou novamente Balantine, cruzando os braços, desafiador. — Não tenho mais nada a declarar.

— Nós vamos entregá-lo, Sr. Balantine. Mas, primeiro, vamos levá-lo até a delegacia e fichá-lo, para podermos fazer uma reclamação formal ao Departamento de Estado. Se nós o pegarmos perseguindo um cidadão americano de novo, vamos pedir ao secretário de Estado que o expulse do país. — Bernardi, sabia que, juridicamente, não tinha motivos para prender Balantine, mas o cônsul-geral de Israel havia tratado ele e Samuel tão mal que pensou: "Que se dane!"

— Pois eu não tenho mais nada a dizer — falou o sujeito, antes de ser algemado, revistado e colocado no banco de trás do Crown Victoria de Bernardi.

— Ficha ele na delegacia — ordenou Bernardi ao policial. — Ficarei aqui com Samuel.

Samuel apoiou-se na cabine telefônica.

— Primeiro aquela bomba e agora, isso. Que conclusão você tira?

— Deve ser alguma coisa grande para os dois lados estarem tão interessados. Mas em quê? A morte de um traficante de armas, ou a cidadã israelense?

— Eu diria que nos dois. Posso entender por que alguém gostaria de saber quem matou o traficante de armas e se vingar. O que não entendo é como eles não tomaram a precaução de garantir que se vingariam da pessoa certa, e não de um inocente. Tenho certeza absoluta de que não foi o Mossad que plantou aquela bomba. Os israelenses já estavam muito felizes por terem se livrado de Mustafa. Mas por que iam se preocupar com o nosso interesse na garota? E por que mandariam alguém me seguir?

— Como eu falei, eles devem achar que você sabe de alguma coisa — disse Bernardi.

— Me pergunto o que eu sei, ou eles acham que sei, que tem chamado tanta atenção.

— Talvez uma informação que você tenha obtido com as autoridades federais — disse Bernardi.

— É, talvez — reconheceu Samuel, balançando a cabeça enquanto fechava a porta da cabine telefônica. — Obrigado por ter me tirado do sufoco. Fico devendo essa. Quer tomar uma bebida no Camelot?

— Não, obrigado. Adoraria, mas ainda tenho que trabalhar.

Mais tarde no mesmo dia, quando Samuel entrou no Camelot, ainda estava abalado pelo confronto com o agente do Mossad. Nervoso por ter que pedir dinheiro para Melba, olhou ao redor procurando-a, mas não a encontrou. Quem estava atrás do bar servindo as bebidas era Blanche, linda como sempre, com o rostinho naturalmente rosado, os longos cabelos louros presos num rabo de cavalo, o corpo esbelto e musculoso que cabia perfeitamente em uma calça jeans branca e uma camisa branca com as pontas amarradas na altura da cintura.

Samuel começou a suar, e sua boca ficou seca; ele não esperava vê-la. Que efeito essa garota exercia sobre ele? Ficou completamente atordoado, enquanto se esforçava para manter em ordem suas prioridades. Tinha vindo pedir dinheiro a Melba, mas a simples visão de Blanche o distraíra, deixando-o agitado.

Ela estava preparando um Manhattan para um turista que a paquerava no bar quando o viu chegar.

— Olá, bonitão. — Ela sorriu e acenou. — Não, não é o senhor — disse, dirigindo-se ao turista. — Estou falando com meu namorado ali, que já não vejo há um bom tempo. — O homem franziu o cenho quando ela largou o Manhattan de qualquer jeito no bar e deu as costas para ele, mas encontrou consolo na bebida. Blanche foi até a beirada do balcão enquanto Samuel se aproximava, em seguida debruçou-se e lhe deu um beijo na boca.

O repórter segurou as mãos dela e sentiu o rosto ficar todo vermelho.

— Que bom ver você. Quanto tempo, hein? Você nunca iria acreditar no que acabou de acontecer.

— É? Você pode me contar depois. Pensei que ainda estivesse furioso comigo depois daquele fracasso do jantar.

— Ah, tudo bem. Digamos, simplesmente, que essas coisas acontecem — disse ele, tentando manter a compostura. — Sua mãe vive me pedindo para contar o que aconteceu naquela noite. Eu disse para ela perguntar a você.

— Não estou pronta para falar da minha vida pessoal, muito menos com a minha mãe. — Blanche deu um sorriso travesso e uma piscadela. — Quer dizer que os seus lábios estão lacrados?

Samuel retribuiu o sorriso. Sem perguntar, ela lhe serviu um uísque duplo com gelo.

— Você gostaria de jantar comigo no restaurante vegetariano hoje à noite, ou algum dia da semana? — perguntou ela.

— Isso seria ótimo. Eu tenho que tratar de um assunto com a sua mãe e aí vou estar livre no restante da noite.

— Ela deve estar chegando a qualquer momento. Teve que levar o cachorro ao veterinário. Ele está com uma infecção no ouvido.

— Deve ser no que não é protegido pela cartilagem da orelha.

— É isso mesmo, coitado. Mamãe disse que ele uivou a noite toda.

Melba entrou alguns minutos depois. Usando um casaco azul-marinho e um gorro de lã vermelha com um pompom no alto, ela trazia Excalibur pela coleira, com um curativo de gaze no lugar em que estaria sua orelha e um laço amarrado no pescoço.

Samuel, ainda segurando a bebida, afastou-se do balcão para saudar Melba e o cachorro. Excalibur sacudiu o coto de seu rabinho cortado, mas o jornalista notou que ele estava desanimado, mesmo quando recebeu seu habitual biscoitinho.

— Ele não está bem — disse Melba. — O veterinário falou que, como venta muito na cidade, a falta de uma orelha acabou gerando uma infecção no ouvido. Ele tem que tomar antibiótico. Dá para acreditar numa coisa dessas? Um cachorro tomando antibiótico?

— São os tempos modernos. — Samuel riu. — Não se fazem mais cachorros como antigamente.

Atrás dele, no bar, Blanche falou em voz alta:

— Não é nada disso. O homem é que está se aproximando de são Francisco de Assis. Esse, sim, sabia cuidar dos animais.

— Foi ele que ensinou àquele filho da puta do veterinário a cobrar 15 dólares por amor e carinho? — perguntou Melba.

— De jeito nenhum — respondeu a filha. — São Francisco de Assis jamais cobraria 1 centavo...

Blanche estava prestes a dizer mais alguma coisa quando a mãe a interrompeu:

— Deixa para lá. — Melba deu de ombros. — Venha conversar comigo, Samuel.

— Deixa eu pagar uma bebida para você antes. — Ele foi até o bar e pediu uma cerveja para Melba. — Não provoque sua mãe — sussurrou para Blanche.

Levou a cerveja até Melba, deu mais um biscoitinho ao cachorro e sentou-se.

— Nós acabamos de descobrir que as impressões digitais da mulher misteriosa pertencem à israelense que era vista com Mustafa quase todas as noites, nas duas semanas antes de ele ter sido morto — explicou, enquanto bebia.

— Sério? — exclamou Melba. — Quer dizer que as impressões dela estavam no refeitório e nos arquivos?

— Isso mesmo. Mas antes de sabermos do resultado do exame das digitais, fomos até o Consulado-Geral de Israel fazer algumas perguntas sobre ela.

— Foram eles que a identificaram? — perguntou Melba, enquanto bebia toda a cerveja e pedia mais uma.

— Longe disso. Foi o pessoal da Imigração. Deram até uma foto para a gente. Os israelenses nos enxotaram e negaram saber qualquer coisa sobre ela.

— É mesmo?

— Foi aí que um filho da puta do Mossad começou a me seguir.

— O Mossad? Não é o famoso serviço de espionagem israelense?

— É.

— E eles sabem alguma coisa sobre você que poderia prejudicar Israel? — Melba o observou atentamente enquanto acendia um cigarro.

— É uma boa pergunta. Ainda não descobri.

— Como você sabe que ela estava com o traficante de armas na noite em que ele morreu?

— Por que outro motivo as digitais estariam no refeitório e na seção de arquivos, onde aquelas pastas foram roubadas?

— Mas você não disse que ela trabalhava no refeitório?

— É, mas já faz muito tempo. As digitais dela não estariam nítidas até hoje. Além do mais, suas impressões também estavam nos utensílios usados para preparar os ovos naquela noite, e nas cascas também.

— Entendi — assentiu Melba. — E o que essa moça fazia da vida? Ela fazia algo além de trabalhar no refeitório?

— Alguma coisa relacionada à física nuclear.

— Está de brincadeira! — exclamou Melba arregalando os olhos.

— Não estou, não. Eu juro.

— E o que uma física nuclear israelense estaria fazendo ao lado de um traficante de armas?

— É a mesma pergunta que nós nos fizemos.

— Tem alguma peça faltando nesse quebra-cabeça — disse Melba. — Enquanto não descobrir o que é, não vai conseguir resolver os assassinatos. Talvez os agentes secretos tenham algo a ver com essa parte do mistério.

Samuel aproveitou a oportunidade.

— Aliás, foi exatamente por isso que eu vim aqui, Melba.

— Ai, como eu sou burra! Já devia ter percebido. — Ela sorriu e deu um tapa na testa. — De quanto você precisa?

— Primeiro, deixa eu contar o que preciso fazer.

— Deixa de besteira, Samuel. — Ela apagou seu Lucky Strike. — De quanto você precisa?

— Primeiro você tem que entender o que eu tenho que fazer — insistiu o repórter.

— Tudo bem, então que seja pelo caminho mais lento e tortuoso — falou, dando mais um gole na segunda garrafa de cerveja. Acendeu mais um cigarro.

— Vou ter que viajar ao Oriente Médio.

— Para mim, o Oriente Médio não quer dizer nada. Eu sou uma descendente de irlandeses e noruegueses.

— Tenho que ir à Palestina e a Israel.

— Pensei que a Palestina não existisse mais. Achei que, agora, todo o território pertencesse a Israel — respondeu Melba, com uma expressão séria no rosto.

Samuel meneou a cabeça.

— Se fosse esse o caso, estaríamos à beira da Terceira Guerra Mundial.

— Como assim?

— Já existe uma guerra naquilo que costumava ser chamado de Palestina, para decidir quem vai ficar com qual pedaço do território. Se Israel se apossar de tudo pela força bruta, os árabes não vão ficar quietinhos e abrir mão sem lutar.

— Mas Israel não tem um exército imenso?

— Tem, mas o país é cercado por milhões de árabes que não estão felizes por eles estarem lá. E os palestinos, que foram expulsos da terra que hoje é chamada de Israel, estão definhando nos campos de refugiados ao longo das fronteiras. Os países que os acolheram não os incorporaram à sua população. E só vão mantê-los até os árabes terem força suficiente para reconquistar a Palestina.

— Então — disse Melba, claramente impressionada com o conhecimento de Samuel —, você quer que eu empreste dinheiro para viajar para esse ninho de marimbondos, com os judeus e os palestinos acompanhando todos os seus passos?

— É. Eu preciso descobrir se a tal garota está lá e, se possível, conversar com ela. E preciso ir até Tulkarm, a cidade de Mustafa, para procurar alguma pista de quem poderia tê-lo matado. Talvez ele tenha passado a perna em alguém lá. E não se esqueça de que ainda há um garoto que foi embora de São Francisco logo depois do assassinato de Mustafa. Aposto que encontrá-lo pode abrir muitas portas para mim.

Melba ficou em silêncio alguns minutos enquanto dava longas tragadas no cigarro, exalando a fumaça pelo nariz. Pegou a garrafa de cerveja e a esvaziou num só gole.

— O que o faz pensar que o garoto vai querer falar com você?

— Os pais dele são meus amigos. E eu o conheço. Sei que ele vai falar comigo.

— E a garota? O que faz você pensar que ela vai ser um livro aberto?

— Aí já são outros quinhentos. Eu teria que saber mais sobre ela, antes de responder sua pergunta. É por isso que a minha primeira viagem vai ser a Washington, para falar com a CIA.

Melba soltou uma sonora gargalhada que chamou a atenção da maioria dos clientes no bar e logo se transformou em um acesso de tosse. Samuel se levantou e começou a bater nas costas dela, enquanto Excalibur, preocupado, apoiava as patas em seu colo. Quando parou, até Blanche estava ao lado da mãe.

Melba fez sinal para todo mundo deixá-la em paz.

— Me desculpe. É que, às vezes, Samuel, você fala umas coisas que me deixam sem fôlego — comentou, toda vermelha. — Você não percebe o quanto isso é engraçado?

— O que é tão engraçado?

— Você pensar que alguém da agência de espionagem vai se dignificar a falar com você, Samuel Hamilton, sobre um traficante de armas palestino que acabou de ser morto a tiros em São Francisco.

— Então me escute só por um momento, sem fazer suas habituais piadinhas. Lembra quando eu disse que as autoridades federais queriam que a Polícia de São Francisco investigasse o assassinato de Mustafa para disfarçar o envolvimento da CIA e do Departamento de Estado? Pois muito bem. Eles querem que a gente faça o trabalho sujo, para que o pessoal de campo deles não se exponha. Mas deu tudo errado. Um agente da própria polícia aqui de São Francisco morreu numa explosão, porque nós estávamos na linha de frente, no lugar daqueles filhos da puta lá de Washington. Então preciso ajudar a resolver esse caso, não por causa deles, mas por causa de *nós aqui* de São Francisco.

— Tudo bem. Já entendi. — Melba ergueu as mãos em um gesto de rendição. — Quanto vai ser?

— Dois mil — respondeu Samuel. — Ou eu trago a matéria pronta, ou mudo de emprego.

— Você é um homem caro, Samuel, mas vou dar um pulo no banco amanhã. — Ela sorriu, ainda vermelha do acesso de tosse. — Mas passe um tempinho com a Blanche antes de ir embora. Vou emprestar mais cinquentinha para você levá-la para jantar.

O repórter se sentiu tão aliviado que ficou sem voz. Quando se deu conta de que seus temores financeiros estavam resolvidos por enquanto, respirou fundo e se levantou. Agora que tinha o dinheiro para pagar a conta do restaurante, não queria perder tempo para convidar Blanche para jantar.

— Obrigado, Melba. Eu estava com medo de pedir, depois que você reclamou dos 15 dólares do veterinário.

— Há uma grande diferença entre pagar 15 pratas a um veterinário para fazer um curativo num vira-lata e ajudá-lo a encontrar o pote de ouro no fim do arco-íris — explicou, rindo. — Além disso, você sempre paga seus empréstimos quando resolve um caso e publica uma grande reportagem, Samuel. Mas devo alertá-lo: da próxima vez, vou começar a cobrar juros.

Capítulo 7

A terra de Abraão

Samuel estava sentado diante de Michael Worthington, do outro lado de sua mesa no departamento de espionagem na sede da CIA em Washington, D.C. Os dois estudavam um mapa militar israelense de Tulkarm, na Cisjordânia, e de Nitsanei Oz, do outro lado da fronteira, como estabelecido pelo acordo de armistício de 1949. Worthington usava o mesmo terno cinza mal-ajambrado do encontro com Samuel em São Francisco e continuava fedendo aos pestilentos cigarros Old Gold. Quando sorria, as bochechas se encolhiam e os dentes amarelos brilhavam, fazendo com que ele parecesse um cavalo.

— Então qual é o meu plano de ataque, general? — perguntou Samuel, espirituosamente. — Devo pegar um avião para Israel e cuidar dos assuntos de lá, ou devo ir para a Jordânia primeiro?

— Infelizmente, você não tem muita escolha.

— Explique, por favor.

Worthington procurou um papel no meio da pilha de documentos em sua mesa e pegou um telex datado de dois dias antes. Entregou-o a Samuel. Quando o repórter leu, seu rosto ficou vermelho.

— Mas que filhos da puta! Isso é jogo sujo. Eles não podem me impedir de entrar no país.

— Continue lendo. Não é só você. O seu amigo Bruno Bernardi também está incluído — acrescentou Worthington rindo.

— Nós fomos até o Consulado-Geral de Israel fazer umas perguntas a respeito daquela jovem sobre a qual conversamos, e eles se fecharam. Puseram um cara para me seguir e, dois dias depois, nós pegamos o sujeito. Você sabia disso, não sabia?

— Sabia, e já era esperado, quando vimos a pasta da imigração que estava sendo entregue a vocês.

— O que significa tudo isso? — perguntou Samuel. — E como você descobriu o nosso status de *personas non grata*?

Worthington caminhou até a porta e a fechou. Três horas depois, Samuel saiu do escritório da CIA muito preocupado. Recebera informações impressionantes sobre a atual situação no Oriente Médio. Agora tinha uma noção muito melhor de onde estava se metendo, do que a CIA queria que ele descobrisse e, em troca, do que estavam dispostos a fazer. E, por causa de toda pressão em que se encontrava, fumou alguns dos cigarros oferecidos por Worthington. Foi a primeira vez desde que havia largado o vício, dois anos antes, e Samuel ficou com o cheiro horrível que acompanhava o antigo hábito.

Seguindo o conselho de Worthington, Samuel pegou um voo direto da Pan Am do Aeroporto Internacional Dulles, em Washington, para Istambul. Depois de uma escala de duas horas, embarcou em uma aeronave da Turkish Airlines com destino a Amã, capital do Reino Hachemita da Jordânia. Ao fim das 12 horas de viagem, ele começou a sentir os efeitos do jet lag.

Em Amã, Samuel pegou a mala na esteira de bagagens e comprou alguns dinares na casa de câmbio. Saiu do terminal e entrou num táxi amarelo.

— O senhor fala inglês? — perguntou ao motorista. O sujeito fez um gesto com a mão que podia dizer sim, não ou talvez. Samuel chegou à conclusão de que eles conseguiriam se comunicar e passou ao motorista o cartão dado por Worthington com o nome e o endereço de um hotel. O agente da CIA havia escrito um bilhete em árabe no verso, com instruções para levá-lo até aquele local.

O motorista leu o endereço com o maior cuidado e assentiu.

— Tudo bem. Sem problema — falou em inglês, com um sotaque muito forte. Ele engatou a primeira marcha, manobrou o carro e abriu caminho no trânsito.

Durante o longo voo, Samuel se dera o trabalho de estudar alguns livros e mapas que havia trazido sobre o lugar e descobriu que estava visitando a Jordânia em plena estação seca. Os livros também diziam que Amã se estendia ao longo de sete colinas compostas de leitos de calcário e separadas por vales profundos. Ao olhar pela janela do táxi, ele observou que as cores da cidade variavam entre matizes de marrom e cinza, com alguns toques de verde, graças a uma série de aquíferos, um pequeno rio que corta a capital e um microclima específico que incluía uma estação de chuvas, o que ajudava no fornecimento de água potável à população.

A Jordânia, cujo território é oitenta por cento desértico, serviu por muitos anos como entreposto para muitas tribos do Oriente Médio. Nos tempos antigos, há cerca de 3 mil anos, tinha sido parte dos antigos reinos de Davi e Salomão. No século XVI, a região foi conquistada pelos exércitos do Império Otomano. Quando as forças aliadas dissolveram o império, em 1918, no fim da Primeira Guerra Mundial, a Jordânia se tornou uma monarquia constitucional. Para Samuel, o fato mais importante sobre o país era que, depois da guerra de 1948 entre israelenses e palestinos, a Jordânia havia anexado a Cisjordânia, a fronteira ocidental da Palestina, que incluía a cidade de Tulkarm, seu destino.

Em consequência da guerra de 1948, a população de Amã chegou a mais de 300 mil habitantes, composta, em sua maioria, por residentes dos dois campos de refugiados que haviam sido montados nos arredores — o de Al Hussein, no norte, e o de Al Wehdat, no sul. Eram lugares absolutamente deploráveis de se viver, sem serviço de saneamento, coleta de lixo e abastecimento de água potável.

O motorista parou em frente a um pequeno hotel localizado no subúrbio, na parte mais pobre da cidade, no extremo leste de Amã. Sua fachada de arenito marrom espremia-se contra a calçada.

— Quanto é? — perguntou Samuel.

— Um dinar.

Samuel não sabia nada sobre a prática de gorjetas na Jordânia, nem se havia esse costume, então decidiu não correr riscos e entregou ao motorista o dobro da tarifa cobrada. Os olhos do homem se iluminaram e, pela primeira vez em todo o trajeto, ele sorriu. Saiu do táxi, tirou a bagagem de Samuel do porta-malas e a entregou ao porteiro do hotel, que a levou para dentro. Antes de partir, o motorista deu outro sorriso caloroso para o repórter.

Visto da rua, o hotel parecia pequeno por conta de sua proximidade com a calçada, mas, quando Samuel entrou, ficou impressionado com a amplitude do lugar. Do teto alto, quatro ventiladores elétricos giravam lentamente presos a tubos finos que pairavam uns 3 metros acima do chão.

O recepcionista usava o típico turbante *keffiyeh* vermelho e branco na cabeça; tinha bigode preto, nariz aquilino e compleição azeitonada. Embora não falasse inglês, ele sorriu prontamente quando Samuel explicou, por intermédio de sinais — exibindo o dedo indicador para mostrar que estava sozinho —, que precisava de um quarto. O sujeito passou-lhe o livro de hóspedes do hotel para assinar e indicou, apontando para o bolso do repórter, que queria ver o passaporte. Uma vez terminado o registro, Samuel também mostrou que estava com fome, fingindo pôr com o punho direito algum alimento imaginário na boca. O recepcionista apontou para o restaurante, que ficava do outro lado do lobby. Em seguida, entregou ao jornalista a chave do quarto, presa a uma pequena etiqueta com o número "318". O mesmo homem que carregara a mala de Samuel do táxi para o hotel pegou-a novamente, dessa vez para acompanhá-lo até o rangente elevador e o terceiro andar.

O quarto era espartano, mas limpo, com pouco além de duas camas de solteiro separadas por uma mesa de cabeceira. Os únicos objetos de decoração eram duas fotografias na parede que mostravam as ruínas de Petra, a antiga cidade no deserto ao sul do país. Da janela, Samuel pôde distinguir um pequeno vale mais adiante e, logo depois, outro morro, coberto de edifícios em tons pastel colados uns nos outros — uma fila contínua, que se estendia até onde a vista alcançava. Não era a parte mais glamorosa da cidade, porém era bastante organizada.

— Muito bem — disse Samuel para o homem que o ajudou com as bagagens. Ele assentiu, mas não parecia ter a menor ideia do que o hóspede estava falando. O repórter pôs a mão no bolso e lhe deu 50 piastras, equivalente a uns 35 centavos de dólar, que o homem recebeu fazendo uma leve reverência.

Depois de lavar o rosto com água fria, Samuel desceu para o restaurante e examinou o cardápio, que tinha uma seção com uma péssima tradução para o inglês. Pediu um iogurte com especiarias orientais e devorou várias frutas frescas. Após a rápida refeição, voltou ao quarto, totalmente extenuado. Pouco antes de cair no sono, ouviu o chamado para as orações vindo de um minarete ali perto. No começo, se espantou, mas logo se lembrou de que os muçulmanos rezavam voltados para Meca cinco vezes ao dia e que o convite para a oração era feito através de cânticos. Foi a última coisa que ouviu naquela noite e a primeira que ouviu na manhã seguinte, quando acordou.

Voltou ao restaurante do hotel e comeu mais iogurte no café da manhã, depois pegou um táxi amarelo de 1 dinar para outro endereço fornecido por Worthington, dessa vez na parte chique da cidade. Uma bandeira americana estava pendurada em um mastro e, no portão, um fuzileiro naval conferia as identidades de todos que entravam.

Depois de apresentar à recepcionista um cartão no qual Worthington havia escrito um nome no verso, foi imediatamente acompanhado pelo interior do edifício até uma sala absolutamente comum. Um homem de rosto vermelho e corte de cabelo de estilo militar se sentava a uma mesa, em frente a uma pequena janela com vista para o pátio. Fez sinal para Samuel se sentar e ouviu educadamente o que o repórter tinha a lhe dizer.

— Podemos colocá-lo em contato com o nosso homem em Tulkarm — disse ele quando o jornalista terminou seu relato —, mas você tem que ter muito cuidado ao abordá-lo. Os moradores locais não sabem que ele é agente da CIA. Todo mundo pensa que trabalha no Departamento de Agricultura.

— E o pessoal da CIA em Israel?

— Nesse ponto, eu já não posso ajudar. Quanto menos soubermos, melhor. A sede nos mantém em células separadas, para o caso de alguém ser capturado. Assim não entregamos ninguém. O próprio Worthington deve ter lhe dado alguma ideia de quem você deve contatar por lá.

— Foi exatamente por isso que ele só me deu instruções verbais. Mas estou começando a me questionar se me deu o nome de uma pessoa que realmente existe.

— Eu não posso responder, porque sinceramente não sei quem está trabalhando lá.

— Veja bem — disse Samuel, levantando-se e apoiando as mãos sobre a mesa do homem —, eu não sou bem-vindo em Israel, mas estou aqui tentando, realmente me esforçando, para prestar um bom serviço para vocês da CIA. De modo que vou ter que procurar outro jeito de resolver esse problema.

O sujeito de rosto vermelho o encarou e, por um momento, Samuel achou que ele ia falar alguma coisa. Então o homem deu de ombros.

— Converse tudo isso com o nosso homem em Tulkarm — falou, entregando um nome e um endereço. — Mas tenha cuidado. Os israelenses podem ser muito filhos da puta mesmo, especialmente quando já deixaram claro que não querem você no país deles.

— Qual é a melhor maneira, e a mais barata, de se chegar a Tulkarm?

— O senhor pode ir de ônibus, ou contratar alguém para levá-lo. Custa só 100 dinares.

— É muito dinheiro para uma viagem tão curta.

— Você não conhece as estradas daqui. Pode demorar o dia inteiro, talvez até mais.

— Então, até que não é um mau negócio. Quem devo contratar?

— Seu hotel cuidará de tudo. Onde você vai ficar em Tulkarm?

Samuel tirou mais um cartão dado por Worthington e o passou ao homem de rosto vermelho.

— É um lugar tão bom quanto qualquer outro — disse, devolvendo o cartão. — Boa sorte para você. — Ele o levou até a recepção, onde trocaram um aperto de mão e se despediram.

Samuel saiu do prédio e pegou mais um táxi de 1 dinar até o hotel, chegando no momento em que mais um convite à oração soava do minarete. Decidira ficar mais uma noite para tentar superar os efeitos do jet lag. Almoçou bem tarde no restaurante do hotel e agendou um carro para buscá-lo no dia seguinte. Passou o restante do dia lutando para permanecer acordado, mas finalmente desistiu às sete da noite, quando foi dormir.

Samuel já estava pronto quando o motorista, de nome Abdullah, se apresentou às nove da manhã. Ele usava um terno de estilo europeu e um *keffiyeh* preto e branco e falava inglês bem o suficiente para entender que o passageiro desejava ir para Tulkarm. O repórter sentou-se no banco de trás do sedã Mercedes cinza, ano 1958, e apreciou a vista à medida que o motorista saía da cidade rumo ao sul. Ele percebeu que Abdullah estava sentado numa espécie de almofada feita de contas e tinha um rosário muçulmano em volta do espelho retrovisor, do mesmo tipo que o ministro al-Shuqayri percorria com os dedos no escritório da Missão Permanente da Arábia Saudita em Nova York.

Apesar de Tulkarm ficar a oeste de Amã, o motorista teve que seguir primeiro para o sul, porque nenhuma ponte atravessava o rio Jordão na direção que eles queriam ir. Samuel achava que devia haver alguma razão militar para isso. Tinha estudado um mapa da região com Worthington quando esteve em Washington, e também com o homem de rosto vermelho em Amã, e sabia que a distância entre a capital e Tulkarm era de, no máximo, 80 quilômetros e não devia demorar mais que uma hora para ir de um lugar ao outro, mas a estrada era lenta e tortuosa.

Após duas horas de viagem, Samuel estimou que eles já haviam parado em pelo menos dez postos de inspeção, além de duas pausas para deixar que as caravanas de camelos conduzidas por beduínos atravessassem a estrada. Na segunda caravana, Samuel contou 23 camelos. As corcovas vinham cheias de trouxas, que, por sua vez, eram cobertas de lona. O repórter perguntou a Abdullah o que haveria ali embaixo, mas ele não soube informar.

O motorista continuou a viagem, até que de repente ele encostou o carro e apontou.

— O rio Jordão. Muito famoso na Bíblia. Do outro lado, Palestina. Eu palestino — anunciou, orgulhoso. — O mar Morto fica naquela direção — informou, apontando mais para o sul.

Samuel admirou a vista; a visão dos campos verdes que margeavam o rio era bem-vinda após a monotonia das colinas marrons que dominavam a paisagem desde que eles saíram de Amã.

Passado o último ponto de inspeção na Jordânia e atravessada a ponte Al Karameh — conhecida em inglês como Allenby —, a paisagem mudou novamente. Samuel viu as plantações de oliveiras que se estendiam sobre as montanhas e os pomares cheios de frutas prontas para serem colhidas. Pêssegos, damascos, ameixas, laranjas e uvas ficavam em caixotes ao lado da estrada, onde uma mulher baixinha e atarracada, totalmente vestida de preto, brincos de ouro sob o véu negro, agitava as mãos repletas de frutas no ar e gritava os preços para os carros que passavam.

— A gente não poderia parar e comprar umas frutas? — perguntou Samuel.

— Mas é claro, Sr. Hamilton — respondeu Abdullah. — Senhor sortudo. Ano passado sem água. Muito pouca fruta. Mas este ano Alá sorriu para nós. Deixa eu negociar preço. Se o senhor tentar, ela vai cobrar o dobro, talvez mais.

Samuel pegou uma nota de 10 dinares, mas Abdullah mandou que guardasse o dinheiro.

— Eu compro, o senhor paga depois.

Ele parou o Mercedes no acostamento e foi falar com a mulher. Ela e o motorista ficaram negociando por uns dez minutos, até que ele voltou com uma cesta feita de jornal cheia de frutas. Passou a Samuel pela janela de trás.

— Quanto foi?

— Cinquenta piastras.

— Tudo isso por tão pouco?

— Por isso quis comprar. Para ela não poder tapear o senhor.

— Obrigado — disse Samuel. — A gente não poderia parar mais à frente e lavar estas frutas? Você dividiria esta cesta comigo?

— É claro, senhor. Mas lembre-se: melhor não comer muita fruta. Vamos parar para almoçar em Jericó. Minha irmã tem pequeno restaurante lá. Bem barato.

— É um lugar famoso na Bíblia — observou Samuel, surpreso por se lembrar das aulas de religião quando criança. — Do livro de Josué.

— É. Famosa batalha de Jericó. Quer conhecer? Minha família pode mostrar o lugar.

— Talvez na volta. Tenho que fazer umas coisinhas.

— Está bem. Jericó não vai sair do lugar.

O motorista lavou as frutas quando pararam num pequeno café mais adiante, na rodovia. Cada um tomou um café árabe e comeu pêssegos e damascos fresquinhos e maduros.

— Eu gostaria de fazer umas perguntas. Posso? — perguntou Samuel quando voltaram para o carro.

— É claro, senhor. Se senhor garantir não trabalhar para governo, direi tudo que sei.

Samuel pensou por um momento. Não queria dizer a Abdullah o que estava fazendo ali, mas precisava de uma história plausível para justificar sua viagem pelo país.

— Eu sou americano. Preciso de informações sobre algumas pessoas que moram na Palestina e em Israel, mas posso garantir que quem procuro não tem nada a ver com política. Além disso, eu gostaria de entender o que acontece nessa parte do mundo. Parece tudo muito complicado. Os cidadãos que vi nas ruas de Amã não pareciam muito felizes.

— Quem o senhor procura? — perguntou Abdullah, desconfiado.

— Conto mais tarde.

Abdullah estudou o rosto de Samuel pelo espelho retrovisor. O repórter achou que ele deve ter se dado por satisfeito com aquela parca explicação ou com a expressão em seu rosto, porque começou a falar rapidamente e em voz baixa.

— Muitos problemas políticos. Nasser, do Egito, causa muito problema quando convence Síria a se unir a ele numa República Árabe Unida. Hussein, rei da Jordânia, é contra e Nasser tenta destruí-lo. Aí, governo da Síria é derrubado pelo partido Ba'ath. Bom e ruim. Nós não queremos ditador perto da gente, mas, quando acontecer, acordo estúpido com Nasser desmorona. — Abdullah subiu o tom de voz, agitado. — Depois, tem uma revolta no Iêmen. Nosso rei decidiu apoiar o rei que o povo derrubou. Povo da Jordânia não gostou.

— Talvez ele esteja com medo de ser o próximo — comentou Samuel.

— Ele é muito inteligente. Mesmo atacado por todos, ainda comanda o país. O grande problema com nosso povo é que o avô dele anexou o país em 1948, em vez de proteger todos de judeus. Muitos palestinos nunca irão perdoá-lo por isso.

— E então, qual vai ser o próximo passo? — perguntou Samuel, sem realmente esperar uma resposta.

— Temos um novo primeiro-ministro, Wasfi Tell. Muito melhor que o antigo, Bahjat al-Talhuni.

— Por quê?

— Mais um homem do povo. Tomou medidas importantes contra nossos inimigos.

O jornalista apenas assentiu, pois não sabia exatamente o que o povo e o governo estavam enfrentando.

Chegaram a Jericó, e Samuel voltou sua atenção para a paisagem através da janela. Ao observar as muitas muralhas destruídas, tanto dentro como fora da cidade, ele se perguntou em voz alta se algumas daquelas ruínas pertenciam às antigas muralhas do passado.

— É claro, patrão. Todas essas ruínas estão aí desde tempo da Bíblia — respondeu o motorista, conduzindo o Mercedes pelas ruas estreitas de Jericó. Quando se aproximou de uma rua ainda mais estreita onde era impossível o carro entrar, ele parou e tanto Abdullah como Samuel saíram do veículo e andaram pelo beco até um edifício de aparência decadente. Abdullah explicou que o restaurante da irmã era ali.

Samuel estava impaciente para chegar logo a Tulkarm e conversar com o agente da CIA sobre uma maneira de ele entrar em Israel e entrevistar Sarah Wainwright, mas estava no meio da Palestina e sabia que havia todo um processo pelo qual precisava passar simplesmente para chegar até a fronteira.

O restaurante não tinha uma porta de acesso; em vez disso, um tapete persa azul e vermelho cobria a entrada. Abdullah se pôs de lado para que Samuel entrasse primeiro. A extraordinária mistura dos aromas de cominho, canela, menta e cardamomo, além de outras ervas e especiarias que o repórter não reconheceu, veio de encontro a eles assim que cruzaram a soleira. Samuel ficou com água na boca, e imaginou que mais uma belíssima experiência gastronômica os aguardava ali.

Assim que entrou, Samuel viu cinco mesas baixas rodeadas de travesseiros de seda de várias cores, todos ocupados. Um gravador tocava música árabe ao fundo. Abdullah o conduziu até uma mesa disponível nos fundos do restaurante, separada das demais por uma cortina de contas. Aquele lugar havia sido reservado para eles, pois eram convidados de honra da dona do restaurante.

A irmã de Abdullah lhes deu as boas-vindas, afastando as contas e indicando onde deveriam se sentar. Samuel ficou surpreso, admirando por alguns instantes a segunda palestina de tamanha beleza que conhecia em um mês. "Deve ter alguma coisa na água", pensou. Um palmo maior que o irmão e cerca de 5 centímetros mais alta que o próprio Samuel, tinha cabelos pretos, compleição suave e olhos verdes penetrantes. Trajava um vestido de seda estampado de flores e usava brincos de esmeralda que combinavam com seus olhos. Diferentemente da maioria das mulheres que Samuel vira desde que chegara à Jordânia, ela não tinha a cabeça coberta por um véu.

— *Ahlan wa sahlan* — falou a mulher, sorrindo para o irmão.

— *Ahlan wa sahlan* — respondeu ele, beijando-lhe as duas faces. — Este aqui é meu amigo Samuel Hamilton, de São Francisco.

— Oi, Sr. Hamilton — disse ela, num inglês excelente, mas com bastante sotaque. — Bem-vindo à nossa cidade. — Ela apertou a mão dele e riu. — Não fique surpreso. Eu aprendi na escola. Por favor, sente-se e beba alguma coisa. Preparei um suco de laranja fresco para o senhor.

Samuel pegou o copinho, fez um brinde e engoliu tudo de uma vez.

— Meu irmão disse que o senhor é um amigo especial e que precisa conhecer um pouco do que nós, palestinos, comemos. Por isso preparei um almoço especial para o senhor.

— Pelo cheiro, parece um banquete gourmet — disse Samuel.

— Não, não. É só uma simples amostra.

O garçom trouxe duas tigelas e as colocou sobre a mesa, com uma cesta de pão árabe.

— Isto é *baba gahnoush*, que é feito com o que vocês chamam de berinjela. Ela é preparada com alho e tahine, uma pasta de gergelim, misturada com suco de limão. Eu tenho certeza de que não preciso explicar o que é pão árabe para o senhor, pois é possível encontrá-lo em todos os lugares.

— Não precisa mesmo. Eu já conheço.

— O *falafel* é feito no Oriente Médio, com grãos de fava. Nos Estados Unidos, o senhor já deve ter ouvido falar dele feito com grão-de-bico. Leva salsa, coentro, cominho, açafrão-da-índia e pimenta-de-caiena. Por favor, coma. Com isso, já dá para começar.

— É muito demorado ir de uma cidade a outra nesta parte do mundo — comentou Samuel, servindo-se de pão árabe enquanto o garçom lhes servia água. — Nos Estados Unidos, bastaria uma hora para se percorrer a distância entre Amã e Tulkarm.

— Sim. Esse é um problema sério para nós — retrucou ela. — Os jordanianos põem o exército em alerta máximo para controlar a população, mas os israelenses conseguem ser piores. Se um palestino quiser ir a Israel ou vir de lá para a Faixa de Gaza, é preciso ser muito rico ou dispor de muito tempo. Geralmente a viagem leva mais de uma semana e, como o senhor mesmo disse, a distância não é grande.

O garçom trouxe mais duas travessas e as colocou ao lado das outras que já estavam sobre a mesa, e todos voltaram sua atenção novamente para a refeição.

— Este aqui se chama *malfouf*, cordeiro moído embalado em folhas de couve, misturado com cebola e arroz e temperado com cominho, alcaravia, coentro e pimenta-do-reino — explicou a anfitriã, apontando para um dos pratos. — O outro é *musakhan*, frango com cravo, canela, noz-moscada, fatias finas de cebola, azeite de oliva, sal e pimenta. Comemos com pão *lavash*.

Samuel comeu de tudo, e muito mais do que deveria. Os sabores eram estranhos, mas muito agradáveis. O favorito foi o *baba gahnoush*. Gostou até da sonoridade do nome.

— Pronto para experimentar uma de nossas sobremesas palestinas? — perguntou a dona do restaurante quando eles terminaram a refeição.

Samuel achava que não conseguiria comer mais nada, porém sabia que não poderia recusar.

— Claro. O que você recomenda?

— Minha favorita é *knafeh*. Experimente. Se não gostar, nós preparamos outra coisa.

O garçom tirou os diversos pratos vazios da mesa e voltou com uma bandeja transbordando de *knafeh* e copos com chá quente de menta.

— O que lhe agrada, Sr. Hamilton? O senhor prefere café?

— Não. Chá está bom. E o *knafeh* também — respondeu Samuel, pegando um pedaço do doce que estava na bandeja e colocando no prato.

Samuel ainda tentou pagar a conta, mas a dona e o irmão não aceitaram.

— O senhor está no nosso país, Sr. Hamilton — explicou. — Para nós, é uma honra.

Depois de mais uma hora de conversa, Samuel e Abdullah saíram de Jericó, partindo na direção de Nablus. Na saída da cidade, um destacamento do exército jordaniano os parou. Samuel contou 15 carros na frente deles. Já era a décima primeira parada.

— Por que eles vivem parando a gente? — perguntou Samuel.

— Procuram espiões e contrabandistas.

— E costumam encontrar?

— Não. Os dois grupos são inteligentes e não pegam estrada. Usam trilhas de caravanas de camelos e jumentos.

— E o exército não patrulha essas trilhas?

— Eles viajam à noite. É muito perigoso para soldados saírem à noite.

— Parece que é perigoso para todo mundo.

— Perigo não é problema. Lucros são muito bons, especialmente para contrabandistas e oficiais do exército que cobram suborno.

— Aposto que sim.

Finalmente passaram pelo posto de inspeção e seguiram viagem. Mais adiante, depararam-se com mais dois campos de refugiados, um de cada lado da estrada.

— Qual é o nome desses campos?

— O da esquerda é Ayn al-Sultan e o da direita é Nu'eima. Os dois têm nomes de patriotas palestinos que deram a vida pelo país.

Não tinham avançado nem 15 quilômetros quando voltaram a ser parados num posto de inspeção comandado por um tenente jordaniano vestido totalmente a caráter com calças de montaria e chicote na mão. Enquanto um de seus subordinados desfez todas as malas e inspecionou cada centímetro delas, outro verificou os documentos mostrados por Samuel e Abdullah. Todo esse procedimento demorou mais de uma hora, durante a qual o tenente não lhes dirigiu uma única palavra. Quando terminou, ele apontou com o chicote para a bagagem toda desarrumada e falou alguma coisa em árabe para Abdullah.

— O que ele disse?

— Que podemos arrumar tudo e seguir viagem.

— Filho da mãe — murmurou o repórter, bem baixinho, mas o motorista o olhou com tamanho terror que o americano segurou a língua e ajudou a arrumar tudo. Tornaram a pôr as malas no carro.

Foram parados mais quatro vezes antes de chegarem a Nablus, e o carro foi revistado mais duas vezes pelos soldados jordanianos. Quando chegaram à cidade, já era noite. Em vez de seguir direto para Tulkarm, Samuel pagou por dois quartos num pequeno hotel no centro da cidade. Enquanto o motorista respondia aos chamados de oração, Samuel, ainda satisfeito do almoço, foi direto para a cama.

Na manhã seguinte, após um café da manhã composto de pão árabe com queijo de cabra, iogurte e frutas frescas, Samuel e Abdullah continuaram a viagem.

— Quer ver pontos turísticos de Nablus, patrão? — perguntou o motorista. — Cidade muito antiga.

— Não, obrigado. Não quero ofender você ou seu país, mas tenho que tratar de alguns assuntos importantes. Ontem viajamos o dia inteiro e só avançamos uns 40 quilômetros.

Seguiram para o oeste e foram parados mais cinco vezes até chegarem ao perímetro de Tulkarm, no final da tarde. Samuel se sentiu aliviado ao chegar finalmente à pequena e empoeirada cidade de fronteira, onde al-Shuqayri, Mustafa e Ali haviam nascido. Enquanto se aproximavam do endereço dado por Worthington, Abdullah encostou o carro de repente.

— Não deve ficar nesse lugar — disse o motorista, agitando no ar o cartão com o endereço.

— E por que não?

— Muito ligado ao governo americano. Todo mundo vai pensar que o senhor é espião.

193

— Por que não disse antes?

— Porque não conhecia o senhor tão bem, patrão. Ficar lá é perigoso para o senhor.

— Merda — praguejou Samuel, aceitando relutantemente o raciocínio do motorista. — E para onde eu vou, se não ficar nesse hotel?

— Eu levo a outro hotel, mais seguro. Só palestinos ficam lá. Digo a todo mundo que o senhor é turista e veio procurar propriedade de uma tia, perdida quando Israel tomou nossa terra em 1948.

— E eu lá tenho cara de quem tem algum parente palestino? — perguntou Samuel, rindo.

— Muitos palestinos louros de olhos azuis — respondeu Abdullah.

— E aposto que há muitos ruivos também.

— Não muitos, alguns. Esses vieram da Turquia — disse o motorista, sorrindo.

— Tudo bem. Vou confiar em você — falou Samuel, com certa reserva. — Me leve a um lugar seguro. Depois a gente fala sobre como você vai me ajudar a encontrar o meu contato.

— Sim, patrão. Essa parte muito fácil se o senhor disser quem procura.

Samuel se afundou no banco de trás, perguntando-se no que havia acabado de se meter. Relutava em pedir a Abdullah que o ajudasse a localizar o contato fornecido pelo agente da CIA. Ainda não tinha certeza se podia confiar nele plenamente.

Depois de alguns minutos, o motorista estacionou em frente a um prédio empoeirado de dois andares, afastado da rua e com um jardim muito malcuidado. A fachada marrom tinha lascas de diversos tamanhos, uma terrível lembrança dos projéteis que atingiram o edifício durante a guerra. Samuel respirou fundo, tentando controlar as mãos levemente trêmulas. Muniu-se de toda a coragem, preparando-se para embarcar em uma aventura que tinha todo o potencial para ser perigosa. Agora que tomara a decisão de confiar em Abdullah, a única coisa em que conseguia pensar era nas palavras que a mãe lhe dizia quando era criança: jamais confie em estranhos.

O motorista tirou a bagagem do repórter do porta-malas e se apressou à sua frente. Ao erguer os olhos para o prédio enquanto Abdullah abria a velha porta de madeira, que tinha vários centímetros de espessura, Samuel percebeu que todas as janelas tinham grades de ferro bem fortes. Abdullah o levou até um lobby insípido, que continha móveis gastos. O pé-direito era baixo e o chão se constituía das mesmas pedras beges que cobriam a entrada para o prédio. Samuel podia sentir a aridez sob as solas dos sapatos.

Abdullah se aproximou de um homem na recepção, que usava um robe preto e turbante *keffiyeh*, enquanto Samuel se postava alguns passos atrás dele, tentando em vão decifrar alguma parte da conversa.

— O que vocês tanto conversaram? — perguntou o repórter ao motorista quando o assunto pareceu encerrado.

— Primeiro, ele disse que senhor é americano e por isso tem que cobrar 50 dinares. Mas expliquei situação e disse que é importante mostrar hospitalidade a hóspedes estrangeiros.

— E o que ele disse?

— Ele concordou depois que contei história da propriedade da tia. Ele queria saber nome dela, por isso dei um nome da minha aldeia. Ele diz que lembra família, por isso cobrará só 7 dinares por noite. Perguntou quanto tempo o senhor vai ficar.

Samuel ficou impressionado com a desenvoltura do motorista. Abdullah estava cuidando bem do repórter, mas isso não acabava com a ansiedade de confiar a ele ou não o nome do contato da CIA.

— Ainda não sei ao certo. Vai depender de como eu fizer os meus contatos. Mas gosto do jeito como você está zelando por mim.

— Tudo bem. Vou dizer que talvez uma semana. Ele vai querer passaporte.

Samuel o tirou do bolso do paletó e o entregou ao motorista. Sorriu para o homem atrás do balcão, mas ele não devolveu a cortesia.

O recepcionista copiou o nome de Samuel e o número do passaporte e chamou um porteiro para levar o hóspede e as malas até um pequeno quarto individual no andar principal. Persianas de madeira adornavam a única janela do quarto, protegida por grossas barras de ferro e com vista para a rua movimentada.

Abdullah aguardou que o repórter estivesse plenamente acomodado e o levou até um pequeno restaurante, onde os dois se sentaram a uma mesa meio bamba e dividiram um tabule, uma cesta de pão árabe e um kebab de cordeiro.

— Quem o senhor procura, patrão? — perguntou Abdullah, um pouco insistente.

— Estou tentando localizar um garoto, filho de um grande amigo meu em São Francisco. O nome dele é Ali Hussein. — Samuel estremeceu por dentro, torcendo para ter tomado a decisão correta ao não mencionar a CIA.

— Não tem problema, patrão. O senhor me diz como ele é, conta um pouco sobre ele, eu encontro ele para o senhor.

Samuel respirou fundo e descreveu o rapaz com base no que se lembrava do retrato dele. Não chegou a falar que a foto estava com ele, pois não sabia o quanto isso poderia ajudar. A fotografia tinha cerca de um ano, e o jornalista sabia que os garotos mudam muito na idade de Ali.

— Ele fugiu de casa há alguns meses e veio aqui para Tulkarm, de onde a família dele é — completou Samuel.

— E Hussein é o sobrenome dele?

— É. O nome do pai é Saleem e o da mãe é Amenah Alsadi.

— Isso ajuda. Amanhã trago resposta.

— Muito bem, patrão. Encontrei seu menino — disse Abdullah, sorrindo, enquanto ele e Samuel se sentavam à mesma mesa bamba na manhã seguinte para tomar uma xícara de chá e devorar um prato de frutas frescas e iogurte. — Está na casa dos tios de al-Shuqayri. Ele conhece e quer ver o senhor, receber notícias dos pais em São Francisco.

— Quer dizer que você conhece al-Shuqayri — perguntou Samuel, imediatamente desconfiado, pois nunca havia mencionado esse nome ao motorista.

— Ahmad al-Shuqayri é líder da OLP, de nosso povo. Todo mundo trabalha para ele.

Samuel assentiu, reconhecendo tacitamente que as regras eram diferentes naquela parte do mundo. O sentimento predominante, porém, era de alívio, porque pensava que encontrar Ali seria quase impossível.

— Quando posso vê-lo?

— Ele espera pelo senhor. Quando terminar o café, vamos.

Samuel engoliu depressa a comida e se levantou.

— Estou pronto, Abdullah.

Entraram no carro do palestino e passaram pelas ruas apinhadas da pequena Tulkarm até uma casa de pedra, no extremo oeste da cidade. Abdullah ergueu a pesada aldraba e a bateu em uma placa de bronze presa à porta de madeira maciça. Um homem veio olhar por um olho mágico, e falou alguma coisa ao reconhecê-los. Abriu bem a porta, fazendo um gesto para eles entrarem.

Sua barba não era feita há vários dias e ele vestia calça e blusa brancas, com um cinto colorido na cintura. Acompanhou-os até o pátio ensolarado, onde um chafariz esguichava água num laguinho redondo de pedra. Quatro antigas oliveiras o cercavam, todas carregadas de azeitonas verdinhas.

Abdullah falou algo em árabe com o homem. Depois de alguns minutos, este se retirou para dentro da casa.

— Espere — disse o motorista a Samuel. — Ali virá logo. Estarei na cozinha.

Samuel se sentou num banco de pedra próximo ao chafariz. Logo depois, um rapaz com a mesma indumentária — calça e blusa brancas e *keffiyeh* — se aproximou dele no pátio, com modos cordiais, mas reservados.

— Sr. Hamilton — disse ele timidamente —, por que o senhor veio me ver? Aconteceu alguma coisa com os meus pais?

— Não, não — respondeu Samuel, segurando com força as mãos do rapaz. — Eles estão preocupados com você, é isso. E me pediram para encontrá-lo.

— Sei que estão zangados comigo, mas, por favor, diga a eles que estou feliz e bem.

— Fico aliviado de ver você aqui e saber que está num lugar seguro — disse Samuel, conduzindo Ali ao banco de pedra. — Vem cá. Senta e conversa um pouco comigo. Tenho que admitir que estou muito surpreso. Abdullah falou que iria procurar você, mas nunca imaginei que seria tão rápido.

Samuel observou o rapaz à luz do sol nascente de verão e constatou que ele havia crescido. Agora, parecia mais um homenzinho. Tinha as mesmas sobrancelhas escuras e o mesmo rosto angular, mas as feições haviam se desenvolvido de tal forma que o nariz não parecia mais tão desproporcional ao restante do rosto.

Ali sentou-se ao lado de Samuel e começou a explicar por que havia fugido dos Estados Unidos.

— Depois que mataram Mustafa, eu tinha que voltar para a Palestina. Eu já vinha acalentando essa ideia uns dois anos antes do assassinato, mas o crime foi a última gota, se o senhor me entende.

— Acho que sim. Seu pai me mostrou o caderno no qual você colecionava todas as notícias sobre Mustafa.

— Sim, mas não tire conclusões erradas. Não era Mustafa quem eu idolatrava; era da Palestina que eu sentia falta. Estava com muita saudade. Ele aparecia nas manchetes porque era um herói, era bonito e as mulheres o adoravam. Não era isso o que eu procurava, mas toda a propaganda da nossa causa girava em torno dele. Por isso colecionava os recortes. Era muito difícil encontrar artigos sobre o que realmente estava acontecendo na Palestina.

— Seu pai falou que você disse a ele que sabia quem tinha matado Mustafa. Isso é verdade?

— Num sentido bem amplo, sim — respondeu Ali, sincera-mente. — É sempre o velho conflito entre israelenses e palestinos. Foi isso que o matou.

— Quer dizer que você não falava especificamente de uma pessoa quando saiu de São Francisco.

— Não, não, eu já queria ir embora de qualquer forma. Se isso não tivesse acontecido, eu teria terminado a escola e voltado.

— Qual foi o verdadeiro motivo de você ter vindo? — per-guntou Samuel.

Ali não hesitou nem uma fração de segundo.

— Eu vivia ouvindo aquele slogan israelense que dizia que a *Palestina era uma terra sem povo para um povo sem terra*. E sabia que era mentira. Decidi que estava na hora de me sublevar contra isso, ou então me calar. Eu sabia que meus pais não iriam encarar a luta; os judeus tiraram tudo deles. Por isso vim lutar por eles, pelo povo da Palestina e por mim.

— E que luta é essa?

— Estou pronto para fazer o que for preciso, Sr. Hamilton.

— Eu vi muitos campos de refugiados quando estava vindo para cá, da Jordânia. São essas as pessoas que você considera desalojadas por causa da guerra?

— Esses campos abrigam alguns dos palestinos expulsos de suas antigas terras na planície costeira que hoje é Israel. Deviam ter direito de voltar para suas casas e ser recompensados pelo tempo que ficaram afastados e por todo o mal que foi feito à vida e às propriedades deles — disse Ali, como se tivesse decorado as palavras.

Samuel percebeu que estava falando com um garoto extremamente passional, que realmente acreditava naquela causa. Decidiu ir mais fundo. No entanto pelo que havia visto e ouvido falar sobre os campos, a vida por lá era péssima, de modo que a reação do rapaz não o surpreendeu.

— E o quanto você acha que sua causa é realista? — perguntou o repórter.

— No curto prazo, ela provavelmente não é muito realista, pelo menos enquanto os Estados Unidos estiverem defendendo Israel. No longo prazo, veremos. Posso garantir que não vamos ficar sentados como carneirinhos.

— Entendo.

— Nada dura para sempre, por isso o meu povo talvez tenha que esperar. Estou aqui para esperar ao lado deles.

— E o que você está fazendo aqui, na casa de uma família tão importante?

— Estou aprendendo. Eu sabia que o ministro al-Shuqayri ia ser o líder da OLP e pensei que podia aprender alguma coisa aqui. Eu tinha razão.

— Você parece ser muito sábio para um jovem de 17 anos. Será que existe algum risco de você ir longe demais e se colocar numa situação de perigo iminente?

— Se você está querendo saber se eu vou me tornar um soldado, ou um comerciante de armas como Mustafa, a resposta é não. Acho que posso ser muito mais eficiente representando o povo politicamente. Nesse momento, sou um mero aprendiz. Quero aprender. E isso leva tempo. Quando as coisas se acalmarem, vou apresentá-lo ao meu professor.

Samuel estava numa sinuca de bico. Precisava ir a Israel para entrevistar Sarah Wainwright. Para isso, tinha que entrar em contato com o agente da CIA, mas não podia sair por aí alardeando a identidade do sujeito. Decidiu confiar em Ali Hussein. Foi uma decisão altamente instintiva, baseada em algo no comportamento do rapaz.

— Preciso ir a Israel para entrevistar uma pessoa. Mas os israelenses não permitirão minha entrada porque quero fazer algumas perguntas a uma judia sobre Mustafa. Quando fui ao Consulado-Geral de Israel me informar sobre ela, eles mandaram um cara do Mossad me seguir.

— Isso quer dizer que eles provavelmente sabem alguma coisa sobre ela que não querem que o senhor descubra — retrucou Ali.

— Você poderia me ajudar a encontrar o meu contato, para eu poder atravessar a fronteira?

— Quem o senhor está procurando?

Samuel lhe deu o nome do contato.

— Pode esquecer esse imbecil. Ele é da CIA. Todo mundo aqui sabe disso e, se você se meter em encrenca com o pessoal dele, aí sim vai estar em perigo.

— Fui informado de que ninguém sabia que ele era da CIA. Disseram que todo mundo acreditava que ele trabalhava para o Departamento de Agricultura.

— Se o senhor quiser ir a Israel, eu posso ajudar — disse Ali. — Mas o senhor tem que entender que é perigoso atravessar a fronteira. Tem gente desse lado que ganha a vida com isso, mas não são nem um pouco confiáveis. Se for pego do lado de lá, pode acabar preso por muito tempo.

— E quais opções eu tenho?

Ali ficou de pé e apontou para Samuel em um gesto dramático.

— Entrar não vai ser seu maior problema. Se a garota que o senhor está procurando estiver lá, vão tentar detê-lo.

— Tudo bem, Ali, mas onde posso encontrar um guia que me faça atravessar a fronteira?

— Que *nos* faça atravessar a fronteira. Porque eu nunca seria capaz de encarar o meu pai outra vez se soubesse que aconteceu alguma coisa com o senhor que eu pudesse evitar. Deixa eu resolver isso. Hoje à tarde, passo lá no seu hotel. Talvez seja possível partir ainda esta noite. Arranje uns dinares e uns shekels, para o caso de precisar. Nunca sabemos que moeda esses caras querem para cruzar a fronteira com mercadorias ou seres humanos. Se tudo der certo, vou pedir à cozinheira para preparar umas coisinhas para a gente comer pelo caminho.

Combinaram de se encontrar depois da oração do fim da tarde para ver se Ali havia conseguido organizar tudo para a travessia. Então Abdullah levou Samuel até um banco no centro da cidade, para ele trocar um pouco de dinheiro.

Quando Samuel retornou no início da noite, ficou espantado ao saber que Ali já providenciara tudo.

— Temos que encontrar o nosso guia na frente da mesquita, às oito — falou o rapaz. —. Ele disse que poderíamos partir esta noite mesmo, exatamente como eu pensei, porque estamos na lua nova e esta é a melhor época para se fazer a travessia. O senhor trocou o dinheiro?

— Claro. Está aqui.

— Ótimo. Pega 50 dinares, 50 shekels, 100 dólares e o suficiente para dar de gorjeta ao motorista. Depois esconda o resto na cueca ou no sapato.

— Que tipo de guia você arranjou?

— Com essa gente, nunca se sabe. Vamos ter um pouco de cuidado com o que mostrar. Pela sua cara, eles já vão saber que você é americano. E isso sempre é uma desvantagem.

Fizeram o primeiro contato com o guia em frente à mesquita.

— Por esse trabalho, cobro 50 dólares para cada um — disse o guia. — Metade agora e metade quando meu pessoal chegar com vocês do outro lado da fronteira. — Esperou pacientemente enquanto Samuel revolvia os bolsos e contava as notas. Seguindo as instruções de Ali, o jornalista alegou que aquele era o único dinheiro que possuía, esforçando-se para convencer o guia de que ele estava arrancando seu último centavo.

O homem pegou as notas, contou devagar e as guardou dentro da túnica.

— Volto para encontrar vocês aqui às onze da noite. Vistam roupas escuras e tragam mais 50 dólares.

Abdullah deixou Ali e Samuel em frente à mesquita pouco antes das onze e se despediu. O repórter o agradeceu pela ajuda e lhe deu uma gorjeta de 20 dólares.

— Dê um alô à sua irmã. Vou procurá-lo quando retornar a Amã.

— Está bem, patrão. — Abdullah acenou e partiu.

CAPÍTULO 8

A terra do leite e do mel

SAMUEL E ALI PERMANECERAM de pé na escuridão sombria, iluminados apenas por uma claridade muito tênue que vinha da cidade e dava forma à silhueta da torre da mesquita. Ali levava uma mochila com uma muda de roupas para cada um, além de algumas ferramentas necessárias. Pouco depois das onze horas, um velho sedã Mercedes preto parou próximo ao lugar onde eles estavam na calçada, e três homens saltaram — todos vestidos de preto. O guia que havia se reunido com Ali e Samuel mais cedo se aproximou da dupla.

— Nosso agente Jamal vai ser o responsável por fazê-los atravessar a fronteira.

Jamal deu um passo para a frente, entrando na área pouco iluminada. Era um homem pequeno, de rosto redondo e marcado por erupções na pele, cabelos pretos espessos, os olhos escuros e inexpressivos de um morto. Estendeu a palma da mão calejada para cumprimentar Samuel e Ali.

— Para preparar a viagem, levamos vocês para um lugar secreto, com venda nos olhos. Para sua própria proteção. Assim, se forem pegos por agentes inimigos, não dirão de onde a viagem começou.

Samuel se sentiu apreensivo diante dessa sugestão, mas Ali o acalmou.

— É o procedimento padrão — sussurrou.

— Estamos entendidos? — perguntou o guia, percebendo a hesitação de Samuel.

— Estamos, sim — respondeu Ali.

— Muito bem. Agora vamos revistá-los. Para ter certeza de que vocês não têm armas que machuquem Jamal.

Os três homens os apalparam de cima a baixo e vasculharam a mochila para ter certeza de que não havia ameaças. Então dois deles tomaram Ali e Samuel pelo braço e os conduziram até o banco de trás do Mercedes. Fizeram-nos sentar forçando a cabeça deles para baixo, para não baterem no teto do carro. O terceiro pegou dois capuzes e os passou a Jamal, que os colocou sobre a cabeça de Samuel e de Ali, empurrando-os um pouco mais para que ele também pudesse se sentar no banco traseiro. Depois que todo mundo estava dentro do veículo, Jamal disse qualquer coisa em árabe para o motorista e eles partiram noite adentro.

Seguiram em silêncio por mais ou menos uma hora, embora parecesse muito mais. Samuel sentiu que o carro fez inúmeras curvas antes de entrar numa reta, a qual seguiu pelo restante da viagem. Porém, diante da completa escuridão dento do capuz, ele não tinha qualquer senso de direção. Sentiu como se houvesse sido jogado no limbo.

Quando o carro finalmente parou, Samuel e Ali saíram com a ajuda dos outros homens e foram escoltados pelo que parecia ser uma trilha feita de pedras. Ouviram uma porta ranger e foram empurrados por mais ou menos 2 metros. Finalmente, os capuzes foram retirados, e os dois tiveram que proteger seus olhos da luminosidade repentina, piscando enquanto tentavam identificar o local. Quando os olhos de Samuel se acostumaram à luz, ele viu que estavam sozinhos com Jamal num quarto sem mobília, com tecido preto cobrindo as janelas.

Jamal os conduziu até uma escada de madeira que levava a algo parecido com um porão escuro. Uma única e fraca lâmpada iluminava apenas o bastante para mostrar os contornos dos degraus.

— Essa primeira travessia de fronteira? — perguntou Jamal quando chegaram lá embaixo. Seu sotaque era forte, mas Samuel não teve dificuldades para entendê-lo.

— É — respondeu ele.

— E que negócio senhor vai fazer em Israel que não quer passar no posto da fronteira?

— Estamos procurando um parente desaparecido — intercedeu Ali.

— Espero que encontrem — retrucou Jamal com ar de deboche. Ele semicerrou os olhos e continuou a analisar os dois. — Vamos passar por túnel, um por um, sem falar. Se alguma coisa desmoronar na frente, voltem direto para cá. Se eu gritar que alguém me pegou, sigam direto até o fim e saiam correndo.

— Nós compreendemos — disse Ali.

— Prometam nunca falar nome de Jamal, nem descrever guia.

— Nós prometemos — respondeu Ali.

— Quando chegarmos lá, precisamos de 50 dólares e 25 shekels de gorjeta pelo perigo que corro.

Samuel olhou para Ali na semiescuridão.

— É isso mesmo? — sussurrou. — Pensei que fossem 100 pratas e estava tudo incluído.

— Não se preocupe — retrucou Ali, também sussurrando. — Primeiro a gente tem que chegar lá.

— Você nos leva até lá e nós damos o que você quer — disse Ali a Jamal. — Mas tem que dizer onde esse túnel vai dar, porque precisamos descobrir um jeito de chegar a Nitsanei Oz. E também vai ter que falar em inglês, para que o meu amigo esteja sempre por dentro do que está acontecendo.

— Vocês chegam no norte de Nitsanei Oz — disse Jamal. — Mas têm que esperar até manhã para viajar. A polícia vai parar vocês, se andarem na estrada à noite. Hoje é bom para atravessar. Sem lua e é Sabbath, ninguém trabalha. — Ele fez um gesto em direção ao túnel. — Prontos? Vocês primeiro. Eu vou atrás.

— Como vamos saber qual é o caminho? — perguntou Samuel.

— Só um caminho. Sigam túnel até chegar escada. Aqui tem duas lanternas para vocês e garrafas de água. Volto quando chegar escada.

Começaram a empreender a lenta viagem por aquele túnel estreito e improvisado. Em alguns trechos, eles tinham que rastejar; em outros, o espaço era suficiente para se agachar, permitindo que seguissem viagem mais rápido. Samuel presumiu que muitas pessoas já haviam feito essa jornada antes dele. O chão era cheio de pegadas e tinha um cheiro ruim, uma mistura de poeira e urina, especialmente nos lugares em que quase era possível ficar de pé. Em alguns pontos, as paredes eram escoradas com madeira e, em outros, a terra havia desabado no chão.

Percebendo a preocupação deles, Jamal falou:

— Sem problema. Eu lembro. Depois consertamos.

Quando já haviam avançado bastante, ouviram um barulho logo à frente, que fez com que tanto Samuel como Ali se voltassem com medo para Jamal.

— Não se preocupem. Gente vindo da outra direção.

Ele tinha razão. Poucos minutos depois, chegaram a uma espécie de rotunda, onde o teto era alto o suficiente para se ficar de pé. Nela, se encontraram com outros três homens de preto, com mochilas nas costas, esperando que eles liberassem o túnel para seguir viagem em direção à Tulkarm. Todos os seis permaneceram alguns instantes de pé naquele espaço exíguo, alongando-se. Não se falou nenhuma palavra. Cada grupo tinha uma missão diferente, e Samuel sentiu a desconfiança no ar. Era evidente que todos estavam com medo e não queriam ser reconhecidos nem identificados.

Duas horas e muitos arranhões depois, as lanternas finalmente alcançaram a escada que levava ao fim do túnel. Foi só quando chegaram lá que puderam ficar inteiramente de pé. Jamal abriu caminho até a escada e tirou um pouco de poeira das roupas.

— Eu subo e olho. Quando acenar com a mão, vocês sobem. Primeiro, onde está meu *baksheesh*?

Ali, subitamente furioso, passou-lhe uma descompostura em árabe, e os dois discutiram por alguns minutos, suas vozes quase sussurrantes. Finalmente, Jamal voltou-se para Samuel.

— Tudo bem. Onde está resto de dinheiro?

Ali claramente vencera a discussão.

Samuel pegou os 50 dólares do bolso e os entregou a Jamal, que contou as notas cuidadosamente antes de guardá-las no bolso da calça. Subiu a escada e abriu a porta do alçapão. Esquadrinhou o terreno em todas as direções e, em seguida, acenou para que a dupla o seguisse escada acima. Quando estavam em segurança fora do túnel, Ali se virou para Jamal e lhe deu 20 shekels.

— Aqui está seu *baksheesh*.

— *Marhaba* — respondeu Jamal sem sorrir, inclinando a cabeça em uma leve reverência. Depois de colocar o dinheiro no bolso, ele voltou para o túnel e bateu a porta acima de si, deixando Samuel e Ali sozinhos na noite sem lua, ao pé de um desfiladeiro.

— Se você acabou dando uma gorjeta a ele, por que tanta discussão? — perguntou o repórter.

— Foi pela falta de educação.

— Fico admirado com a sua calma e habilidade, Ali. Como você já sabe se virar tão bem, quando está aqui na Palestina há tão pouco tempo?

— Esta não é a minha primeira viagem com os atravessadores. A primeira coisa que aprendi, assim que cheguei, foi como lidar com eles, caso contrário eu não teria serventia para a causa.

— E agora? — perguntou Samuel, tateando na escuridão enquanto os dois tiravam as vestimentas pretas e vestiam roupas normais. Ali pegou uma sacola de lona e uma pequena pá da mochila. Colocou as roupas de qualquer jeito dentro do saco e cavou um buraco na terra fofa. Jogou os pertences ali e cobriu tudo de terra.

— Se lembre de onde estamos. A uns 3 metros daquela oliveira, nesta colina.

Samuel revirou os olhos.

— Você só pode estar brincando. Nós nem sabemos exatamente onde estamos. Além do mais, as roupas pretas deviam impedir que a gente fosse visto. Agora qualquer um pode nos ver.

— É só uma precaução — disse Ali. — Se a gente fosse pego de preto, toda a viagem estaria comprometida. Desse jeito, podemos contar a história que ensaiamos. Nunca se sabe o que vai acontecer. Não se esqueça da oliveira. É a única que tem por aqui — falou, fazendo um gesto com a mão indicando o ambiente ao redor. — Agora, temos que chegar em um dos meus refúgios. Vamos precisar andar por mais ou menos uma hora. E tomar cuidado.

— Cuidado com o quê?

— Com todos que quiserem nos roubar ou nos fazer mal. Não é só dos israelenses que temos que nos precaver.

Subiram até o alto da colina e olharam em todas as direções. Como estava escuro, não dava para ver muita coisa, mas distinguiram luzes distantes ao sul.

— Aquela ali deve ser Nitsanei Oz — disse Ali. — Há uma cidadezinha árabe a uns 5 quilômetros daqui. Quando chegarmos lá, estaremos em segurança. Mas teremos que tomar cuidado para não cair de nenhum desfiladeiro no caminho até a estrada principal.

Seguiram para oeste, na direção da estrada. De repente, viram a silhueta de dois homens que se aproximavam. Um deles parecia vestido com o uniforme da polícia.

— Eu devia ter previsto que isto ia acontecer. Temos que verificar se eles estão levando uma arma no quadril. Se não estiverem, é sinal de que são ladrões e vamos ter que nos defender. Caso contrário, vão roubar tudo, inclusive as nossas roupas, e podem até tentar nos machucar.

— Merda! — praguejou Samuel.

O homem de uniforme da polícia ergueu as mãos com a palma voltada para eles, indicando que deveriam parar. Ele se dirigiu aos dois em hebraico, enquanto o companheiro permanecia alguns passos atrás dele.

— O que ele está dizendo? — perguntou Samuel.

— Está mandando parar em nome da lei, mas o hebraico dele é tão ruim que é óbvio que ele é um ladrão.

Ali respondeu em árabe, dizendo que Samuel era estrangeiro.

O falso policial, que agora estava perto o suficiente para eles poderem ver, trocou o hebraico pelo inglês.

— O que vocês estão fazendo em Israel?

— Viemos visitar a avó dele — respondeu Ali.

— E onde está a mala de vocês, se não são daqui?

— Estávamos num ônibus e o pneu furou — disse Ali —, aí decidimos vir a pé.

— Bela hora para caminhar.

— É, sim, e estamos atrasados. Temos que ir.

— Não, não. Vocês estrangeiros não podem passar por aqui sem pagar... como é que se diz? O pedágio.

— E de quanto seria esse pedágio? — perguntou Ali.

— Tudo — respondeu o falso policial, sacando uma faca. — E agora! Meu assistente é um cara muito sem paciência.

O outro homem assentiu, mesmo que obviamente não fizesse a menor ideia do que eles estavam falando.

Ali, que estivera analisando o ambiente ao redor, de repente se ajoelhou e pegou uma pedra. Avançou contra o policial e golpeou-lhe na cabeça, mas o bandido arremeteu contra ele com a faca e a lâmina e fez um corte profundo na perna do rapaz.

Ele soltou um berro de estourar os tímpanos e caiu no chão, contorcendo-se de dor. Samuel, que passou o tempo todo ao lado de Ali ouvindo atentamente, foi pego de surpresa, mas, quando viu o menino cair, virou-se para o agressor, espumando de raiva. Deu-lhe um chute entre as pernas e outro no rosto. A arma pulou da mão do sujeito e o boné da polícia voou para longe. O bandido tombou no chão, aturdido. Por um momento o jornalista pensou que o outro ladrão ia entrar na briga, porém, sem saber se Samuel estava armado, ele se virou e saiu correndo na direção de onde os dois tinham vindo.

Sem pensar, Samuel agarrou o homem assustado pelo colarinho e pela calça e conseguiu erguê-lo. Foi então até a beira do desfiladeiro e o jogou de lá. Ouviu o baque surdo do primeiro impacto contra as rochas e o som de um corpo em queda, seguido de uma pequena avalanche de poeira e pedras.

Samuel se agachou ao lado de Ali. Ao ver que o ferimento na coxa direita estava sangrando muito, ele pegou a arma do bandido, cortou uma tira de tecido da calça do rapaz e, com ela, envolveu a perna. Em seguida, improvisou um torniquete, inserindo um pedaço de graveto no meio do tecido e girando-o com força, até cessar o sangramento.

— Você não pode andar com um ferimento desses — disse Samuel. — Vou carregar você até a estrada e pedir uma carona. Precisamos levá-lo a um médico o mais rápido possível.

— Nunca vi tanta força na vida, Sr. Hamilton. O senhor faz levantamento de peso? — perguntou Ali, ainda gemendo de dor.

— Não. Não sei o que tomou conta de mim.

Ali gemeu novamente.

— Agora a gente tem que sair daqui rápido. O parceiro dele foi buscar ajuda.

— Eu sei. Estou avaliando qual seria a melhor maneira de carregar você. Não posso levá-lo nas costas, porque teria que segurá-lo pela perna — disse Samuel.

Ele ajudou Ali a se levantar e o ergueu, apoiando-o nos ombros, tomando o cuidado de não pressionar a perna direita dele. No começo, achava que não daria conta do peso, mas, de alguma maneira, continuou andando. Caminhou o mais rápido que pôde, parando a cada 100 metros para recuperar o ar e afrouxar o torniquete. Ele sabia que isso era importante para manter a circulação na perna de Ali.

Antes que se dessem conta, chegaram à rodovia 6, que cruza o país de norte a sul. Samuel deitou Ali no chão próximo a uma grande pedra, a qual usou para apoiar a perna ferida do rapaz. A essa altura, já passava das quatro da manhã e, como era de se esperar, não havia carros na estrada.

— Temos que encontrar um médico para você, e rápido — disse o repórter. Ali sentia muita dor e havia perdido muito sangue. Com a luz da lanterna, Samuel viu que ele estava bastante pálido. Mas o rapaz não se queixava; em vez disso, insistia em dizer que estava bem e que Samuel não deveria se preocupar com ele.

Quinze minutos depois, dois faróis surgiram na estrada, vindo na direção deles. Samuel foi para o meio do asfalto e começou a pular e a agitar os braços. Quando as luzes se aproximaram, ele viu que era um caminhão de capô branco, que seguia viagem bastante rápido. A velocidade do veículo diminuiu e ele parou totalmente a cerca de 3 metros de onde estava. Uma mulher gorda saiu do caminhão e foi até Samuel. Ela usava um macacão e tinha cabelos encaracolados ruivos e desajeitados.

— Que diabos um ianque está fazendo no meio do nada, a esta hora da madrugada?

— Como você sabe que eu sou americano?

— Está de brincadeira? Cabelo avermelhado, casaco esporte de couro cheio de sangue, camisa xadrez e mocassim... Quem mais se vestiria desse jeito? — Ela riu. — Eu sou Molly Goldstein, da Filadélfia. Distribuo os jornais de Haifa para todas as cidades do norte do país. Você está com sorte. Como ontem foi nosso Sabbath, comecei tarde. O que houve com o seu amigo? Ele parece meio mal. Foi ele que perdeu todo esse sangue? — Ela analisou Samuel com atenção, usando as mãos fortes para virá-lo de costas e examiná-lo.

— Foi — confirmou o repórter. — Uns bandidos atacaram a gente. Tenho que levá-lo a um médico.

— Tem um em Nitsanei Oz. Não é longe daqui.

— Se você puder dar uma carona para a gente até lá... Meu amigo tem família na cidade, e eles podem chamar um médico — respondeu Samuel.

— Vamos colocá-lo no caminhão. Vou abrir um espaço atrás do banco do motorista. Me ajude a afastar aqueles pacotes de jornal lá atrás. Eu os empilhei para facilitar as entregas em Nitsanei Oz e torná-las mais rápidas, mas elas podem esperar.

Ela subiu no caminhão e começou a atirar as pilhas de jornal para a parte de trás do veículo. Depois de abrirem espaço, Samuel foi até Ali, que continuava deitado à beira da estrada. Molly segurou um dos braços do garoto enquanto Samuel erguia o outro. Logo conseguiram colocá-lo deitado atrás dos bancos do motorista e do carona.

— Meu Deus, ele é bem novinho, hein? — disse ela, solidária. — É árabe?

— Sou, sim, madame — respondeu Ali.

— Ele é americano, mas estava visitando parentes aqui. Íamos para a casa deles quando fomos atacados — disse Samuel.

— Cuidado nunca é demais por aqui, é o que me dizem, mas nunca passei por nada disso. Já estou aqui há cinco anos.

— E tem muitos americanos em Israel? — perguntou Samuel.

— Mais do que você pensa — respondeu ela, pisando fundo na embreagem e pegando a estrada como se estivesse dirigindo um trailer. — Veja o meu caso, por exemplo. Meu marido morreu há muitos anos e eu fiquei muito mal. Como minha família é judia e os meus filhos já estavam crescidos, achei que precisava de um pouco de aventura na vida. E vim para cá. — Molly respirou fundo. — Mas, sabe, é muito bom fazer parte de alguma coisa nova. O lugar é cheio de energia, quase infinita. Todo mundo trabalha junto. Eles querem que o país dê certo. Dizem que a gente tem que dar parte de qualquer coisa suspeita. Vocês dois seriam bons candidatos, mas prefiro ajudá-los. Duvido que um ianque como você queira nos fazer mal.

— Está absolutamente certa — disse Samuel. — Só quero levar este menino a um médico, ver as pessoas que vim visitar, e então voltar para casa.

— Onde quer que eu deixe vocês? — perguntou Molly.

— Sabe aquela esquina onde tem um mercado de frente para um banco? — respondeu Ali, que estava deitado com a perna direita apoiada numa pilha de jornais.

— É claro. Tenho que deixar alguns jornais naquela mercearia.

— É lá que vamos ficar. Meu tio irá nos buscar.

De repente, cinco viaturas da polícia passaram a toda velocidade pela estrada na direção oposta, com luzes piscando e sirenes ligadas.

— Devem estar indo atrás de vocês. Tiveram sorte de conseguir carona — disse Molly, rindo.

— Eles devem ter mais o que fazer do que ir atrás de cidadãos cumpridores da lei como nós — retrucou Samuel sorrindo, mas pensou que ela devia estar certa. Ele se ergueu e foi para trás do banco a fim de afrouxar o torniquete de Ali. Ficou feliz ao ver que o sangramento havia diminuído. O rapaz estava muito fraco, mas conseguiu sorrir e dar um tapinha no ombro do repórter.

216

— Obrigado, Sra. Goldstein, por nos ajudar — disse ele, então recostou a cabeça e relaxou.

— Eu tenho uma atadura elástica grande no meu kit de primeiros socorros. Deve ser melhor que um torniquete. Quer que eu pare para você poder enfaixar a perna dele?

— Como você quiser — disse Samuel, achando que a atadura deixaria o garoto mais à vontade.

Ela parou o caminhão e tirou o kit de primeiros socorros de baixo do banco do motorista.

— Pode pegar o que quiser.

Samuel vasculhou o kit e encontrou a atadura elástica e um pouco de iodo. Depois de dar três Tylenol para o rapaz, removeu o torniquete e despejou iodo na ferida aberta. Ali se contorceu de dor e começou a gemer, mas conseguiu se controlar à medida que Samuel envolvia o ferimento com a atadura. Quando terminou, o repórter respirou aliviado. Ainda sangrava, mas não muito.

Quando chegaram à mercearia, Samuel e Molly tiraram Ali do caminhão e o colocaram recostado na parede, perto da porta principal, com a perna apoiada numa caixa. O estabelecimento ainda não estava aberto, e Samuel sabia que precisava entrar em contato com o esconderijo de Ali rapidamente. Porém, não podia envolver Molly.

— Sua ajuda significou muito para nós — disse o jornalista sinceramente. — Se algum dia você for a São Francisco, me procure — completou, sem revelar seu nome. Ela também não perguntou, poupando-o assim de uma mentira. Era melhor ela não saber de mais nada sobre eles, para o caso de alguma autoridade interrogá-la.

Molly deixou um pacote amarrado de jornais na porta da mercearia, então se despediu e voltou para o caminhão, sorrindo e acenando enquanto se afastava.

Quando ficaram sozinhos, os dois começaram imediatamente a pensar no próximo passo. Samuel carregou o rapaz sobre os ombros até a parte de trás do edifício, da mesma forma que fizera algumas horas antes. Então deitou o garoto com a perna ferida elevada sobre um caixote de madeira. Em seguida, com um mapa simples que Ali havia desenhado, partiu a pé para o refúgio, levando o *keffiyeh* e um bilhete que o rapaz escreveu em árabe.

Uma mulher usando um vestido simples e desbotado veio atender a porta. Samuel lhe entregou o *keffiyeh* e o bilhete, mas, ao ver que ela não conseguia entender o que estava escrito, ele recorreu a uma combinação entre linguagem de sinais e um inglês falado bem devagar para afirmar que eles precisavam correr e arranjar um médico para tratar do ferimento de Ali. Ela permaneceu parada diante dele, muda. Nesse momento, um homem alto, magro e de barba saiu de um quarto nos fundos. Usando a mesma forma de comunicação, deu a entender que já esperavam pela chegada dele e de Ali. Saiu com Samuel num Opel sedã preto e partiram em busca de um médico.

Quando retornaram à mercearia meia hora depois com o médico, Ali estava consciente e o ferimento havia parado de sangrar, mas ele parecia muito fraco. Protegidos pela escuridão, os três homens colocaram o rapaz no banco traseiro do sedã, onde ele poderia ao menos se deitar durante o curto trajeto até o refúgio.

Após chegarem ao esconderijo e Samuel ver que Ali estava sendo bem-cuidado, ele foi até um catre que lhe deram no quarto dos fundos e caiu imediatamente no sono. Só acordou na tarde seguinte, e todos os músculos do corpo doíam do tremendo esforço daquela noite.

Samuel se sentou no catre, lembrando-se de tudo o que havia acontecido e perguntando-se como havia encontrado forças para levantar um homem, erguê-lo no ar como se fosse um feixe de lenha, jogá-lo num barranco e depois ainda caminhar quase 300 metros com Ali sobre os ombros? Ele não era muito forte e estava longe de uma boa forma física.

No entanto, tinha certeza de que, quando viu a faca e Ali sangrando no chão, lembrou-se dos relatos sobre a morte dos pais. Eles também foram atacados brutalmente e Samuel ficou zonzo e paralisado ao saber da morte deles. Achava que a raiva imensa que sentiu enquanto se confrontava com os ladrões provocou de alguma maneira uma reação ao seu passado, uma reação ao fato de que outros criminosos haviam matado seus pais e mudado sua vida para sempre. Sabia que o que quer que tivesse acontecido na noite anterior provavelmente não aconteceria de novo. Por um pequeno e precioso momento ele tivera a sensação de ser possuído.

Sentindo-se subitamente disposto, ele pulou da cama, se vestiu e se precipitou para fora do quarto para dar uma olhada em como estava Ali.

Ao entrar no principal cômodo da casa, olhou pela janela da frente para a rua imunda onde o Opel preto estava estacionado sob o sol. Tudo parecia silencioso lá fora, então voltou sua atenção para aquela sala. Além dos tapetes orientais pendurados em três paredes, Samuel avistou o mesmo tipo de bolsa contendo o Corão que ele vira na residência dos Hussein em São Francisco.

Nesse momento, a mesma mulher de cabelos pretos que ele vira na noite anterior saiu da cozinha em outro vestido desbotado. Ela lhe ofereceu uma xícara de café árabe, a qual ele aceitou. Samuel agradeceu e perguntou o nome dela, mas a mulher apenas o encarou com uma expressão vazia.

— Eu me chamo Samuel — disse ele, apontando para si mesmo. Ela sorriu e deu de ombros. — Onde está Ali? — perguntou, tentando um caminho alternativo.

— Ali... — Depois de alguns segundos, o rosto se iluminou e ela fez sinal para que ele a seguisse. Levou-o até os fundos da casa e abriu uma porta um pouco mais adiante no mesmo corredor do quarto de Samuel. E lá estava Ali, deitado num catre igual ao do repórter. Havia dois outros catres no mesmo quarto e alguns brinquedos espalhados pelo chão. A perna ferida estava apoiada num travesseiro, toda envolvida com atadura elástica, e gaze branca saía de suas extremidades.

Quando Samuel se aproximou, Ali despertou de seu estado de sonolência.

— Samuel. Você voltou ao mundo dos vivos — disse, enquanto se espreguiçava e alongava os braços atrás da cabeça. — Dormiu muito. Devia estar exausto.

— Com certeza — concordou o repórter. — O que o médico falou?

— Eles me levaram até uma clínica para dar alguns pontos. O médico disse que tive muita sorte de estar com alguém que sabia como estancar o sangramento. Senão, eu teria sangrado até morrer. — Ele deu um enorme sorriso. — Isso quer dizer que devo a minha vida ao senhor, Sr. Hamilton.

— Deixa para lá, Ali. Alguém perguntou alguma coisa?

— Era uma clínica árabe, não se preocupe. Eles sabem que é melhor não fazer perguntas.

— Quanto tempo vai demorar até você voltar a andar?

— Uma semana, mais ou menos. O médico disse que não posso jogar peso na perna até tirar os pontos. Enquanto isso, me mandou usar aquelas muletas. — Ele apontou para um par de muletas recostado em um canto do quarto.

— Deve ser tempo suficiente para eu fazer tudo o que vim fazer aqui. Aí posso levar você de volta até Tulkarm.

— Ainda não estou pronto para voltar para casa. Temos um trabalho a fazer. Fiquei aqui na cama, bolando um plano. Você sabe que a casa dos Wainwright está cercada por forças de segurança, não sabe?

— É mesmo? — perguntou Samuel, mordendo o lábio. — Eu me pergunto do que diabos eles a estarão protegendo?

— Estão querendo impedir que o senhor chegue lá. Ela deve ser um peixe daqueles bem grandes.

— Isso não deveria me surpreender. A pergunta é: como eu consigo passar por eles?

— Tenho uma ideia. Senta aí que vou mostrar um desenho que fiz.

Samuel sentou-se no catre de Ali e os dois começaram a analisar os desenhos que o garoto havia feito.

— E o que faz você pensar que uma coisa dessas vai dar certo? — perguntou o jornalista.

— Vou mostrar a você.

No dia seguinte, quando Samuel e Ali estavam discutindo o plano, bateram à porta. Ali gritou alguma coisa em árabe, e um homem de barba grisalha entrou no quarto e fez uma leve reverência.

— Este aqui é Zaza — disse Ali. — Ele andou espionando a residência dos Wainwright nos últimos dias. Foi ele que me disse que a casa é cercada por agentes de segurança.

— Como sabe que são agentes de segurança?

— Ele é um especialista no assunto. Trabalhou com a espionagem britânica no norte da África, na Segunda Guerra Mundial.

— E como ele conseguiu essa informação sem ser visto ou pego?

— O senhor já ouviu aquelas histórias de como os soldados ingleses que serviam no deserto percebiam às vezes que alguém, de repente, estava ao lado deles? E nunca tinham a menor ideia de onde a pessoa havia surgido.

— Eu sei. Já ouvi isso. Mas eram homens do deserto. E nós não estamos no deserto.

— Mas estamos na Palestina, e Zaza conhece cada centímetro desta terra de olhos fechados. Ele é como um fantasma. Entra e sai dos lugares sem que ninguém perceba que esteve lá.

— Muito bem, e o que ele descobriu? O que estou enfrentando?

Ali e Zaza falaram em árabe por alguns minutos.

— Pode me passar aquele papel que eu dei a você ontem? — pediu Ali.

Samuel tirou-o do bolso e o abriu no catre.

— Zaza disse que tem uma espécie de van estacionada aqui, do outro lado da rua, e que há um homem escondido na parte de trás fotografando todo mundo que se aproxima da casa. Há outro carro parado mais adiante na rua, também de olho na casa. Neste está uma mulher vestida como uma cidadã comum. Como ambos estão lá o tempo todo, você não acha que há uma boa razão para isso ser suspeito?

— Agora entendo por que você pensou no plano que me mostrou — disse o repórter. — Tem certeza de que não vão impedir que se aproxime da casa?

— Eles vão me parar, mas vão me deixar passar — afirmou Ali. — Agora, escreva a carta que nós combinamos.

Ali descia a rua montado num jumento. Outro animal vinha logo atrás, carregando cestas de frutas. O rapaz desmontava em frente a cada casa, andava apoiado na muleta até a porta e batia.

Quando se abria, ele começava seu discurso, declamando-o em um hebraico com sotaque:

— Frutas frescas do nosso pomar. Muito boas e excelentes para a saúde.

Para a surpresa de Ali, os moradores daquele bairro de Nitsanei Oz — uma região repleta de casas com gramados e canteiros de flores — compraram muitas frutas, mais do que ele esperava. Torceu para não ficar sem mercadorias antes de chegar à residência dos Wainwright, a penúltima casa do quarteirão.

Quando se aproximou do fim da rua, viu a mulher no carro que Zaza havia descrito e o caminhão de onde as fotos eram tiradas. Passou pelo carro, e a mulher saiu. Era alta, de descendência europeia, cabelos castanhos e olhos azuis. Usava um vestido xadrez azul com um colarinho branco muito bem-passado, e coturnos pretos que destoavam do restante da roupa.

— Aonde você vai, meu jovem? — perguntou ela secamente em hebraico.

— Estou vendendo frutas frescas do nosso pomar em Kafr Kana — respondeu Ali, em um incipiente hebraico.

— Deixa eu ver a sua identidade.

Ele pôs a mão no bolso das calças, tirou a carteira devagar, procurou o documento e entregou a ela. A mulher examinou atentamente a foto e o nome.

— Seu nome é Saleem Alsadi?

— É claro. Que outro poderia ser?

— De onde você é?

— De Kafr Kana.

— E o que está fazendo aqui?

— Nós plantamos frutas.

— E o que mais? Não pode ser um trabalho de tempo integral.

— Nós trabalhamos de dia para os judeus. Eles pagam bem — falou com um sorriso, para cair nas graças dela.

A mulher anotou o nome e o endereço no cartão.

— E por que veio aqui?

— Para vender nossas frutas. Os israelenses pagam mais quando nós vendemos de porta em porta. Se vendermos no mercado, teríamos que cobrar menos. O preço não seria tão bom.

— Tudo bem. Mas não fique muito tempo neste bairro. Os moradores não gostam de gente estranha.

Ali voltou a subir no jumento, aliviado por ter conseguido acesso aos Wainwright. Quando finalmente chegou a casa no fim da rua, repetiu todo o processo, saltando do animal, apoiando-se na muleta e caminhando devagar até a porta com uma cesta cheia de frutas em seu braço livre. Ele ajeitou a camisa e endireitou o *keffiyeh*, então bateu à porta.

Uma senhora de uns 60 anos, com os cabelos louro-avermelhados penteados de maneira estilosa, o atendeu.

— Oi, madame — disse Ali em inglês. — Meu nome é Sale-em Alsadi. Vendo frutas que plantamos na fazenda da família. A senhora gostaria de comprar um pouco?

— Talvez — disse ela, num inglês com sotaque australiano. — Estão frescas?

— Sim, senhora. Foram colhidas hoje de manhã.

Ela se aproximou da cesta e examinou as frutas com cuidado.

— Quero alguns damascos e aqueles pêssegos — falou. — Quanto custa?

— Só 10 shekels.

— Um minutinho, por favor. — Ela foi lá dentro e voltou com uma nota de 20 shekels.

Ali pôs a mão no bolso e lhe deu o troco, juntamente com uma carta dirigida a Sarah Wainwright. No começo, a mulher ficou surpresa. Mas, quando viu que a carta era endereçada à filha, sorriu.

— Semana que vem eu volto para pegar a resposta — disse Ali.

Obviamente, a mulher já estava acostumada a situações inesperadas, porque logo escondeu a carta no meio das frutas com um movimento rápido.

— Quem quer que tenha enviado você aqui está correndo um grande risco, com todo esse pessoal vigiando a nossa casa — falou, enquanto fingia contar o troco.

— É uma carta muito importante — insistiu o rapaz.

— E se ela não estiver preparada para responder na semana que vem?

— Então a senhora fecha a cortina das janelas da frente que volto em duas semanas.

— Tudo bem. Tenha um bom dia — falou, enquanto fechava a porta.

Ali mancou até o jumento, subiu nele e voltou a descer a rua, acenando para a mulher de vestido xadrez azul e coturnos.

Durante a semana, o refúgio se transformou numa verdadeira colmeia em plena atividade. A questão mais importante era se certificar de que os Wainwright não os entregariam às autoridades.

Usando Ali como tradutor, Samuel ordenou a Zaza que ficasse de olho na casa.

— Vá lá três vezes durante o dia e noite para ver se eles não colocaram mais seguranças prestes a pular em cima de Ali, quando ele voltar.

Se algo desse errado, Samuel confiava em Zaza para descobrir a tempo.

— Nós também precisamos pensar em uma estratégia para sairmos de Nitsanei Oz e voltar a Tulkarm — disse Samuel a Ali.

— Zaza pode nos levar até a entrada do túnel. Assim já saberíamos localizá-lo na hora de ir embora.

— Mas isso tem que ser feito à noite — lembrou Ali.

Samuel assentiu.

— Diga para Zaza que eu quero ir ao desfiladeiro de onde atirei o bandido, para ver se ele já saiu de lá.

— Você está preocupado com ele?

— Não estou preocupado com ele. Só não quero ser capturado pela polícia quando a gente tiver que passar por aquele lugar, na hora de voltar ao túnel. O fato de alguém ter se ferido ali, no meio do nada, pode ter deixado a polícia curiosa.

— Então espera. Vamos mandar Zaza primeiro, para dar uma olhada e pegar as roupas que enterramos ao lado da oliveira. Se ele achar que ninguém percebeu que existe um túnel no local, aí pode mostrar como chegar lá.

— Faz sentido. Como ele vai encontrar a oliveira?

— Não se preocupe. Zaza conhece bem aquela região.

— Assim espero — disse Samuel.

Algumas noites mais tarde, após Zaza ter feito um reconhecimento do território e trazido de volta as roupas escuras, saiu com Samuel no Opel preto em direção ao túnel. Dessa vez levaram um motorista, de modo a não deixar o carro parado na estrada. A ideia era que Samuel aprendesse o caminho para o túnel, para o caso de acontecer alguma coisa a Zaza. Ali ainda não estava pronto para se movimentar pelo terreno acidentado e, por isso, ficou no esconderijo e cuidou de contatar o guia em Tulkarm e se assegurar de que o túnel estaria aberto no lado israelense.

A lua estava no quarto crescente, o que significava que, em uma noite sem nuvens, ela emanava apenas cinquenta por cento de sua luminosidade. Zaza explicou que não era a melhor hora para partir, mas também não era a pior. Mesmo assim, não tinham escolha. Dali a uma semana, as condições estariam piores, porque, quanto mais próximos estivessem da lua cheia, mais rápido teriam que se mover.

Samuel e Zaza saltaram do carro num lugar deserto da estrada, e Zaza pediu que o motorista estivesse de volta em uma hora e meia. O homem assentiu e foi embora.

— Como você sabia onde parar? — perguntou o jornalista.

Zaza apontou para um agrupamento de árvores do outro lado da estrada.

— Laranjas.

Fez sinal para que Samuel o seguisse em direção ao leste, na escuridão do outro lado da estrada. O terreno era acidentado, mas ele parecia saber o que estava fazendo. Eles andaram rápido e, depois de uns 15 minutos, Zaza parou. Pegou Samuel pelo braço e desviou para o norte. Alguns minutos mais tarde, parou abruptamente e apontou para o que parecia ser a beira de um precipício.

— Bandido aqui — indicou Zaza.

— Quer dizer que foi daqui que o joguei, é? Mas ele não está mais aqui, certo?

— Bandido embora. Levado por outros — respondeu Zaza.

— Quanto tempo vou ter que andar até chegar ao túnel?

— Meia hora. Eu mostro — respondeu Zaza. Eles logo se aproximaram de outra ribanceira. — Cuidado para não cair — alertou ele, apontando para o declive à frente. — Quando chegar hora, desça e bata. Eles vão abrir. Lembre oliveira no fim. — E então seguiu em direção à estrada, com Samuel atrás de si.

De volta ao esconderijo, Samuel e Ali ficaram conversando até tarde, entre outras coisas, sobre o retorno de Ali à residência dos Wainwright no dia seguinte para pegar a resposta à carta de Samuel.

— Tive a chance de ver o que está acontecendo dos dois lados da fronteira — comentou Samuel. — O que você acha de tudo isso?

— Como muitos palestinos, fico furioso com o fato de termos sido desalojados. Foi por isso que decidi voltar à Palestina, para ver se consigo fazer alguma coisa para ajudar nosso povo.

— Será que existe uma solução? Uma solução *de verdade*, além de uma guerra sangrenta sem vencedores? Parece que a situação aqui é um nó górdio.

— Consegui falar com muita gente sensata desde que cheguei aqui. E alguns acham que existe um ponto de partida.

— E qual seria? — perguntou Samuel, enquanto sorvia o chá quente que lhe haviam servido.

— Meu povo quer voltar à Palestina. Os israelenses querem ser reconhecidos e nem pensam em conceder uma parte de Jerusalém como uma potencial capital palestina de um Estado independente. Todas as nações árabes incentivam o conflito e criam problemas na região. Mas cada lado tem uma coisa que o outro quer. No futuro, os dois vão ter que entrar num acordo, ou acabar se aniquilando. Os judeus têm que pedir desculpas por terem desalojado o nosso povo na guerra de 1948 e aceitar um Estado palestino no que hoje é a Cisjordânia e a Faixa de Gaza. Em troca, os palestinos vão ter que reconhecer o direito de Israel existir. Mas, na verdade, antes que isso possa acontecer, muitos com quem conversei acham que provavelmente vamos tentar nos matar.

— Isso é cético e otimista ao mesmo tempo — observou o repórter, desenhando, pensativo, com uma vareta no chão.

Ambos permaneceram em silêncio, cada um perdido em suas reflexões.

— O senhor tem mais alguma coisa em mente, Sr. Hamilton? — indagou Ali depois de alguns instantes.

— Bem, como você perguntou — disse Samuel, erguendo o olhar —, tenho uma questão sobre um assunto delicado. Desde que cheguei aqui e vi o quanto você é próximo dos líderes da OLP, tive vontade de fazê-la.

— O que é?

— Em São Francisco, depois que Mustafa foi morto, um envelope foi enviado ao hotel onde ele estava hospedado. Continha apenas a chave de um guarda-volume. A polícia descobriu onde ficava e mandou um membro do esquadrão antibomba para ver o que havia lá dentro. Enquanto ele abria a mala, ela explodiu e o policial morreu. — Samuel tentou esconder sua reprovação e observou a reação de Ali. — Você sabe alguma coisa sobre esse incidente? Mais do que isso: sabe quem mandou aquela chave?

O garoto hesitou. Olhou primeiro para Samuel e depois para o teto.

— Tenho que tomar cuidado com as palavras — respondeu finalmente. — Eu sei que a ordem partiu do quartel-general da OLP. Eles achavam que alguém estava atrás de Mustafa em São Francisco, por causa de um negócio com armamentos que deu errado, e que esses seriam os culpados pela morte dele. Acreditavam que os assassinos iriam pegar a chave e tentar se apropriar do dinheiro na mala. Mas não sei exatamente quem foi o responsável pela ordem.

— Não tinha muito dinheiro naquela mala. Quase tudo era jornal, cortado do tamanho das notas.

— Você está dizendo que foi tudo armado para parecer que era muito dinheiro?

— Estou. Ali, você me contaria se algum dia descobrisse de quem partiu a ordem?

— Não. Isso seria uma traição.

Samuel assentiu.

— Eu já imaginava que você fosse dizer isso, mas não podia deixar de perguntar. Você sabe que a OLP cometeu um erro grave ao matar um cidadão americano nos Estados Unidos, não sabe?

— Sei que muitos erros foram cometidos por todo mundo, de ambos os lados. E pessoalmente lamento muito o que aconteceu.

Samuel percebeu que já tinha obtido informação suficiente para passar às autoridades encarregadas do caso e que o governo federal teria que ir atrás dos assassinos. Era hora de mudar de assunto.

— E agora vamos bolar um plano para você chegar à casa dos Wainwright amanhã, antes que eu durma aqui — disse bocejando.

No dia seguinte, Ali e os dois jumentos repetiram a mesma viagem da semana anterior, oferecendo frutas de porta em porta na rua em que os Wainwright moravam. A perna agora estava muito melhor: em vez de uma muleta, ele já conseguia se virar com uma simples bengala de madeira. Acenou para a mesma mulher que estava de guarda no carro estacionado, observando que o veículo permanecia no mesmo lugar da semana anterior. Ao olhar para as janelas da casa, viu que as cortinas estavam abertas, portanto sabia que ia conseguir o que queria... a menos que fosse uma armadilha.

Apesar de Zaza ter garantido que nada havia mudado na rua, Ali estava prestes a ter um ataque de nervos quando bateu à porta. Quando a Sra. Wainwright abriu, ele ficou surpreso com sua aparência. Os cabelos louros estavam completamente desalinhados, e ela vestia um roupão de algodão felpudo.

— Chegou cedo demais hoje — cumprimentou, com um sorriso. — Mas tudo bem. Traga a cesta mais para perto para eu escolher as frutas.

Ali soltou um suspiro de alívio e colocou a cesta entre eles, dando as costas para o caminhão com a câmera de vigilância. Após a Sra. Wainwright pegar algumas frutas, estendeu a Ali um envelope junto com o dinheiro.

Quando ele voltou ao esconderijo, repassou o envelope a Samuel. O repórter o abriu, nervoso, e encontrou um bilhete escrito numa bela caligrafia:

Caro Sr. Hamilton,

Sei quem o senhor é. Recebi ordens de evitar qualquer contato com o senhor, mas percebi que cometi um erro terrível ao sair de São Francisco naquele momento e pretendo lhe escrever uma longa explicação sobre tudo o que aconteceu entre Ahmed Mustafa e eu. Tenho certeza de que seu amigo o informou de que sou uma prisioneira em minha própria casa. Disseram que é para o meu próprio bem e para a segurança de Israel. No entanto, para sua proteção, volte para casa e lhe mandarei toda a minha história. Quando receber, pode publicar no seu jornal, se quiser.

Atenciosamente,
Sarah Wainwright

Samuel leu a carta mais duas vezes e passou-a para Ali, que a leu rapidamente.

— O que você conclui de tudo isso? — perguntou o jornalista.

— Por que ela estaria em prisão domiciliar?

— Acho que isso nunca vamos descobrir, a não ser que ela realmente escreva para me contar. E aí, se ela realmente escrever, também vai depender de eu receber a carta.

— Talvez seja só uma maneira de se livrar do senhor, sem dizer o que o senhor quer saber.

— Meu instinto me diz que ela está tentando me proteger e quer que eu saia do país em segurança.

— O senhor acha que os israelenses sabem que está no território deles? — perguntou Ali.

— Sabem, mas, graças a você, não sabem onde. Foi por isso que tentei ficar o máximo de tempo possível perto do esconderijo. Eu não queria que ninguém visse um estranho circulando pelas redondezas. Mas está na hora de a gente cair fora. Estou mais preocupado com a sua segurança do que com a minha. Devemos ir para o túnel ainda esta noite e fazer a viagem de volta para Tulkarm.

— A gente deve ir junto ou separado?

— Você deve ir primeiro com Zaza, porque ele pode ajudá-lo a se esconder. Ele já me mostrou onde fica o túnel, e posso me virar. É absolutamente crucial que você saia de Israel, Ali. Eu vou lhe dar tudo o que tenho, inclusive a carta de Sarah Wainwright, para o caso de eu ser capturado.

Já estava escuro quando Ali e Zaza partiram no Opel preto em direção ao túnel, mas a lua deixava a noite mais clara que na semana anterior. Samuel esperou uma hora e meia até que outro motorista viesse buscá-lo. Ele agradeceu a família que o havia alojado e lhes ofereceu alguns dólares americanos como pagamento, mas eles recusaram. Quando estava prestes a partir, a mulher saiu de casa com um lenço preto na cabeça e lhe entregou um pouco de pão árabe para a viagem, o qual Samuel aceitou com prazer. O motorista deu a partida, e ela lhe desejou *al salameh*.

O motorista seguiu para o mesmo laranjal em que o repórter e Zaza haviam ido na semana anterior. Samuel usava a calça preta amarrotada e a camisa que Zaza tinha recuperado do buraco próximo à oliveira. Levava uma muda de roupas em uma mochila, a qual ele atirou no banco traseiro do Chevrolet azul 1950.

Enquanto passavam por uma estrada vicinal, pouco antes do lugar onde deveria descer do carro, Samuel viu dois veículos estacionados na escuridão. Deu um leve cutucão no ombro do motorista, que desatou a falar algo em árabe e apagou os faróis. Rapidamente encostou o carro e fez sinal para que Samuel saísse. Ele fez que não.

— Vão me matar — falou e apontou para a frente, fazendo um sinal para que seguissem viagem. O motorista reiniciou o motor sem ligar os faróis e arrancou.

Porém já era tarde demais. Os dois carros que os perseguiam eram mais modernos que o velho Chevrolet e logo os alcançaram, piscando os faróis. O motorista acabou parando no acostamento.

Samuel pôs a mão no bolso para pegar os documentos enquanto os dois veículos estacionavam atrás deles. À luz dos faróis, ele viu três homens de uniforme militar armados com metralhadoras Uzi saírem de cada carro. Já estava ofegante quando o líder do grupo chegou ao lado do motorista e apontou a lanterna para o banco da frente. Gritou alguma coisa em árabe para o motorista e este respondeu. As únicas palavras que Samuel conseguiu entender foram táxi e Haifa. Ele sabia exatamente o que o motorista tinha que dizer, caso alguém os parasse.

O militar gritou para Samuel num bom inglês:

— Saia do carro com as mãos ao alto e num lugar onde eu possa vê-las.

Ele obedeceu.

— Os senhores têm que me tratar com respeito. Sou um diplomata — respondeu, enquanto passava o passaporte diplomático ao coronel com a Uzi. — Exijo ser levado ao cônsul-geral em Haifa. É para lá que eu estava indo com este motorista de táxi, quando os senhores nos pararam.

— Aposto que sim, senhor. — O coronel usou a lanterna para analisar os documentos de Samuel, que haviam sido expedidos pelo Departamento de Estado americano. — Nossas ordens eram de encontrá-lo e levá-lo ao nosso quartel. E é isso o que vamos fazer. — Ele jogou Samuel sobre o capô do carro, puxou os braços do repórter para trás e prendeu seus pulsos com algemas. — Como o senhor entrou no país e onde estava se escondendo?

Samuel sabia que era melhor não falar nomes. Ali dera instruções sobre o que ele deveria falar se fosse pego, explicando que o motorista contaria a mesma história.

— Ei, vai com calma! — protestou. — Eu sou diplomata e não tenho que responder suas perguntas. Exijo ver um representante do meu governo.

O coronel riu.

— Como vocês dizem nos Estados Unidos, o senhor poderá fazer a sua ligação quando eu achar que o senhor merece. No momento, o senhor está sob a minha custódia. — Ele o empurrou para o banco de trás de um dos veículos militares. O motorista também foi algemado e colocado no banco de trás do outro carro. Samuel nunca mais o viu.

Andaram por cerca de 15 minutos antes de pegarem uma estrada de terra, e pararam diante de um portão guardado por dois homens. Samuel pôde ver que uma cerca de arame farpado circundava o complexo, que abrigava diversas tendas. Depois que o veículo passou pela segurança, ele parou na frente de uma das bases e Samuel foi arrastado até uma sala pequena e úmida, iluminada por apenas uma lâmpada pendurada no teto. Os únicos móveis eram uma mesa, um banquinho e uma cadeira. O soldado que o conduzira até ali colocou-o sentado no banquinho e imediatamente amarrou as pernas do prisioneiro a ele, deixando os braços algemados para trás. Então saiu.

Foi deixado sozinho pelo que pareceu ser muito tempo, embora depois estimasse que não devia ter se passado mais que meia hora. Após alguns minutos, seus instintos de repórter vieram à tona. Olhando ao redor, viu manchas de sangue em duas das quatro paredes. Baseado nas marcas de dentes em uma delas, concluiu que a cabeça de alguém que estivera ali no seu lugar anteriormente havia sido batida contra o estuque.

O sangue na parede, o isolamento e as ameaças surtiram efeito sobre Samuel, e ele passou a ficar muito atento a todos os sons que ouvia — o pio de uma coruja na noite, o vento batendo no edifício, os passos no corredor.

De repente, a porta se abriu e um homem corpulento de cabelos louros entrou na sala empurrando uma bateria num carrinho de duas rodas. Atrás dele vinha outro, trazendo um pano preto. Era mais baixo e mais jovem; tinha cabelos ruivos cacheados e usava óculos redondos. Em outras circunstâncias, poderia ser confundido com um estudante. Sem dirigir uma palavra a Samuel, o primeiro pôs a bateria atrás do banquinho onde estava o repórter. O outro homem logo enfiou um capuz preto na cabeça dele e prendeu alguma coisa na ponta de seus dedos.

— Sou diplomata e exijo ser entregue à embaixada americana — gritou Samuel, com a voz meio abafada pelo capuz.

— Você é um espião! — acusou uma voz atrás dele.

Uma descarga violenta de eletricidade passou pelo corpo de Samuel, indo da ponta dos dedos a todos os seus nervos. Os músculos se retesaram involuntariamente, e a cabeça deu um solavanco para trás. As pernas algemadas se ergueram, quase virando o banquinho. Ficou inteiramente tomado pelo terror. Estava perdido. Esses homens iam matá-lo. Ia morrer em uma sala de interrogatório israelense e ninguém jamais encontraria seu corpo.

— O que o senhor estava fazendo aqui em Israel? — perguntou o torturador. Samuel não sabia qual deles falava, mas decidiu que deveria ser o que parecia um estudante.

235

— Diplomata. Da Embaixada Americana — sussurrou Samuel, trêmulo. Mais uma descarga elétrica, essa mais forte, pulsou em seu corpo e ele chegou a desmaiar por alguns instantes.

Em meio a uma névoa de dor, ele voltou a ouvir a voz do interrogador.

— Por que quer falar com Sarah Wainwright?

— Embaixada...

Samuel tinha mordido os lábios e a língua e sentia o gosto de sangue na boca. Seguiu-se mais uma descarga elétrica.

— Nós temos mais três baterias lá fora. — O torturador deu-lhe uma chicotada nas costas. — Cada uma é maior e mais forte que esta. E nós temos a noite toda. Então não temos pressa. Você acha que vai aguentar?

De longe, o repórter ouviu gritos horripilantes que ecoaram dentro dele, mas não fazia ideia de que haviam partido de si. Samuel tentou responder, mas não conseguiu.

Mais uma descarga, mais uma chicotada e depois outra descarga.

— Onde você estava em Israel? O motorista não buscou você em um mercado!

Samuel nunca havia experimentado tanta dor. Pela vida inteira, jamais sentira tanto medo. Achava que aquilo não ia parar; na verdade, imaginou que eles estavam apenas começando. Em breve, começariam a dar choques nos seus genitais, no ânus, nos dentes, e sabia que não ia durar muito depois disso. Ao mesmo tempo, encontrou um estranho conforto em testar sua capacidade de resistência.

Mas uma coisa estava clara: os israelenses não sabiam quem o havia ajudado. Isso significava que o motorista tinha contado a mesma história: que ele pegara o táxi no mercado de Nitsanei Oz.

— Para onde você ia? — perguntou o interrogador, interrompendo as descargas elétricas momentaneamente para dar a entender que, se ele contasse, seria poupado de outras dores.

— Eu já disse — grunhiu Samuel.

Mais três descargas elétricas.

— A parede está bem ali, seu filho da puta! — gritou o interrogador, decidindo que já era hora de aumentar o terror psicológico.

Samuel fez um esforço para pensar, apesar de toda a dor e do medo que tomava conta de seu corpo e sua alma. *Pensar. Eu tenho que pensar*, murmurou para si mesmo. Os torturadores não iam esmurrar sua cabeça contra a parede. Israel não se livraria tão fácil das consequências de matar alguém que se apresentara como um diplomata americano. Pelo menos, torcia para estar certo. O que eles queriam de fato? Se fosse só informação, ele teria que resistir, não poderia entregar quem o havia ajudado, não poderia trair Ali.

Logo perdeu toda a noção do tempo. A dor era tão lancinante que ele nem sentia mais as descargas. Parecia que a eletricidade estava queimando todas as fibras de seu corpo, como uma corrente contínua, interminável e ininterrupta de lava derretida.

Em algum lugar de sua mente, porém, Samuel achava que os torturadores não tinham a intenção de feri-lo com gravidade. Sentia que os golpes do chicote estavam mais fracos, e os choques nos dedos ocorriam em intervalos cada vez mais longos. Lembrou-se do que ouvira sobre as prisões israelenses, do que Ali e os outros lhe contaram no esconderijo. Descreviam os horrores que os prisioneiros palestinos encaravam e como pessoas presas sem qualquer razão aparente desapareciam sem deixar vestígios. Isso lhe deu um pouco de esperança e até certa coragem para resistir. Talvez o passaporte diplomático tivesse servido para intimidá-los afinal. Perguntava-se se isso impediria aqueles homens de matá-lo.

Samuel estava no limiar da consciência. Quando lhe deram tempo suficiente para se recuperar um pouco, ele tentou se preparar para o que estaria por vir. Talvez novos interrogadores viessem substituir os que já o torturavam. Foi nessa hora que a porta se abriu e ele ouviu duas vozes discutindo rapidamente, embora não fosse capaz de entender o que era dito. Instantes depois, ouviu um arrastar de pés e o ranger de rodas. O carrinho da bateria estava sendo retirado, e então, misericordiosamente, Samuel mergulhou na escuridão.

O repórter abriu os olhos com enorme dificuldade; as pálpebras pareciam arranhar seus olhos como areia. A língua estava inchada e ele sentia uma sede imensa. Precisou de algum tempo para reunir forças, erguer a cabeça e olhar em volta.

— Água... — murmurou, num gemido rascante.

Seu corpo ainda estava tomado pela dor, as orelhas latejavam, o cérebro parecia prestes a explodir e os dedos queimavam. Tentou se lembrar do que havia acontecido, mas a única imagem que conseguia invocar era o contorno de um carvalho sobre um fundo cinza. Percebeu que estava numa espécie de cela, um quarto pequeno, abafado e sem janela, com uma porta de ferro, um catre e um balde presos ao chão de cimento. A luz vinha de uma única fonte no teto, uma lâmpada presa num encaixe de metal. O cheiro de urina e de vômito vinha das próprias roupas sujas.

— Água — voltou a implorar. Mas só havia silêncio. Samuel deixou-se cair novamente no catre e fechou os olhos, fraco demais para pensar, machucado demais para dormir.

Depois do que pareceram horas, ele ouviu o barulho de metal contra metal e a porta se abriu. Uma jovem entrou na cela, empurrando levemente o homem alto e corpulento que estava de guarda perto da porta para abrir passagem. A moça examinou os olhos de Samuel com uma pequena lanterna e tomou seu pulso.

— Sou médica — disse, num inglês meio capenga. — Como se sente?

— Água... por favor... — pediu Samuel.

— Desculpe, mas o senhor não pode beber líquido. Causaria convulsões. O senhor vai ficar bem. Descanse.

Ela pingou algumas gotas nos olhos dele, aplicou uma injeção no braço e saiu. De novo, a porta se fechou sonoramente. Samuel ouviu vozes lá fora; uma era a voz alta e raivosa de uma mulher e a outra, a voz grave de um homem. No entanto não conseguiu entender o que falavam.

Quando o repórter voltou a acordar, o corpo inteiro continuava dolorido e ele sentia uma dor de cabeça infernal, porém o maior desconforto era a sede. Ele conseguiu se levantar, ir até o balde e urinar. Pensou em bater na porta e gritar pedindo água, mas percebeu que seria inútil; seus opressores tinham os próprios planos. Ele precisava poupar energia e pensar numa maneira de fugir.

De repente, ouviu o barulho de chaves, e a porta se abriu. Dois homens armados e de uniforme apareceram na soleira.

— O senhor consegue andar? — perguntou um deles, num inglês bem carregado. Samuel assentiu e se levantou para acompanhá-los, apesar de as pernas mal conseguirem dar conta de seu peso. Um dos soldados lhe deu uma garrafa de água fresca. Samuel agarrou-a com as mãos trêmulas e bebeu o líquido em três grandes goles.

— Mais, por favor — implorou. Nunca a água teve um gosto tão bom.

— Depois.

Os soldados o escoltaram através de um pequeno pátio. Do lado de fora estava escuro e Samuel presumiu que já tinha passado muitas noites ali como prisioneiro. Dirigiram-se até a sala em que ele fora interrogado e torturado. A essa altura, a memória estava começando a voltar e ele reconheceu a sala, o banquinho e a mancha escura na parede. Seu coração começou a bater mais rápido. Dois outros homens esperavam por ele ali; um de uniforme, o outro vestido como civil, de costas para a porta.

— Sente-se — ordenou o militar, apontando para um banquinho. Samuel obedeceu. O homem trazia a patente de oficial na gola e falava um inglês perfeito. — O governo de Israel deseja lhe pedir desculpas, Sr. Hamilton. Aparentemente, seu passaporte diplomático não era falso, como pensávamos. Evidentemente, isso não quer dizer que o senhor não seja um espião.

— Mas isso quer dizer que os senhores não podem me manter aqui — retrucou Samuel, tentando controlar o tremor na voz.

— O senhor será tratado de acordo com a sua posição, Sr. Hamilton.

— Agora é um pouco tarde para isso, não?

O civil se virou e Samuel o reconheceu na mesma hora. Era Roger Balantine, o agente do Mossad do Consulado-Geral de Israel em São Francisco, que o havia seguido e que fora detido por Bernardi.

Balantine assumiu o comando.

— Nós queremos saber como o senhor entrou aqui sem se registrar em nenhum posto de fronteira. E também o que o senhor está fazendo em Israel e há quanto tempo está aqui?

Samuel partiu do princípio de que Roger Balantine sabia muito bem que, apesar de ele não ser um diplomata de verdade, o passaporte era autêntico, o que significava que contava com algum tipo de proteção do governo americano. Porém, era óbvio que o agente do Mossad havia segurado essa informação por tempo suficiente para que lhe ensinassem uma lição. Ou talvez Balantine tenha tentado obter alguma prova de que o passaporte era falso e fracassou. De qualquer modo, Samuel sabia que o agente era o responsável pela brutalidade que ele havia suportado. Era a pequena vingança de Balantine: olho por olho. Também estava muito claro que ele queria mandar uma mensagem aos americanos, mostrar a eles o que acontecia quando alguém se metia nos assuntos do Mossad.

— Exijo ser entregue às autoridades americanas — disse Samuel. Tentou se levantar do banquinho, mas a mão pesada do oficial em seu ombro o deteve.

— Já estamos cuidando disso, mas, a não ser que o senhor responda às nossas perguntas, nunca mais será bem-vindo a Israel — disse o oficial.

— O senhor só pode estar brincando — retrucou Samuel.

— Perdão?

— Deixa para lá. Provavelmente esse assunto está acima de sua patente.

O oficial franziu a testa, mas um instante depois deu um sorriso, revelando que entendera a piada.

— Talvez o senhor queira um pouco de chá? — perguntou o oficial, com um falso sotaque britânico.

— O quê?

— Chá.

— Que tal um uisquinho? — zombou o repórter, com um sorriso sarcástico.

Balantine, que testemunhara o diálogo sem qualquer expressão no rosto, saiu da sala, batendo a porta atrás de si.

— O senhor irá comer alguma coisa e as suas roupas serão lavadas — disse o oficial, ainda com o sotaque britânico e o mesmo tom de ironia. — Lamento não podermos oferecer um chuveiro. Tem mais alguma coisa que nós possamos fazer para tornar a sua estada agradável, Sr. Hamilton?

— Eu gostaria que o uísque fosse com gelo — respondeu Samuel, aliviado ao descobrir que os israelenses também têm senso de humor

Quando se deu conta, Samuel já estava sendo deixado na embaixada americana em Tel Aviv por um coronel e dois tenentes israelenses. Os americanos haviam sido avisados, e o embaixador, um homem alto de cabelos grisalhos e sotaque do Texas, já esperava por ele.

— Obrigado por terem devolvido o Sr. Hamilton em segurança — disse ele, apertando a mão do coronel. — O secretário de Estado agradece.

— Nós cuidamos bem dele — retrucou o coronel. O diplomata entendeu perfeitamente o duplo sentido da frase.

Samuel mal podia acreditar que seu calvário chegara ao fim, apesar de ainda estar dolorido, com a vista embaçada e trêmulo de cansaço.

— O senhor se importaria se eu tomasse um banho em algum lugar — perguntou ao embaixador.

— De modo algum.

O embaixador pediu a um sargento fuzileiro naval que acompanhasse Samuel até o quarto, e então continuou a amistosa conversa com o coronel israelense, o qual tratava pelo primeiro nome.

O sargento providenciou um kit de higiene pessoal. O repórter tomou um banho demorado e quente, fez a barba de três dias e escovou os dentes. Pegou uma calça cáqui e uma camiseta xadrez da mochila que os israelenses haviam devolvido a ele. As roupas estavam amarrotadas, mas apresentáveis.

O fuzileiro voltou meia hora mais tarde e o levou até o gabinete do embaixador.

O texano o cumprimentou com um sorriso cortês e apertou sua mão novamente.

— O Sr. Worthington estava se roendo de preocupação, Sr. Hamilton. Onde foi que o senhor se meteu?

— Eu estava fazendo um trabalhinho sujo para o Sr. Worthington e duvido que ele realmente estivesse se roendo de preocupação por mim. Ele pensa em si próprio em primeiro lugar e na CIA em segundo. E tenho certeza de que ele não apreciou o fato de que eu tenha feito as coisas do meu jeito. — Samuel fez uma pausa para observar o embaixador, mas não conseguiu extrair nada de sua expressão. — Sinceramente, estou cansado e preciso dormir. Poderíamos continuar esta discussão amanhã?

— Claro — disse o embaixador. — Mas você poderia responder algumas perguntas preliminares antes de sair.

— Manda — respondeu Samuel, sem saber o que o embaixador queria. Perguntou-se se podia confiar nesse homem tão amistoso com os israelenses. Mas não tinha escolha.

— Nós sabemos onde o senhor esteve e quem o ajudou, Sr. Hamilton. Não me pergunte como eu sei mais que as autoridades israelenses. Faz parte da minha profissão estar bem-informado. Tudo o que eu quero saber é se os israelenses conseguiram algum documento ou informação importante de sua parte, enquanto o senhor estava sob custódia deles.

— Posso garantir que não conseguiram nenhum documento.

— E o que aconteceu com o homem que estava com o senhor?

243

— Não sei. Eles nos separaram e nunca mais o vi.

— O senhor mencionou Ali, Zaza, ou falou do refúgio?

— Não, senhor. Mas como o senhor sabe sobre o Zaza?

— Como eu já disse, sei quem o ajudou. O senhor passou alguma informação aos israelenses?

— Não. Eu só estava com o meu passaporte diplomático. Meu passaporte comum, os cartões de visita que recebi de Worthington e de outras pessoas em Washington, minhas anotações e até uma carta que a Sra. Wainwright me escreveu estão num lugar seguro. Portanto, a não ser que os israelenses tenham me dado algum tipo de "soro da verdade" que me fez falar e esquecer o que falei, eles não tiraram nada de mim.

— Nós sabemos que eles não pegaram seu contato porque ele já está na Jordânia. E isso que o senhor falou sobre os documentos é uma boa notícia. O Sr. Worthington vai gostar de ouvir isso. Alguma coisa chamou sua atenção enquanto o senhor estava com os israelenses?

— Tem uma coisa que achei estranha — disse Samuel, — No segundo interrogatório, o sujeito do Mossad, um certo Sr. Balantine, o tal que me perseguiu em São Francisco, estava presente.

— É mesmo? — perguntou o embaixador. — Isso é curioso. O nome dele não é Balantine, é Garfunkel, e ele tem um posto bem alto na hierarquia do Mossad. O que ele queria?

Samuel pareceu confuso.

— Nós estamos falando da mesma pessoa? Ele costumava ficar em São Francisco.

— Sim. Ele saiu dos Estados Unidos depois de ser detido por segui-lo. A prisão acabou com o disfarce dele. Mas o que ele queria?

— Ele queria que eu falasse, como todos os outros. E eu já disse que não contei nada. Agora, sério. Preciso dormir.

— Claro. O senhor passou por um verdadeiro calvário e precisa descansar. Gostaria de comer alguma coisa antes de se deitar?

— Não, senhor. Estou muito enjoado.

— É natural. É por causa da... Bem, em mais um ou dois dias, o senhor vai se sentir melhor. A essa altura, já terei algumas notícias para o senhor.

— Notícias? — perguntou Samuel.

— Isso pode esperar — garantiu o embaixador. — Agora trate de descansar. Mais tarde nós teremos que interrogá-lo de uma maneira mais formal.

— Por mim, tudo bem — disse Samuel, quase dormindo em pé.

Samuel foi acompanhado de volta ao quarto e dormiu por 18 horas ininterruptas. Quando acordou, só conseguiu recuperar plenamente as forças após um café da manhã completo com ovos e bacon, além de uma xícara de café preto bem forte.

Quando finalmente voltou para a sala de reunião, a mesma em que fora devolvido às autoridades americanas quase dois dias antes, o embaixador o apresentou a um coronel do Exército americano, ao contato da CIA com quem ele devia ter se encontrado em Israel e a um funcionário do Departamento de Estado, que fazia parte da equipe de espionagem.

Depois de trocarem apertos de mão, o agente da CIA foi direto ao ponto.

— Todos nós queremos saber como o senhor entrou no país e o que o senhor descobriu.

Enquanto os homens faziam algumas anotações, Samuel contou em detalhes a viagem desde a Jordânia, a experiência no túnel e a correspondência que Sarah Wainwright lhe mandou através de Ali.

— Sinceramente espero encontrar uma carta dela me esperando quando chegar em casa — concluiu. — Eu relutei em ir embora só com uma promessa, mas a segurança em torno dela era tão grande que não quis me arriscar a colocar o pessoal que estava me ajudando em perigo, e nem ela.

— Como o senhor reuniu uma equipe dessas? — perguntou o agente da CIA, admirado.

— Com a ajuda de um amigo meu de São Francisco, que, por sua vez, disse que eu não devia chegar perto do senhor, porque todo mundo sabe que é agente da CIA. Os israelenses estavam de olho no senhor como águias, esperando que eu fizesse contato. Uma vez que aceitei esse fato, nós basicamente bolamos o plano que acabei de descrever.

O embaixador balançou a cabeça, encarando o agente da CIA, que por sua vez franziu a testa.

— Acho que nós temos que fazer alguma coisa a respeito disso, não é mesmo?

— Eu vou me comunicar com o quartel-general. Isso não é bom para a nossa coleta de informações — concordou o agente da CIA.

O embaixador se levantou e apoiou as duas mãos na mesa de reunião.

— Lamento informar, mas temos más notícias, Sr. Hamilton.

— Nada poderia ser pior do que passei nos últimos dias.

— A Srta. Wainwright cometeu suicídio há dois dias. Isso é tudo o que sabemos. Esperávamos que o senhor tivesse conversado com ela antes disso, mas, obviamente, não foi esse o caso. Lamento que o senhor tenha vindo de tão longe a troco de nada.

— O senhor tem certeza de que não foram os israelenses que a mataram? — perguntou Samuel, sentindo um aperto no peito.

— Nunca vamos saber — disse o embaixador.

Samuel ficou sem palavras por alguns minutos.

— Se tivesse visto a carta que ela me mandou, o senhor teria percebido que ela queria falar. Ela só não conseguia fugir da segurança que a cercava. Que chute no estômago! Que merda! Agora me pergunto se algum dia vamos saber o que aconteceu.

Capítulo 9

Um desfecho inesperado

Alguns dias mais tarde, quando Samuel voltou a São Francisco, a primeira coisa que fez, antes mesmo de ligar para Bernardi, foi dar uma olhada na correspondência que chegara à sua mesa no jornal. Para sua grande surpresa e alívio, deparou-se com um envelope grosso com selos de Israel, mas sem o endereço do remetente. Ao abri-lo, encontrou uma longa carta de Sarah Wainwright. Decidiu que precisava de um lugar tranquilo para lê-la. Saiu da redação e pegou um ônibus para North Beach. No Café Trieste, após se sentar bem à vontade em uma das mesas e tomar um cappuccino, ele finalmente se sentiu calmo o suficiente para ler a carta.

Caro Sr. Hamilton,

Lamento não ter podido vê-lo em Israel, pois desejava lhe contar pessoalmente o que vou revelar nesta carta. Mas, como o senhor já sabe, estou sob uma fortíssima vigilância. Não posso falar com o senhor nem com qualquer um da imprensa do Ocidente, e todos os meus telefonemas e minhas visitas são monitorados com rigor. Tornei-me prisioneira no meu próprio país.

Ahmed Mustafa e eu fomos namorados desde a adolescência. Fomos criados juntos no lugar que hoje é Israel, mas que naquela época ainda era a Palestina. Ele morava em Tulkarm e eu, em Nitsanei Oz.

Depois da guerra de 1948, a linha do armistício nos separou. Eu tinha apenas 12 anos, e ele, 14. Mas nosso amor precisava sobreviver, não podíamos viver sem o outro. Quando nossas famílias tentavam nos separar, isso nos unia ainda mais. Encontramos maneiras de nos ver e, sim, de fazer amor. Nossa primeira relação sexual aconteceu quando eu tinha 14 anos, e sempre encontrávamos um jeito de ficar juntos, até a noite de sua morte.

Permiti a entrada de Ahmed na prefeitura na noite em que ele morreu e cozinhei para ele no refeitório. O senhor já sabe que eu trabalhava lá enquanto fazia um curso de matemática avançada na Universidade da Califórnia, em Berkeley.

Ahmed queria encontrar uma pasta na seção de arquivos para saber quem lhe devia dinheiro por um negócio que fracassou por causa da interferência do governo americano. Eu sabia que tinha a ver com a venda de armas, mas, como não envolvia Israel, não fazia nenhuma objeção em ajudá-lo. Após ele pegar o que queria no arquivo, saímos pela porta dos fundos e subimos ao segundo andar para sentar num banco e conversar. Enquanto estávamos lá, acabamos tendo uma briga feia sobre uma outra namorada dele. Ahmed não foi um amante fiel, mas até aquela mulher aparecer na vida dele, eu tinha certeza de ser a única no coração dele e que ele sempre voltaria para mim.

Sim, fui eu quem matou Ahmed Mustafa. Atirei nele em uma crise de ciúmes, porque ele ia se casar com a Miss Líbano em pouco tempo. Ele negou com veemência, mas senti que era verdade. Mais tarde, soube pela mãe dele que ele pretendia acabar com aquele relacionamento e se casar comigo.

A arma que usei foi uma pistola automática de uso militar. Fui oficial da infantaria no Exército de Israel por dois anos e aprendi a atirar muito bem no treinamento. O Mossad me deu ordens de carregá-la sempre comigo, caso algum agente estrangeiro tentasse me sequestrar. Asseguro-lhe que tudo o que aconteceu naquela noite foi absolutamente espontâneo e assumo toda a responsabilidade. Provavelmente, jogaram a culpa no Mossad, mas eles nada têm a ver com isso.

Venho pensando no que fiz todos os dias desde então e não consigo tirar isso da cabeça, nem me perdoar. Sei que minha insegurança tem a ver com a minha infância na Hungria durante a guerra, quando os nazistas me separaram de meus pais biológicos e só Deus sabe o que fizeram com eles. Quando a guerra acabou, fui mandada para um orfanato na Hungria com os meus irmãos, mas acabei sendo separada deles e levada para Israel, e nunca mais os vi, nem soube o que aconteceu com eles. Qualquer especialista nesses assuntos irá lhe dizer que uma criança nunca supera a morte de um dos pais, muito menos dos dois. Isso não quer dizer que eu não seja grata ao Sr. e à Sra. Wainwright, os judeus australianos que me adotaram e cuidaram de mim por todos esses anos. Ninguém poderia ter pais adotivos mais generosos, e sou muito grata a eles pelo que fizeram comigo. Mas infelizmente às vezes as feridas da guerra são profundas demais para se superar. Sempre morri de medo de ser abandonada. É um problema meu, e não deles.

O Sr. Garfunkel, do Mossad (que o senhor conhece como Sr. Balantine), achava que Ahmed era inimigo mortal de Israel, e provavelmente tinha toda a razão. Quando saí da prefeitura pela mesma janela que havia aberto para Ahmed entrar, o Sr. Garfunkel estava esperando por mim. Sabia que ele me seguia enquanto eu estava em São Francisco. Talvez ele tenha ouvido os tiros, ou pelo menos tenha adivinhado o que aconteceu quando viu o sangue no meu vestido, mas ele nunca me perguntou sobre a morte de Ahmed. Só disse que estava na hora de eu sair dos Estados Unidos e me levou de carro até Los Angeles. É uma longa viagem, como sabe. Nós não conversamos muito. Ele não me deu razões para me sequestrar, nem dei qualquer explicação sobre o que aconteceu na prefeitura. Em Los Angeles, ele me embarcou num avião para Nova York, onde mais agentes do Mossad me encontraram. Eles me colocaram num avião da El Al para Israel. Segundo eles, eu era muito importante para o Estado. Entenda, Sr. Hamilton, eu estava trabalhando no desenvolvimento da bomba atômica, e o Mossad tinha medo de que, por causa do meu envolvimento com Ahmed, eu tivesse me tornado um risco para a segurança do país.

É claro que, quando comecei a trabalhar no projeto, fiz um juramento de confidencialidade. E esse é um segredo que eu prometi guardar até o fim da vida. O motivo de eu estar divulgando isto agora é que, quando o senhor receber esta carta, já terei dado fim a minha vida, e eu queria partir deste mundo com a consciência tranquila com relação às coisas que fiz e que são contra as leis naturais do homem. Matar Ahmed já foi terrível o suficiente para me destruir no âmbito pessoal, mas pior que isso foi o fato de eu ter trabalhado na fabricação da bomba atômica, mesmo sabendo desde o começo que tinha a capacidade de aniquilar milhões de pessoas e causar um mal irreparável ao planeta.

Não sei como o senhor vai conseguir a confirmação desses fatos para publicar essa história, mas eu queria lhe dar as informações que tenho, não só para o senhor esclarecer o mistério da morte de Ahmed, mas também para que possa alertar o mundo sobre o perigo das armas atômicas, como outros que já trabalharam na fabricação delas tentaram fazer antes de mim.

Tenho mais uma coisa importante a dizer antes de pousar a caneta. Sou judia e já fui perseguida, mas também vivo num país que persegue os outros, e isso me incomoda muito. Tenho pensado bastante na situação do Oriente Médio desde que cheguei aqui e sinto que este é um lugar governado pelos mortos. Há milhões e milhões deles, e são tantas, incontáveis, as atrocidades cometidas em nome deles que espero que, um dia, os vivos assumam o controle da região e perdoem uns aos outros, mortos e vivos, e deem a todos nós, árabes e judeus, um futuro significativo com uma paz duradoura.

Atenciosamente e com pesar,
Sarah Wainwright

Samuel leu a carta no mais perplexo silêncio. Seus olhos se encheram de lágrimas pela bela mulher que ele jamais conheceu pessoalmente, pelo amor condenado, por homens, mulheres e crianças daquela turbulenta parte do mundo e pela própria raça humana à luz da carta de Sarah. Pediu mais um cappuccino e bebeu bem devagar, com as mãos trêmulas.

Mais tarde, ele foi até o telefone público dentro do café e ligou para Bernardi.

— Samuel! — exclamou o detetive. — Onde está? Nós ficamos preocupados com você. Não deu uma notícia em três semanas, e ninguém em Washington diz uma palavra.

— Você tem tempo para me receber hoje de manhã? Eu gostaria de ir até aí.

— Onde está? Eu vou até você — insistiu Bernardi.

— Estou no Café Trieste, em North Beach.

— Chego aí em 15 minutos.

Samuel desligou o telefone, voltou à mesa e releu a carta. Quando Bernardi chegou, pediu um *espresso* duplo e se sentou à mesa. Deu uma olhada no rosto machucado do amigo, e soube imediatamente que algo terrível havia acontecido.

— O que aconteceu, Samuel?

O jornalista lhe passou a carta e esperou de braços cruzados enquanto o detetive a lia. Quando Bernardi terminou, balançou a cabeça com tristeza.

— Meu Deus do céu, Samuel. Então foi um crime passional, afinal de contas. Aposto que aqueles filhos da puta que nos puseram nesse caso sempre suspeitaram de que fosse o Mossad, mas não queriam complicar as relações entre as agências de inteligência, então nos deixaram com a batata quente. Como você conseguiu esta carta?

Samuel contou toda a história. Após uma longa conversa, debateram sobre o quanto iriam revelar para o governo federal, que os fizera de bobos o tempo todo.

— Sei que as autoridades federais não vão querer que eu publique uma matéria que diz que Israel tem a bomba atômica, e Perkins também vai tentar me forçar a não fazer isso. Então temos que determinar, antes de ir a uma reunião com eles, qual vai ser o meu nível de cooperação — disse Samuel.

— Concordo. Nos forçaram a fazer o trabalho sujo para eles e eu perdi um bom rapaz por causa disso. E, pelo que está me contando esta manhã, quase perdi você também. A verdade é que o governo americano provavelmente já sabe que Israel tem a bomba atômica. Só não quer tornar isso público.

— Então para que diabos serve a liberdade de imprensa, se o lobby de um país estrangeiro consegue controlar o que o público americano tem o direito de saber?

— Você não está sugerindo que o governo americano estaria envolvido em censura, não é? — perguntou Bernardi.

Os dois riram.

No dia seguinte, Samuel e Bernardi participaram de uma reunião no gabinete da procuradoria. Perkins estava na cabeceira da mesa, com o habitual terno surrado e a camisa branca amarrotada. Do seu lado direito estava Michael Worthington, o contato de Samuel em Washington e encarregado do setor de espionagem internacional na CIA. Diante dele, no lado oposto da mesa, à esquerda de Perkins, encontrava-se Bondice Sutton, especialista em assuntos palestinos do Departamento de Estado.

Worthington cumprimentou Samuel calorosamente, com um Old Gold aceso pendendo de seus lábios.

— Eu não tenho como agradecê-lo o suficiente — disse ele, com os dentes amarelos brilhando enquanto a fumaça saía pelo nariz. Ele tirou o maço amassado do bolso da camisa e bateu-o contra a palma da mão. Um único cigarro saiu da embalagem, o qual Worthington ofereceu a Samuel. O repórter meneou a cabeça.

— Washington foi só uma recaída. Eu realmente não fumo mais — falou, com um sorriso.

— Também quero demonstrar minha gratidão por ter protegido o meu pessoal na Palestina e em Israel.

— Ah, isso. — Samuel fez pouco caso. — Todo mundo lá, tanto árabes como judeus, sabe quem é o seu pessoal.

Irritado por não ser o centro das atenções, Perkins tentou interromper a conversa, mas Dentes Amarelos ergueu a mão para detê-lo. Em seguida, contou o que soube via telex da reunião de Samuel com o embaixador americano em Israel.

O repórter deu uma piscadela para Bernardi, que estava sentado na frente dele, ao lado de Sutton. Depois que Dentes Amarelos se prolongou por mais alguns minutos, Samuel se levantou.

— Espera aí um instante. Por que o senhor não me deixa contar aqui, em primeira mão, tudo o que aconteceu? Aí pode me perguntar o que quiser.

Então passou a fazer uma breve descrição do que contara a Bernardi no Café Trieste, inclusive a promessa de Sarah de lhe mandar uma carta em São Francisco. Também contou que foi informado do suicídio da moça.

A essa altura muito interessado na narrativa, Perkins interveio:

— E ela mandou a carta?

— Mandou — respondeu, segurando várias cópias mimeografadas na mão direita. Entregou-as a Bernardi, que as distribuiu pela mesa. Ambos esperaram pacientemente enquanto os três homens liam com atenção.

— Isto é dinamite pura — disse Dentes Amarelos com uma expressão séria. — O senhor não vai publicar a parte da bomba atômica, vai?

— E por que não? Ela me deu permissão para isso e agora está morta. E mesmo que não tivesse me dado permissão, ainda assim iria publicar. Os americanos têm o direito de saber o que os governos do mundo inteiro fazem, especialmente se isso afetar a vida deles. Minha única preocupação é que não vou conseguir provar que eles roubaram essa tecnologia dos Estados Unidos. Obviamente, parte do motivo de Sarah ter morrido foi a participação dela na construção da bomba atômica israelense.

— Só um instante — interrompeu Perkins. — Você se lembra do dia em que eu o apresentei a estes cavalheiros, não lembra? Falei que as informações que eles iriam compartilhar com você eram altamente confidenciais e nada disso poderia se tornar público sem a minha autorização por escrito. — Perkins se recostou na cadeira, um olhar de deboche no rosto. — Por isso, você não pode fazer um único movimento sem a minha autorização por escrito, e isso eu não vou lhe dar.

Samuel desafiou Perkins, encarando-o.

— Eu me lembro exatamente do que você me disse. Anotei *ipsis litteris* e vou ler para você. — Do bolso da camisa, ele tirou um papel amassado extraído do bloco de anotações, alisou-o um pouco e o colocou à mesa diante dele. — Você disse: "O que nós vamos discutir aqui é altamente confidencial e tem o único propósito de auxiliar nas investigações. Nada pode sair desta sala. Os senhores não têm autorização para divulgar nenhuma das informações que receberem aqui sem a minha permissão por escrito. Está claro?"

Samuel ergueu os olhos e prosseguiu:

— Eu não divulguei uma única palavra das informações que recebi aqui. Não foi preciso. Mas esta carta foi enviada para mim por Sarah Wainwright, e não pelo seu bando de... de... bem, deixa para lá — falou, balançando a cabeça em sinal de frustração. — Descobri isso sozinho, correndo risco de vida, e não por causa dos contatos que seu pessoal me deu. Aliás, se eu *tivesse usado* os contatos de vocês, provavelmente já estaria morto, assassinado por agentes de um lado ou de outro da fronteira que estavam à procura de uma cabeça americana para expor em praça pública. Portanto, posso fazer o que bem entender com essa informação.

Todos na sala de reunião ficaram brancos. Tinham mandado a Polícia de São Francisco investigar o assassinato de um traficante de armas palestino e em vez disso Samuel havia aparecido e se mostrado mais esperto que todos eles. Tivera sorte e conseguira uma matéria que ninguém esperava que fosse obter.

— Espera um minuto — ralhou Perkins. — Fomos nós que lhe demos a Wainwright.

— Uma ova. Vocês deram a identidade dela para a polícia, o que teriam de fazer de qualquer maneira mediante um pedido, junto com a informação sobre o visto, que também é meramente protocolar. Fui eu que descobri uma maneira de chegar até ela. E vocês, idiotas, não avisaram a ninguém da Polícia de São Francisco que a OLP queria vingar a morte de Mustafa e, por isso, Bernardi perdeu um bom homem do esquadrão antibomba. Vocês foram muito cínicos, ou burros demais para fornecer o próprio esquadrão.

Perkins, Worthington e Sutton estavam morrendo de raiva. Haviam percebido que a batalha estava encerrada e que eles tinham sido derrotados. Perkins, que costumava ter sempre o controle absoluto da situação, acabara de perdê-lo para um sujeito que considerava um bêbado e um vagabundo que largara a faculdade para vender anúncios de jornal para sobreviver. E agora Samuel estava dando as ordens.

— Nós podemos prendê-lo, mesmo sendo uma testemunha-chave — ameaçou Perkins, afastando a mecha de cabelo louro do rosto totalmente vermelho.

— Essa ameaça pode fazer você se sentir melhor, mas não vai ajudar — disse Samuel com tranquilidade. — A matéria acaba de ir para as ruas em uma edição especial.

— Não acredito em você — falou o procurador, em um tom de voz mais alto. Ele correu até a porta e gritou para a secretária.

— Vá até a rua e veja se consegue comprar uma edição especial do jornal matutino.

Minutos depois, a secretária de Perkins apareceu na porta, ofegante.

— O Sr. Hamilton conseguiu a primeira página! — gritou, toda animada. Estava prestes a falar mais alguma coisa quando percebeu o olhar gélido de Perkins. Ela entregou o jornal para ele e saiu da sala.

Foi aí que todos viram a manchete: ISRAEL TEM A BOMBA. A matéria ocupava duas colunas na primeira página e uma página inteira dentro do jornal. Também na capa, havia outras duas colunas com a matéria do traficante de armas palestino que fora morto na prefeitura. A manchete, em negrito, dizia que a namorada o havia assassinado.

As três autoridades do governo logo se reuniram em torno do jornal matutino, seus rostos demonstrando raiva e pânico. Após a leitura, Dentes Amarelos jogou o jornal em cima da mesa e fez um gesto para que os outros o acompanhassem. Eles se precipitaram para fora da sala, batendo a porta.

— Você pegou eles direitinho, Samuel — disse Bernardi, sorridente.

— Você acha? Talvez, mas a verdade é que não é uma questão do tipo "eu contra eles", ou de quem saiu ganhando ou perdendo.

— Você, eu e o público sabemos disso, mas esse pessoal nunca vai entender — disse Bernardi. — Para eles é sempre a mesma merda. Conseguem alguém para fazer o trabalho sujo para eles e então mandam calar a boca. A propósito, quando vai denunciar os assassinos do agente do meu esquadrão antibomba?

— Vai ser a próxima matéria — disse Samuel, dando um tapinha nas costas do detetive. — Eu queria dar a ela o espaço que merece.

* * *

Mais tarde na noite do mesmo dia, Samuel fez uma visita à casa de pedras cinza dos Hussein, na Cole Street. Foi Saleem quem abriu a porta dessa vez. Estava de barba feita e vestia uma camisa branca bem-passada. Deu um enorme sorriso.

— Bem-vindo, Sr. Hamilton. Por favor, junte-se a nós. Amenah preparou alguma coisa para comermos.

— Obrigado, aceito o convite — respondeu Samuel, sabendo que seria uma grosseria recusar aquela generosidade.

— *Chai*? — perguntou Amenah, também estava vestindo suas melhores roupas.

— Obrigado.

— Obrigado por encontrar o nosso filho, Sr. Hamilton — disse Saleem calorosamente enquanto a mulher servia o chá.

— O que falei pelo telefone é verdade. Seu filho está bem. Se o senhor ler a matéria que publiquei hoje, vai ver o quanto ele me ajudou a entrar em Israel e também entender que ele foi fundamental para que eu conseguisse as informações de que precisava.

— É — disse Saleem. — Nós estamos muito orgulhosos dele. Ficamos surpresos pelo fato de ele estar com o clã al-Shuqayri e não entendemos por que ele não escreveu para a gente antes de o senhor encontrá-lo. Mas agora que o senhor o encontrou, ele nos contou que está tudo bem e me pediu para dizer que o ferimento dele já está quase curado e que em breve estará de volta à vida normal. O que o senhor não disse na reportagem é que salvou a vida dele. Se não fosse pelo senhor, ele teria sangrado até morrer na escuridão.

— A verdade é que, se ele não estivesse me ajudando, não estaria ali, nem correndo perigo — disse Samuel.

— Levar o senhor até Israel foi uma boa experiência para ele. No futuro, ele irá outras vezes, e por isso queria aprender a chegar lá com o senhor. Se quiser mesmo ser soldado, vai ter que fazer muitas coisas perigosas. — Havia um traço de orgulho na voz de Saleem.

— Foi isso o que ele disse?

— Não, não. Mas esse é o meu medo. De que o que ele fez com o senhor seja só o começo.

Samuel se perguntou se Ali teria contado ao pai sobre os planos futuros, mas não disse nada. Muito menos que Ali já havia estado antes em Israel.

— Tenho algo para o senhor — disse Saleem, levantando-se e indo até o outro quarto. Voltou com um envelope grande e o entregou a Samuel. — Ali lhe enviou um pacote de Tulkarm.

O repórter o abriu e encontrou suas anotações e a primeira carta de Sarah Wainwright.

— Obrigado. Por favor, agradeça a seu filho por mim.

Deixou a encomenda de lado, bebeu o *chai* e passou o restante da noite respondendo às perguntas dos Hussein sobre Ali e a estada deles em Tulkarm e Israel. A conversa se prolongou durante o jantar e se estendeu até depois das dez horas da noite, quando Samuel percebeu que os Hussein estavam começando a ficar com sono. Desejou-lhes boa-noite e voltou ao seu apartamento exausto, mas feliz.

Samuel passou a maior parte do dia seguinte fazendo os últimos ajustes na reportagem sobre a morte do agente do esquadrão antibomba e lendo a correspondência que havia chegado enquanto esteve fora do país. No fim da tarde, decidiu que era uma boa hora para visitar seu bar favorito. Dirigiu-se à estação de bonde logo depois da farmácia Owl, próxima à esquina da Powell Street com a Market, e subiu num bonde para a Hyde Street. Ele trafegou lentamente pela Powell Street, o som familiar de seu sino ressoando no refrescante ar de São Francisco, e deixou Samuel em frente ao Camelot.

Era bom estar em casa, pensou, sentando-se na Távola Redonda. Alguns clientes estavam dispersos pelo estabelecimento, mas Melba ainda não havia chegado. Samuel pediu o habitual uísque com gelo e se sentou, admirando a vista para a resplandecente baía, vendo os barcos à vela navegarem em torno da Treasure Island e passarem por baixo da Bay Bridge.

Sorriu ao ver que sua matéria estava pregada num mural ao lado do balcão, com um cartaz embaixo: HERÓI DA CASA VOLTA TRIUMFANTE. Não importava que "triunfante" estivesse escrito errado. O coração de Melba estava naquele gesto.

Samuel surrupiou algumas cópias do jornal matutino espalhadas por vários cantos do bar e os levou para a Távola Redonda. Depois de passar os olhos rapidamente pelas manchetes, começou a ler os artigos de Herb Caen que perdera enquanto estava fora do país. Gostava do senso de humor irônico do colunista e de sua visão do que realmente fazia o coração do típico morador de São Francisco bater mais forte.

Envolvido nessa agradável tarefa, Samuel só viu Melba quando ela já se aproximava da Távola Redonda. Erguendo os olhos, percebeu que ela vinha determinada em sua direção. Vestia um terninho roxo e carregava uma bolsa de pele de crocodilo falsa. Como sempre, trazia Excalibur pela coleira. Quando o cachorro o viu, seu corpo começou a se agitar em êxtase. Ele se soltou de Melba, pôs as patas no colo de Samuel e lambeu suas mãos até o repórter tirar os biscoitinhos que guardava no bolso.

— Tem alguma coisa no ar, Samuel — disse Melba, observando os dois. — Você está diferente. O olhar e a expressão em seu rosto são os de um homem poderoso. Conte o que aconteceu.

— Esse caso acabou — disse o repórter. Com carinho, ele pegou o cachorro pela nuca e lhe deu mais um biscoito na boca. — Fora isso, não sei bem o que você quer dizer, Melba. Eu sou o mesmo de antes. — Ele pegou um envelope no bolso do paletó. — Aqui está o dinheiro que peguei emprestado com você, com juros. O jornal me deu um bônus bem alto pela matéria.

— Por que esses juros? — grunhiu Melba. — Eu não falei que ia cobrar juros.

— Falou, sim, lembra? De qualquer maneira, Melba, este é o meu jeito de lhe dizer obrigado, pois eu não poderia ter feito nada disso sem a sua ajuda.

Melba tirou o dinheiro do envelope, mas não o contou. Guardou tudo em sua bolsa de crocodilo, com a exceção de três notas de 20 dólares, que ela enfiou no bolso da camisa de Samuel.

— É para o seu encontro com a Blanche, que chegará daqui a pouco. — Ela vasculhou a bolsa, encontrou um maço de Lucky Strike e ofereceu um a Samuel. Ele recusou, e ela acendeu um cigarro.

— Você teria ficado orgulhosa de mim. — Ele fez sinal para o barman trazer mais um drinque e uma cerveja para Melba. — Os federais tentaram me calar, chegaram até a me ameaçar, mas eu já tinha previsto isso. Foi por isso que enviei as matérias para publicação antes de ir falar com Perkins. E posso dizer que ele ficou bastante irritado.

— Não precisa se preocupar com aquele idiota. Ele tem tanta fome de publicidade que vai bater na sua porta na próxima vez que souber que você está atrás de mais uma grande matéria.

— Não sei, não. Ele acha que eu o enganei.

— Besteira. Você fez o que tinha que fazer. Eles tentaram ferrar você e queriam ficar com os créditos. Você mudou, Samuel. Está crescendo.

— Nada como um pouco de tensão para ajudar alguém a estabelecer prioridades — disse o repórter.

Melba estava prestes a dizer alguma coisa quando Blanche entrou. Seus reluzentes cabelos louros estavam soltos, e ela usava um vestido branco com um cinto vermelho de tricô em volta da cintura. Quando o viu, deu um enorme sorriso e apressou o passo. Suas maçãs do rosto ficaram vermelhas, e Samuel achou que ela estava mais radiante do que nunca. Ele se levantou para cumprimentá-la com um brilho nos olhos.

— Eu estava preocupada com você — disse ela, beijando-o na boca. Ela parecia sem ar. — Ouvi dizer que foi torturado. Você está bem?

Samuel enrubesceu.

— Estou. Eles não conseguiram tirar nenhuma informação de mim e eu venci.

— Que horror, Samuel!

— Senta um pouquinho aqui com a gente antes de trabalhar — pediu ele.

Blanche segurou a mão de Samuel.

— Eu li as suas matérias no jornal, mas quero ouvir todos os detalhes de você.

— Conto mais tarde. Agora sua mãe quer algumas respostas de nós, mas, como já falei para você antes, deixo isso a seu critério. Você acha que a gente deveria contar do nosso jantar romântico?

Dessa vez, foi Blanche quem ficou vermelha.

— Está bem, mamãe — concordou, bebendo o copo de suco que o barman colocou à sua frente. — Vamos revelar a nossa vida íntima, mas só desta vez. Lembra quando o Samuel me convidou para um jantar especial, com aquela receita que Rosa María deu para ele?

— É claro que eu lembro. Eu disse que ele devia ter um plano B. Ele tinha?

— Ai, mãe! Deixa eu contar a história — disse Blanche, colocando o copo de lado. — Quando cheguei ao apartamento de Samuel, ele já estava cozinhando. O cheiro era muito bom. Os aromas que se espalharam pela casa eram realmente incríveis. Eu não conseguia acreditar que Samuel soubesse cozinhar. Para acelerar mais as coisas, ele pôs o feijão na panela de pressão e foi preparar os outros ingredientes. Ele usou três frigideiras ao mesmo tempo, num pequeno fogão a gás.

Blanche e Samuel começaram a gargalhar.

— Qual é o problema de vocês? — perguntou Melba.

— Exatamente quando tudo estava pronto para ser misturado, a panela de pressão explodiu. A tampa voou e bateu no teto. Os feijões voaram por todo o apartamento e também para cima de nós. Passamos as quatro horas seguintes limpando aquela sujeira. Acho que não preciso nem dizer que aquele foi o fim da nossa noite romântica.

Os dois voltaram a dar risadas.

— Vocês só podem estar de brincadeira. Podiam ter sido mais safadinhos. Com feijão por toda a parte, pelo menos podiam ter se esfregado no chão.

— Mãe! — gritou Blanche.

Melba riu.

— Tudo bem, não vou falar mais nada. Samuel, quando você vai publicar a matéria sobre o assassino do rapaz do esquadrão antibomba?

— No momento, tenho outras coisas em que pensar. Mas vou terminá-la amanhã, e ela vai estar no jornal no dia seguinte.

* * *

Samuel abriu a porta de seu pequeno apartamento nos arredores de Chinatown e fez um gesto para que Blanche entrasse. Ligou o rádio. Chuck Berry cantava "Maybellene" e o repórter começou a assobiar a melodia.

Ignorando as cordas vazias esticadas pelo quarto para pendurar roupa, Blanche foi direto até aquela que segurava a cama dobrável de Samuel e a puxou. A cama se abriu, as velhas molas rangendo. Ela alisou a coberta, pegou um travesseiro de dentro do armário e atirou-o em cima da colcha. Então foi até Samuel, levou-o para a cama e se lançou sobre ele.

Fim

Agradecimentos

Tenho uma dívida de gratidão com Laszlo Engelman, meu amigo há mais de quarenta anos, que me permitiu escrever a história da sobrevivência de sua família em Budapeste, durante a Segunda Guerra Mundial.

Também gostaria de agradecer ao meu querido amigo Kamal Ayoub, refugiado palestino, por me ajudar nos capítulos sobre a Palestina. Kamal e eu nos conhecemos desde 1960, quando eu viajava pela Síria.

O conflito no Oriente Médio me preocupa desde que tomei conhecimento do assunto através de jornais e documentários no final dos anos 1940. Uma viagem à região em 1960, quando fiz mochilão ao redor do mundo, tornou essa preocupação ainda maior.

Como acontece com muitos dos meus livros, um artigo jornalístico serviu de inspiração para essa história. Gostaria de agradecer publicamente a Scott Altran e a Jeremy Ginges por "How Words Could End a War", publicado no *New York Times* em 25 de janeiro de 2009. Fez todo sentido para mim quando o li, e continua fazendo sentido agora. Fiz com que diversos personagens expressassem o conteúdo do artigo no decorrer deste livro.

Além disso, gostaria de agradecer a Roger Cohen pelo artigo intitulado "The Living and the Dead", que foi publicado no *New York Times* em 16 de abril de 2010. Ao discutir o embate no Oriente Médio, ele cita o livro *Um homem só*, de Christopher Isherwood. O ponto central desse artigo gira em torno da ideia de que os que hoje habitam Israel e Palestina são minoria, e que os mortos nesses lugares sempre serão mais numerosos que os vivos. Ele propõe uma discussão sobre quem vai controlar ou governar esses territórios no presente: os vivos, ou os que já se foram há muito tempo?

Este livro foi composto na tipologia Adobe Garamond Pro,
em corpo 11,5/15,3, e impresso em papel off-white,
no Sistema Cameron da Divisão Gráfica
da Distribuidora Record.